FVA

Bücher von Paule Constant
in der Frankfurter Verlagsanstalt:
Die Tochter des Gobernators, Roman 1995
White Spirit, Roman 1997
Ouregano, Roman 1998

Paule Constant

VERTRAUEN GEGEN VERTRAUEN

Roman

Aus dem Französischen von Michael Kleeberg

Frankfurter Verlagsanstalt

Die Originalausgabe erschien 1998
unter dem Titel *Confidence pour Confidence*

Die Übersetzung dieses Werks erfolgte mit finanzieller
Unterstützung der Europäischen Kommission
Schutzumschlag- und Einbandgestaltung: Bertsch & Holst
Herstellung: Katja Holst
Satz: Fotosatz Reinhard Amann, Aichstetten
Druck und Bindung: Clausen & Bosse, Leck
Printed in Germany
ISBN 3-627-00067-6

2 / 3 / 4 / 5 / 2003 / 2002 / 2001 / 2000

Für Gustav

In mir ist ein junges Mädchen,
das weigert sich zu sterben.
Tove Ditlevsen

Der Frühling ist herrlich in Kansas, das Morgengrauen ist licht dort, funkelnd und eisig. Der violette Himmel quillt vor schweren rosa Wolken über, in die der Wind vergoldete Kritzeleien zeichnet, vor grünen Staubwölkchen, die sich im Niederfallen blau färben, vor leuchtendem Pollenflug, den das Licht zerstäubt, und all das ist von einer Unbeschwertheit wie zu Kinderzeiten und macht das Herz leicht. Wie die Wüste in der Glut der Morgendämmerung, sagte sich Aurore hinter dem geschlossenen Fenster ihres Zimmers, wie die Savanne, die nach dem Regen dampft: Alles glitzert und strahlt, alles brennt und verzehrt sich. Afrika ist das, sagte sich Aurore, und dabei sind wir in Amerika! Vor lauter Jubel überlief sie eine Gänsehaut.

Das Herz Amerikas schlug hinter dem Holzhaus, auf einem Rasen, in einem Baum, dessen Name ihr nicht einfiel und dessen Äste sich unter der Last eines rosa Blütenmeers bogen, in dem der Lauf eines riesigen Eichhörnchens Wellen schlug. Den dichten Himmel durchschnitt eine große purpurne Schwinge, und ein karminroter Vogel ließ sich auf dem Baumwipfel nieder. Freude explodierte in Aurores Herz mit einer Deutlichkeit, einer Präzision und so allumfassend, wie nur einmal vor sehr langer Zeit, als sie ein kleines Mädchen war. Amerika, Amerika, wiederholte sie immer wieder wie eine Zauberformel, die ihre Hoffnung auf ein neues Leben ausdrückte, und sie betrachtete den Baum, dessen Name ihr noch immer nicht einfallen wollte, das Eichhörnchen, das über die Äste huschte, und den großen Vogel, der seinen langen, roten Schwanz im Wind wiegte.

Es war ihr nicht möglich, das Fenster zu öffnen. Sie befand sich hinter einer Doppelverglasung, die ein elektronisches System verriegelte, das auch die Klimaanlage steuerte, sowie die Kaffee-, die Waschmaschine und den Computer Glorias, der Eigentümerin der Wohnung. Aurore kam der Gedanke, unten hinauszukommen, durch die Küchentür, einen simplen Holzrahmen mit Fliegengitter. Aber das Elektronengehirn blockierte auch die Tür. Durch das Küchenfenster konnte man die andere Hälfte des Rasens sehen, die vor der Fassade. Auf der gegenüberliegenden Straßenseite stand wie ein Spiegelbild das gleiche Haus, das als Kapelle diente, mit – der Name war ihr wieder eingefallen – dem gleichen Judasbaum, geschwollen von all den aufgeblähten Blüten, unter denen er fast erstickte. Ein Eichhörnchen hüpfte über den Rasen und der rote Kardinal ließ sich auf der Baumspitze nieder, daß die Blüten wie betrunken wogten. Ein Judasbaum pro Haus und ein roter Kardinal, wild auf Nektar, Duft und Honig, der nicht mehr weiß, ob er an den Himmel gehört oder auf die Erde, der an den Wolken pickt und in sie schlüpft, die ebenso rosig und schwellend sind wie die Bäume in den Parks. Aurore kehrte in ihr Zimmer zurück.

Wo sie auch hinkam, man wies ihr das Kinderzimmer zu, nie das Gästezimmer oder die Wohnzimmercouch, nein, das Kinderzimmer! Wo immer sie auch empfangen wurde, standen ihr diese engen Betten bevor, dieser nachklingende Geruch nach Lebendigem, der auf den Matratzen sein penetrantes Aroma hinterläßt. Das Bett von Chrystal, Glorias Tochter, hatte einen unangenehmen Geruch, und das Zimmer war häßlich und machte den chaotischen Eindruck einer Notunterkunft, als hätte es nacheinander eine Reihe von Feinden beherbergt, die jeder den vorhergehenden Bewohner auslöschen wollten. Auf die Tapete mit dem winzigen Blümchenmuster waren zunächst Figuren von Walt Disney gepinnt worden; danach hatte die Pferde-Periode eingesetzt: Doppelseiten aus Illustrierten klebten rund ums Bett; schließlich und neueren Datums auch Schwarzweißposter von James Dean und Marilyn in Originalgröße.

James Dean schmollte über dem mit Aufklebern bepflasterten Schreibtisch aus weißem Holz. SO CUTE! Dieser Ausdruck umfaßte unzählige weiche oder von jugendlicher Gefühlsduselei kastrierte Dinge und konnte auf Babies angewendet werden, auf Tiere, auf den Nylonflitterkram, der vor dem Fenster hing, und auf einen mit Dope vollgepumpten James Dean. Auf James Deans Schmollmund angewandt, hieß SO CUTE, daß Chrystal sich bereits für Männer interessierte, ein Zeichen sentimentaler Pubertät. Das Poster von Marylin, die über dem Luftschacht ihren Rock festhielt, definierte dagegen ein weibliches Idealbild.

Als Heranwachsende hatte sich auch Aurore für die Kult-Schauspielerin der damaligen Zeit begeistert. Klassenkameradinnen hatten ihr eine Ausgabe von *Paris-Match* mit ins Pensionat gebracht. Auf dem Titel war das Photo von Lola Dhol. Bist du das? hatten die Mädchen sie gefragt. Komm schon, gib's zu, das bist du! Und so hatte man ihr mit einem Schlag, ohne Vorankündigung, ohne daß sie es jemals in einem Lächeln oder einem Blick hätte vermuten können, klargemacht, daß sie sehr hübsch war. Sag's schon, daß du das bist ... ein bißchen zurechtgemacht! Von wegen, ein bißchen zurechtgemacht im Mademoiselle de Lempereur-Stil, der Schneiderin für höhere Töchter, mit viereckigem Halsausschnitt, weißem Organdy und Perl-Lächeln.

In diesen Kreisen war es nicht statthaft, zum Film zu gehen. Man tolerierte die Tänzerinnen, weil sie sehr hart arbeiteten und EINE EISERNE DISZIPLIN hatten, sowie die Tragödinnen, wenn sie lange und schwierige Texte deklamierten, die Filmschauspielerinnen jedoch und die Mannequins, die nichts taten, außer sich zu zeigen, die armen Dummchen, waren so verachtet, daß sie ihren Namen ändern und sich ein Pseudonym zulegen mußten.

Wie die Schriftstellerinnen, sagte sich Aurore, wie ich. Als sie ihren ersten Roman veröffentlichte, wollte

Tante Mimi nicht, daß sie den Namen ihrer Eltern behalte. Aurore bat alle möglichen Leute, obwohl sie ihr völlig fremd waren, einen Namen für sie zu finden. Ein bedeutender Schriftsteller bot ihr den seines Landhauses an. Sie wies den Vorschlag zurück, der an zu handfeste Protektion gekoppelt gewesen wäre.

Da erneuerte sie lieber gleich alles, Namen, Vornamen, Herkunft. Sie wählte aus der Spalte der Begräbnisse jenes Tages das einer Aurore Amer, achtundachtzig Jahre, einer mittellos Verstorbenen, die fürs Massengrab bestimmt war. Sie hatte Schwierigkeiten, sich an diesen Namen zu gewöhnen und vor allem an diesen Vornamen; sie erkannte sich anfangs nicht wieder, wenn man sie anrief, und geschrieben sagte er ihr gar nichts, sie fand, er klang so falsch wie die Namen, die die Romanschriftsteller, ohne groß nachzudenken, ihren Personen aufpfropfen. Es war keine gute Entscheidung gewesen, und der Name und Vorname, die nicht die ihren waren, stießen sie ins Nichtvorhandensein zurück.

Ihre Kameradinnen glaubten mit aller Gewalt daran, sie sei Lola Dhol, und der tatsächliche Nachname Lolas – die eine der ersten Schauspielerinnen war, die ihren eigenen Namen beibehielt – sei nur ein Pseudonym, das dazu diene, das heimliche Leben Aurores zu behüten, die damals noch nicht Aurore war, sondern lediglich Juju, wie die andern sie nannten. Ihre Erziehung litt unter einem derartigen Mangel an Romantik, daß das gesamte Pensionat sich für diese Geschichte begeisterte. Die Externen gaben ihr mit einem ständigen Nachschub an Kinozeitschriften immer neue Nahrung. Es ist beinahe sicher, daß die Ehemaligen, heute selbst in die Jahre gekommen, ihrer Nachkommenschaft lieber erzählten, sie seien in einer Klasse mit Lola Dhol gewesen, der wunderbaren und skandalumwitterten Schauspielerin, als mit Aurore Amer, der Autorin, die sie nur unter Vorbehalt lasen.

Aurore spielte dieses Spiel mit einem Ernst mit, der sie zutiefst erregte. Hart an der Grenze, sich zu verraten, ging sie so weit, sich bei der mündlichen Abiturprüfung, getrieben vom Publikum der Pensionäre, die ihre Zeugen sein sollten, selbst in Szene zu setzen. Als der Prüfer, ein junger Mann mit sehr kurzem Haar, ein fanatischer Leser der *Cahiers du Cinéma*, sie fragte: Entschuldigen Sie, aber ... ob sie nicht in Wirklichkeit Lola Dhol sei, sah sie ihm starr in die Augen und zeigte ihm jenes Lächeln, das alle Welt jetzt imitierte und mit perlmuttschimmerndem Rosa unterstrich. Eigentlich fand er sie viel jünger als auf den Photos, aber man weiß ja, daß Schminke altern läßt, und außerdem besaß sie so gut wie keinen Akzent für eine Norwegerin. Etwas blonder war sie ihm lieber, aber mit dem Haar ist es dasselbe wie mit der Schminke. Als er wieder herauskam, war er verliebt und übererregt: Denn Lola Dhol, wissen Sie, wenn Sie die im Faltenrock vor sich haben, die wirkt so unschuldig wie eine Internatsschülerin!

Als Tante Mimi sie fragte, was sie später einmal machen wolle, wagte Aurore nicht zu antworten, daß sie Lust hatte, Filmschauspielerin zu werden. Fünf oder sechs Jahre älter als sie, zeigte Lola Dhol ihr mehr oder minder ihren zukünftigen Weg vor, verkörperte ein ständiges Vorbild. Ihr Stern stieg immer höher, alle Welt redete von ihr, einschließlich Tante Mimi, die dem Himmel dankte, daß die Ähnlichkeit – die sie selbst auch zugestand – ausschließlich physisch war und ihre Nichte sie nicht der Schande eines skandalösen Ruhms aussetzte. Lola war mit einem Schlagersänger zusammengezogen, der auf den schwarzweißen Bildschirmen des Fernsehens Triumphe feierte. Mit seiner gestopften Trompete und seiner Kellneruniform schaukelte er sich durch seine Mambos, während die andere Verrückte, eine echte AUSGEFLIPPTE, auf der Höhenstraße von Esterel einen Autounfall produzierte. Sie war mit einer Whiskyflasche in der Hand gefahren!

Aurore hielt sich bedachtsam in Lolas Schatten, ohne die Ähnlichkeit wirklich herauszustreichen und begnügte sich damit, sie eher ahnen zu lassen als mit ihr zu arbeiten. Sie wußte, daß sie nicht Lola war, aber Lola war ein Pseudonym, das sie so gut ausfüllte, daß sie sich mit dem von Aurore Amer nie anfreunden konnte. Wäre die Bekanntheit der Schauspielerin nicht so allgegenwärtig gewesen, hätte sie ihre ersten Texte mit Lola Dhol zeichnen können. Lola Dhol hatte mehr in ihr und mit ihr gelebt als sie selbst, als hätte sie sie erfunden und als wäre Lola Dhol die erste all ihrer Romanfiguren gewesen.

Marilyns weißer Rock bedeckte die Zimmertür

über ihre gesamte Breite. Aurore hatte sie nie verführerisch gefunden und konnte sich erinnern, sie zur Zeit ihres Ruhms als eine nicht mehr ganz junge und altmodische Frau gesehen zu haben, viel weniger schön als Jean Seaberg, Anna Karina und all die jungen Schauspielerinnen ihrer Generation. Mit ihrer eingequetschten Taille, dem runden Bauch, den dicken Knien und ihrem zu schweren Busen war sie tausendmal weniger anziehend als Lola Dhol mit ihren nackten Brüsten unter dem kleinen Matrosenpulli, den sie in ganz Frankreich in Mode gebracht hatte.

Und dennoch zog Chrystal eine Marilyn, die heute das Alter ihrer Großmutter hätte, einer Lola vor, deren Stil und deren Frisur die jungen Mädchen gerade wiederentdeckten. Chrystal kannte Lola Dhol. Denn jedes Jahr produzierte diese alte SCHNAPSDROSSEL sich auf dem feministischen Kolloquium von Middleway, während der Tod Marilyn zu einer Momentaufnahme ewiger Jugend erstarren ließ.

Zunächst war sie nichts. Dann weckten die Schmerzen ihren Körper auf. Verspannter Nacken, kribbelnde Beine, geblähter Bauch. Dann ergriff die Übelkeit sie vom Magen bis in den Mund. Wenn sie die Augen öffnete, packte das Schwindelgefühl sie an den Haaren und schüttelte sie, bis sie schreien mußte. Sie spürte den kräftigen Griff der Nachtschwester, die sie zurück auf die Matratze preßte, sie hörte die Leute, die in der dritten Person über sie redeten. Je nachdem, wo sie sich befand, war sie die Dame, die Alkoholikerin, das Delirium oder eine Nummer wie im Leichenschauhaus. Ihren Namen hörte sie nie mehr. Und weiß Gott, wie sie es geliebt hatten, ihn auszusprechen, die Privatärzte in den Luxuskliniken, die sich gar nicht genug tun konnten mit Mademoiselle Dhol hier und Mademoiselle Dhol da, als sei sie eine Sozietärin der Comédie Française. Diejenigen, die man nachts in Notfällen anruft, schrieben, fasziniert, daß ihr Wissen sich nicht vor der Legende zu verstecken brauchte, ohne zu zögern oben auf ihren Rezeptblock: Lola Dhol. Madame Dhol, sagte die Krankenschwester, als sie ihr die Tür zu dem Zimmer öffnete, in dem sie ihre Kur machen sollte. Lola, Lola, flüsterte das Stationsmädchen, wenn es unerträglich wurde und Lola es nicht mehr aushielt, und streichelte ihr übers Haar, um sie zu beruhigen.

Der Energetik-Trainer, der sie bei ihren letzten Filmen ständig begleitete, hatte ihr beigebracht, sich mit Hilfe des Schreis zu entgiften. Zunächst stöhnte sie, um in allen Fibern ihres Körpers die verkalkten Schmerzen zu sammeln, die, wenn man sie vergißt, Krebs verursachen. Sobald sie sie dann im Solarplexus konzentriert hatte, mußte sie einen enormen Schrei ausstoßen, um sie auf einen Schlag loszuwerden. Dann war sie völlig leer, entkräftet, bereit, zu drehen.

Zu der Zeit als sie noch Sex hatte, wachte sie einmal neben einem Zufallsliebhaber auf und stieß nach kurzem Hecheln ihren entsetzlichen Schrei aus. Er geriet in Panik und glaubte, sie liege im Sterben. ICH SCHÄME MICH, erklärte sie ihm, als sie wieder zu Atem kam, ich schäme mich, daß es gerade du bist. Er war mit einem Satz aufgestanden und hatte sie verlassen. Und während er auf den Aufzug wartete und wie ein Wahnsinniger auf den Knopf drückte, kreischte sie mit offenem Mund weiter. Trotz der Türen und Wände war der Schrei so markerschütternd, daß er lieber im Laufschritt die Treppen hinabfloh. Der gigantische Verkehr und das ungeheure Brausen New Yorks, die Sirenen der Polizeiwagen und Ambulanzen waren das Echo des Schreis, der ihn in die Flucht geschlagen hatte.

Dann hatte sie angefangen, bei jeder Gelegenheit zu schreien, wegen einer schlecht verschlossenen Flasche, die ihr aus den Fingern gerutscht war; vor dem heruntergelassenen Gitter einer Weinhandlung; weil eine Verkäuferin nicht ihre BH-Größe in der gewünschten Farbe finden konnte; weil der Friseur sie an den Haaren gezogen hatte. Sie schrie für nichts und wieder nichts, um sich selbst zu hören, nachts, so wie man das Licht anknipst.

Auch hier würde sie schreien, sehr viel schreien. Sie verabscheute Middleway, dieses Nest irgendwo in den Weizenfeldern, mit einem so fliehenden Horizont, so entsetzlich flach, daß sie das erste Mal, als sie hier gelandet war, die Stadiontribüne für einen Berg gehalten hatte, ein GOLGATHA! Auf halber Strecke zwischen Los Angeles und New York stellte Middleway ein kulturelles Niemandsland dar, das eine lächerliche und geschmacklose Gegenkultur provoziert hatte. Ein angesagter Regisseur hatte einen seiner Filme hier spielen lassen, weil es »der unromantischste Fleck auf der ganzen Welt war«! Seitdem gab es in allen Serien immer irgendeinen Trottel, der zum größten Vergnügen der Fernsehzuschauer aus Middleway stammte. Noch in den letzten Löchern von Ohio und Wisconsin lachten sie bei dem Namen von Middleway, Kansas, schon Tränen. In ihren klaren Momenten wollte Lola, daß man glaube, sie gehe nach Middleway, weil es »der unromantischste Ort im Universum« war. Aber sie wußte nur zu gut, daß man annahm, sie arbeite als Statistin in einem B-picture.

Steck mich nicht ins Hotel, bettelte sie am Telefon, nicht ins Hilton, wo man bis zum Horizont nur das Nichts der großen Ebene im Auge hat. Gloria hatte sie beruhigt, sie würde in ihrem Haus ihr eigenes Zimmer bekommen. Als sie ihren Koffer öffnete, begann Lola zu schreien, weil sie alleine war, und um sich zu beweisen, daß sie wirklich mutterseelenalleine und daß das jedermann völlig wurscht war. Die Gläubigen, die gegenüber auf der anderen Straßenseite gerade die Baptistenkapelle betraten, schauten sich beunruhigt an. Sie wollten wissen, ob im Haus der Feministin eine Frau gefoltert werde.

Gloria hatte sie darum gebeten, in ihrem Haus nicht mehr zu schreien, weil das Chrystal angst mache. Lola brauchte eine Weile, um den Vornamen mit dem pausbäckigen Gesicht einer kleinen Mestizin von dreizehn Jahren in Einklang zu bringen. Chrystal hatte das nächtliche Geheule Lolas zum Vorwand genommen, dem mütterlichen Haus vor Beginn des Kolloquiums zu entfliehen, nicht ohne zuvor die versammelten Freundinnen ihrer Mutter zu warnen, sie werde sich genauso umbringen wie Marilyn mit sechsunddreißig, wobei sie deutlich durchblicken ließ, daß die Anwesenden weit über diesen Punkt hinaus wären – als sei das noch notwendig gewesen! – und daß sie sie ERBÄRMLICH fand, sich so ANS LEBEN ZU KLAMMERN.

– Ans Leben zu klammern, ans Leben zu klammern, wie meinst du das, hatte Babette Cohen zu wissen verlangt, Glorias Alter ego an der Missing H. University,

zwanzig Jahre *feminine studies*, ein außergewöhnlicher Draht zur Jugend, und eine tief verwurzelte Überzeugung, daß man alles Unausgesprochene ausdiskutieren müsse.
– Alt und häßlich, wie die Schlampen, die ihr seid, hatte Chrystal mit Tränen in den Augen geantwortet.

Und diese Frauen, die geglaubt hatten, das junge Mädchen in ihr System integriert zu haben, indem sie mit ihr redeten wie mit einer Erwachsenen, waren erleichtert, daß Chrystal sich zu ihrem Filmvorführer von Vater in den Süden der Stadt zurückzog. Über ihr schulisches Vorankommen würde man sich nur noch der Höflichkeit halber informieren.

– Also kann ich jetzt schreien? hatte Lola gefragt.
– Nein, entgegnete ihr Gloria.
– Warum nicht?
– Wegen Aurore.

»Horror« schlug in ein tiefes Loch in Lolas Kopf.
– Du weißt schon, erklärte Gloria, die Schriftstellerin, deren Sachen du vorlesen sollst.
– Die Kanadierin? fragte Lola, die immer noch bei dem Wort Horror stehengeblieben war.
– Nein, die Französin.
– Ach! sagte Lola, das Mädel da drüben in dem andern Zimmer? Was kann's der schon ausmachen, wenn ich schreie? Schreit sie denn nicht selbst bei dem, was sie da schreibt?
– Nein, sie schreit nicht.

– Das ist der Gipfel, sagte sich Lola, hinter der Tür der Horror, und ich darf nicht schreien! Dann werd' ich eben kotzen, drohte sie.
– Kotz ruhig, antwortete Gloria, ich wisch's auf.

An diesem Morgen rief Lola alle Schmerzen heran, ließ sie die Beine hochsteigen, die Arme entlangfluten, und als sie alle im Magen saßen, wurde die Übelkeit übermächtig, sie erbrach. Und dann drang auch noch der Schrei aus dem offenen Mund. Er weckte den Pastor auf, der an Ostern denken mußte, an die Schreie der Frischgetauften, die Satan ausspeien mußten, samt all seiner Hoffart und allen seinen Werken. Halleluja.

Der elektronische Schließer öffnete den Knast um sieben Uhr dreißig. Der Bildschirm von Glorias Computer leuchtete auf, und eine näselnde Musik setzte ein, in der die ersten Takte von *Für Elise* erklangen, die sich ebenso abgenudelt anhörten wie die Ansage des Anrufbeantworters. Eine gigantische Schrift wünschte ihr einen schönen Tag und mißhandelte dabei gründlich ihren Vornamen, ihrem Wunsch Folge leistend, ihn zu französisieren, und während der goldenen Zeiten sogar, ihn zu feminisieren, indem sie das *i* durch ein *y* ersetzte, kurz, ihn in etwas definitiv Originelles zu verwandeln. Das derzeitige Resultat war »Gloria«, umrandet von einem Bukett von Herzen, die den Bildschirm überschwemmten, explodierten und sich in Sprechblasen mit dem Wort SPLATCH verwandelten.

Im selben Moment begann im Untergeschoß die Waschmaschine, sich mit Wasser zu füllen. Es kann kein Zweifel bestehen, hätte Gloria ein Waschmittel gefunden, das Herzen anstatt Seifenblasen schäumte, die Waschmaschine hätte lauter rosa euphorische Herzchen ausgespuckt, wie die jungen Mädchen sie im Enthusiasmus ihres ersten Universitätsjahrs zeichnen, wenn sie ihre Texte mit diesen kindlichen Dekorationen spicken und noch das letzte *i* abpassen, um es mit einer Blume, einem Herzen oder einem Ring zu verzieren, der so geschwollen ist wie die Donuts, die sie in ihren Kaffee tunken. Das Garagentor schob sich hoch, die Fliegengitter rollten sich ein, die Kaffeemaschine setzte sich in Gang, und die Klimaanlage saugte das alles mit einem Zischen ab, das der Pulsschlag des Hauses war. Alles eine Frage der Organisation, sagte Gloria, bloß hatte die elektrische Brennschere, die, kleiner Irrtum im Timing, auf dem Rand ihres Waschbeckens heiß wurde, schon einmal das ganze Haus in Brand gesetzt.

An diesem Morgen erwachte Gloria, die auf der Schlafcouch in ihrem Arbeitszimmer geschlafen hatte, ohne sie extra auszuziehen, müde, aber glücklich. Wie nach jedem Kolloquium ließ sie die Episoden und verschiedenen Vorfälle an ihrem geistigen Auge vorüberziehen und kam zum Schluß, daß alles recht gut abgelaufen war. Peinlich genaue Organisation, knapp kalkuliertes Budget, die Treue der Kongreßteilnehmerinnen, die auch anderswo immer gefragter waren und deren Anzahl sich dennoch erhöht hatte. Sie hatte eine Trumpfkarte in der Hand: Lola Dhol las die Texte der verschiedenen Autorinnen.

Niemand konnte der Stimme Lolas widerstehen. Gloria erinnerte sich an den Eindruck, den ihre erste Begegnung auf sie gemacht hatte, vor mehreren Jahren schon, in der New York University während eines Cocktails der französischen Fakultät. Sie war gerade dabei, zum Büffet zu gehen, als die Stimme, die einzigartige, die anbetungswürdige Stimme sie mitten im Schritt erstarren ließ, wie früher, wenn sie während der Vorstellung das Kino betrat, in einer Ecke des Gangs oder der Treppe auf die Platzanweiserin wartete und schon ganz im Banne der geliebten Stimme ihrer Lieblingsschauspielerin stand. Die Stimme sagte, man müsse Schinken mit Feigen essen und nicht mit Melonen, schon gar nicht mit den grünen und süßen, und Gloria hatte das Gefühl, die gesamte moderne Literatur und das gesamte europäische Kino auf einmal zu hören. Es war GENIAL.

Wenn irgend etwas außer der Literatur und vielleicht sogar noch mehr als die Literatur dafür gesorgt hatte, daß sie sich französisch fühlte, sie hatte Lust, SICH FRANZÖSISCH VERHIELT zu sagen, dann war es der Film der sechziger Jahre. Und wenn jemand diesen Film personifizierte, dann war es Lola Dhol, die Norwegerin. Sie hatte sie becirct. Sobald sie den Mund öffnete, prägte ihr unausrottbarer Akzent die unterschiedlichsten Dialoge, als sei sie der Autor. Lola drehte sich um, und wäre ihre Stimme nicht noch in ihrem Mund widergehallt, hätte Gloria ihren Augen nicht getraut.

Ihr Gesicht war vom Alkohol so gewaltsam verändert worden, daß es zugleich beinahe durchsichtig und rotblau wirkte, als hätte es Verbrennungen erlitten, und die abgestorbene Haut wölbte sich in grauen Wülsten vor. Sie hatte ein Stadium der Vergiftung erreicht, in dem sie, nachdem sie zunächst fett und aufgeschwemmt gewesen war, völlig abgemagert war, von leichenblasser Kachexie. Sie war von ihren Schönheitschirurgen aufgegeben worden, von ihren Ärzten abgeschrieben. Mit der Kraft eines Phönix, die ihr innewohnte, erstand sie immer wieder auf, ließ hier eine Niere zurück, dort eine Bauchspeicheldrüse oder ein Stück Magen, war dabei aber so schwungvoll und bei klarem Verstand, daß diejenigen, die sich noch trauten, mit ihr zu verkehren, sie bewunderten, trotz all der häßlichen Säufer-Geschichten, die über sie in Umlauf waren.

Lola Dhol ihrerseits bemerkte zuallererst den Blick Glorias. Sie erkannte diese überfließende Zärtlichkeit wieder, diesen tränenfeuchten Gefühlsüberschwang, dieses bewundernde und dankbare Lächeln, das sie früher in den Frauen hervorgerufen hatte, die um sie herum mit einem derartigen Respekt Wache hielten, daß sie nie zögerte, auf sie zuzugehen, um ihre Zurückhaltung aufzubrechen und ihnen zu sagen, daß sie sie liebte. Dann erblickte sie eine Frau zwischen zwei Lebensaltern in Dienstmädchenkleidung, die in dieser Umgebung aus dem Rahmen fiel. Und erst dann bemerkte sie, daß Gloria schwarz war. Lola hatte ihre Black-Power-Periode durchgemacht, in der sie unterdrückte Minderheiten unterstützte. Sie erkannte in Gloria ein Opfer der Männer und Amerikas. Sie ging auf sie zu und umarmte sie, als würde sie sie schon ewig kennen.

Obwohl es nicht so aussah, war es keineswegs Lola, die bei diesem New Yorker Cocktail Gloria rettete, sondern Gloria, die Lola die letzte Chance bot, sich aus dem Sumpf zu ziehen. Denn die Frau, die an jenem Tag zwischen all den dozierenden Intellektuellen so fehl am Platze wirkte, diese kleine Frau mit dem Speck ihrer vierzig Jahre mitten unter den mageren und flachbäuchigen weiblichen Gästen in ihren strengen schwarzen Kleidern, war eine mächtige Frau. Gloria Patter von der Middleway Kansas University, Dekan der Fakultät für Fremdsprachen, Präsidentin mehrerer frankophoner Vereine, finanzierte die New Yorker Tage des französischen Films der sechziger Jahre. Von Los Angeles bis New York standen sie alle bei Gloria Patter Schlange. Und was das dreiviertellange, klatschmohnrote Kleid betraf, das ihre Figur verunzierte, das Tüllband, das ihr bereits ergrautes Haar zusammenhielt, und ihre langen Plastikohrringe, so war ihr das alles von ihrer PR-Beraterin empfohlen worden.

Von nun an nahm Lola an allen feministischen Veranstaltungen teil, die Gloria organisierte, und vor allem am Kolloquium von Middleway, das den Höhepunkt bildete. Sie hatte sich mehr oder weniger in den Vereinigten Staaten niedergelassen und pendelte von Universität zu Universität, um Lesungen zu halten: Bücher von Frauen und von Zeit zu Zeit auch die des Großen Orakels, des einzigen männlichen Schriftstellers, den zu hören das Publikum akzeptierte, weil er ihre Bewegung unterstützt hatte. Sie las immer auf demselben Ton, mit derselben Stimme. Sie las, ohne irgend etwas zu verstehen, so, wie sie früher eine Mode lanciert hatte. Lesen, ohne Bemühen zu wissen, was man da liest, lesen wie eine Übung, die völlig unabhängig vom Text abläuft.

Es war ein Idyll gewesen, bis Gloria die Bekanntschaft Aurores machte, die sie zunächst gelesen hatte, weil sie Französin war und dann vergötterte, weil sie über Afrika sprach. Gloria, die Amerika erobert hatte, träumte von einem ursprünglichen Afrika, das sie nicht kannte und wohin zu gehen sie nicht wagte. Dazu war sie schon zu sehr Amerikanerin. Sie stand hilflos vor der schwarzen Unendlichkeit, die ihre Phantasie heimsuchte. Für Aurore war Afrika der Ort, wo sie geboren war und der ein für allemal ihre Farbpalette und ihr Geruchsspektrum festgeschrieben hatte.

Als Gloria während einer Reise und mit Hilfe von Indiskretion und Neugierde Aurore in ihrem Pariser Appartement stellte, blieb sie offenen Mundes und in einer Verblüffung stehen, die sie daran hinderte, die Schwelle dieser Tür zu überschreiten, die sie selbst eingerannt hatte. Keinen einzigen Augenblick lang war ihr der Gedanke gekommen, daß Aurore etwa keine Schwarze sein könne. Aurore war weiß, sie war eine von den Blondinen, die die Zeit bleicht, bis sie fast durchsichtig sind. Gloria hatte im Rahmen der *feminine studies* eine Studien- und Forschungsgruppe zur afrikanischen Literatur gegründet. Sie lud Aurore in ihrer Eigenschaft als afrikanische Schriftstellerin ein, und da Aurore ihrerseits überzeugt war, daß Amerika so eine Art Afrika sein müsse, vereinigten ihrer beider Träume sich. Die Studenten fanden nichts daran auszusetzen.

In Middleway entbrannte Gloria von neuem wie ein junges Mädchen für Aurore. Eine respektablere Lola Dhol fiel ihr da in den Schoß, plus die Bücher, die sie letztlich über das Kino stellte, plus Afrika, wo Aurore gelebt hatte. Die Schriftstellerin hatte etwas Entstofflichtes, etwas Leichtes und Fliehendes, sie war eine Art Luftballon, den man an einem Draht hält, der in den Himmel steigen will und verschwindet, sobald man ihn losläßt: Die werd' ich mir festbinden müssen! – genauer Ausdruck der einseitigen Bindung, die Gloria eingegangen war.

Ein Zimmer war für die Romanautorin im Hilton reserviert, aber in verliebtem Überschwang sagte ihr Gloria: DU wirst bei mir wohnen, DIR hab' ich das Zimmer meiner Tochter reserviert. Und als sie bemerkte, daß das bei Aurore, die Paris–Chicago und danach Chicago–Middleway in den Knochen hatte, keinen Glückstaumel hervorrief, vertraute sie ihr an, daß mehrere Seminare, und zwar die besten, sich um ihre Bücher drehen würden. Babette Cohen höchstpersönlich hatte sich die intertextuelle Interpretation ihres Werks vorbehalten. Und da Aurore noch immer reserviert blieb, eröffnete sie ihr, daß Lola Dhol aus ihrem neuesten Buch lesen würde. Setzte noch einen drauf mit der großartigen Neuigkeit: Ich hab' angefangen, es zu übersetzen! Ein Hoffnungsschimmer blitzte mit einem Mal in den Augen der Schriftstellerin auf. Das heißt, fügte Gloria hinzu, ganz so einfach ist es auch wieder nicht, ich mache eher eine Adaption. Darüber werden wir noch reden müssen.

Aurore wirkte verunsichert. Um sie wieder für sich zu gewinnen, sagte Gloria ihr, sie habe, ihren Wünschen entsprechend, einen Termin mit dem Konservator des Zoos ausgemacht, und es warte auch in dieser Hinsicht eine schöne Überraschung auf sie. Sie war die erste Schriftstellerin, die Gloria kannte, die ihre Teilnahme an den *feminine studies* mit einem Besuch im Zoo verband.

Und passend dazu fragte der Computer, der mit seinen Späßchen zu Ende war: Großes Glück oder kleine Freude? Gloria wählte großes Glück. Mit einer Folge komplexer Eingaben, die verschiedene Paßwörter, ihren Geburtstag, die drei ersten Buchstaben des Vornamens ihrer Tochter und die beiden letzten ihres Mannes enthielten, rief sie die Menüseite auf. Die stellte sich wie der Einband eines Romans dar, mitsamt dem imitierten Signet eines berühmten New Yorker Verlags. Gloria hielt den Atem an und las:

Gloria Patter

African Woman

Die Waschmaschine, die sich lautlos aufgeheizt hatte, begann den Waschgang. Unter kleinen Rülpsern wurde die Wäsche am Boden der Trommel versammelt, bevor die Achterbahnfahrt losging, die sie schütteln, wringen, quetschen und an ihr zerren würde. Babette Cohen drehte sich gegen die Mauer des Kellers, der hier großartig BASEMENT hieß, um ihren empfindlichen Schlaf zu schützen, der nichts daran änderte, daß ihr vor Müdigkeit die Augen zufielen und die Glieder schwer wurden. Sie zog den Nerzmantel, der ihr als Bettdecke diente, bis über die Wangen herauf. Bei der zarten Berührung versetzte ihr der Kummer einen Dolchstoß mitten ins Herz, wie jeden Morgen, seit der Flieger sie verlassen hatte.

Die Waschmaschine machte eine kurze Pause, und Babette hing über einem lautlosen Abgrund, in dem sie sich so einsam fühlte wie eine lebendig Begrabene. Sie wälzte sich herum, tastete nach ihrer Brille, die sie seit ihrer Kindheit unters Bett legte, um nicht draufzutreten, setzte sie auf und blinzelte in den Streifen grünlichen Tageslichts, der durch einen Lichtschacht einfiel. Sie dachte, daß es EKELHAFT war, jemanden in einem Keller unterzubringen, ekelhaft und herablassend, mitten in diesem ganzen Sperrmüll-Krempel, diesen vorsintflutlichen Haushaltsgeräten und mit diesen Wäscheleinen, die quer durchs Zimmer gespannt waren und einem den Hals durchzuschneiden drohten. Gewiß, Gloria war klein und hatte eben alles auf ihre Größe ausgerichtet! Die Waschmaschine begann ihren Schleudergang, eine Rotation von achthundert Umdrehungen pro Minute ohne Geräuschisolation: Man konnte hören, wie der Wäscheklumpen gegen die Trommel schlug, wie die Perlmutt- und Plastikknöpfe klickerten, eine metallene Gürtelschnalle dagegenknallte, gar nicht zu reden vom Geklirr des Münzgelds, das Gloria, die alles andere als ordentlich war, in den Taschen vergessen hatte.

Daß der Flieger sie so mir nichts, dir nichts verließ, nach einer fünfundzwanzigjährigen Ehe, gerade als sie nach unzähligen vergessenen Geburtstagen alles mit einer phantastischen Silberhochzeit wettmachen wollte, mit all den Zeugen ihres großen und unzerbrechlichen Eheglücks, hatte ihr derart den Boden unter den Füßen weggezogen, daß sie seit den acht schicksalhaften Tagen nur mehr ihren dringendsten Verpflichtungen nachkam. Er war noch keine zwei Stunden zur Tür hinaus, da mußte sie schon selbst zu ihrem Kolloquium nach Middleway aufbrechen, und die einzige Vorsichtsmaßnahme, die sie noch getroffen hatte, war, Gloria am Telefon von ihrem Unglück zu berichten, damit sie sie nicht wie üblich im Hotel unterbrachte: Kein Hilton für mich dieses Jahr. Ich hab' keine Ahnung, was mir noch alles bevorsteht. Und

Gloria, die den Flieger nie gemocht hatte, vor allem weil er im Krieg gewesen war, versicherte sie ihres tiefsten Mitgefühls: Die Männer sind alle gleich. Sie hatte ihr das Basement zugewiesen: Du wirst sehen, wahnsinnig gemütlich, Chrystal ist gerade dabei, es herzurichten, um unabhängiger zu sein!

Babette kannte Gloria seit der Washington University, auf die sie beide mit einem Graduiertenstipendium für ausländische Studenten gekommen waren, das von einer bekannten Marke für Tomatensoßen finanziert wurde. Nach der anfänglichen Freude, weiterstudieren zu können, obwohl sie keinen müden Pfennig hatten, ertrugen sie die Omnipräsenz der Tomatensoße immer weniger, die großzügig noch den letzten Gegenstand der Stiftung mit ihrem roten und aus einer Tube quellenden Logo zierte. In den Vereinigten Staaten war Armut für die Intelligenz damals keineswegs ein Ruhmesblatt, und sie trauten sich nicht recht, sich mit ihren boyfriends am Eingang des Pavillons zu verabreden, über dessen roter Backsteinfassade der Name des glorreichen Sponsors prangte, als wäre das kleine Gebäude die Fabrikationshalle für die Soße und die Studentinnen die Arbeiter. Aber es war eine Frage von Entweder-Oder, und darum hatten sich sowohl Gloria wie auch Babette mit der Gier von Verhungernden auf ihre Chance gestürzt.

Für Babette war Washington das gelobte Land. In den sechziger Jahren aus Algerien umgesiedelt, hatte sie sich mit einer von dem Schock gelähmten Familie in Bordeaux wiedergefunden. Die Großmutter wußte nicht mehr, wo sie sich befand, die Mutter schluckte mit einer unaufhörlichen kleinen Kaubewegung, mit der sie ihre Unterlippe zerbiß, die Tränen herunter. Der einzige Fremde, der jemals ihre Zweizimmerwohnung in der Rue de Pessac, weit draußen am Stadtrand betrat, war DER Doktor. Er verschrieb ihnen Beruhigungsmittel. Beruhigungsmittel für den Vater, Beruhigungsmittel für die Mutter, Beruhigungsmittel für die Großmutter, Beruhigungsmittel für die beiden Brüder – zwei verschiedene Marken –, Beruhigungsmittel für die Schwester, die keine Regel mehr hatte, Beruhigungsmittel für Babette. Für sie gab es Valium.

Sie war sechzehn, litt an einer Kurzsichtigkeit, die einer Schwerstbehinderung gleichkam, hatte einen herrlichen Körper, eine brachiale Intelligenz und einen Haß wie ein Außenbordmotor. Eines Abends, als sie – unter Beruhigungsmitteln stehend – dabei waren, in der von einer Gauloises Bleu nach der anderen gesättigten Luft, *Spiel ohne Grenzen* zu verfolgen, sagte Babette sich, daß sie die Wahl zwischen zwei Auswegen hatte: auf einen Schlag alle Medikamente der ganzen Familie zu schlucken oder aber ihre Ration Valium in den Mülleimer zu werfen. Sie warf ihr Valium weg. Ihre kleine Schwester dagegen, die sich dieselben Gedanken gemacht hatte, wählte die andere Lösung.

Mit ihrem Kassengestell, hinter dem sie wie eine Blinde aussah, dem Khakimantel, den einer der Brüder vergessen hatte, der Armee zurückzugeben, und den Schuhen, die die bettlägerige Großmutter nicht mehr trug, besuchte sie eine Universität, die, soweit sie das beurteilen konnte, wie ein exklusiver Club funktionierte, wo man bartlosen Jüngelchen mit seidenen Halstüchern junge Mädchen vorstellte, die Gesichter wie lackierte Kürbisse hatten. Man spielte Bridge in den Cafés um die Place de la Victoire und fuhr am Steuer seiner elastischen Ente oder seines Ami 6 ins Wochenende, um an irgendwelchen hübschen Orten gut essen zu gehen. Bordeaux, das hieß für ein Mädchen entweder Medizin oder Anglistik und in jedem Fall Heirat. Konnte eines dieser Fräuleins nicht nach drei, vier Angriffswellen ihren Marinearzt heimführen, mußte sie sich radikal umorientieren und reiste gen England, um vergessen zu machen, was jedermann wußte, daß sie nämlich DIE LIEBE DER MATROSEN etwas zu genau kannte. Bei der Rückkehr war der Ehrgeiz dann ein wenig runtergefahren, so daß es ihnen im allgemeinen gelang, ihren Magister in Anglistik und einen Juristen als Ehemann zu erringen.

Babette dagegen stürzte sich aus reinem Haß aufs Französische in die Anglistik. Am Tag ihrer Volljährigkeit hatte sie ihren Lehramtsabschluß. Sie hatte nichts gesehen, nichts gehört, nie jemanden abschreiben lassen, keine Aufzeichnungen ausgeliehen, keine Adresse ausgetauscht. Ein Professor hatte ihr gesagt, würde sie sich nur ein wenig zurechtmachen, sähe sie gar nicht so schlecht aus. Er ließ auch durchblicken, wobei das letztere dafür sicherlich die Bedingung gewesen wäre, daß er sie gerne als Assistentin hätte. Diese Art von Typen widerte sie an, denn deren sexuelle Frustration ließ sie keineswegs etwa auch auf ihre Autoritäts- und Machtprivilegien verzichten. Sie brachten ihre erbärmlichen Schäfchen unter der schützenden Glocke der Universität ins trockne, husch, husch in ihrem Arbeitszimmer, wenn die Sekretärin Feierabend hatte, ließen hinterher erniedrigte Studentinnen zurück und zahlten sie mit kleinen universitären Hilfsjobs aus, die sie nichts kosteten. Sie hatte nichts am Hut mit der hypothetischen Unterstützung eines abstoßenden Mannes, dessen Typus so häufig war, daß sie seinesgleichen schon an der leuchtenden Glatze und den geschwollenen Ohrspeicheldrüsen auf der Stelle erkannte. Sie beantragte ein Stipendium, bekam es, und ging, mit dem ausschließlichen Ziel, Amerikanerin zu werden, nach Amerika.

Wenn es etwas gab, was sie haßte, so war das, von Zeit zu Zeit für eine Französin gehalten zu werden, was sie wie eine Beleidigung empfand. Was hatte sie Falsches gesagt oder getan? Und wenn man sie beruhigte und erklärte, man habe ihr nur ein Kompliment machen wollen für den Charme, den sie ausstrahlte, ihre Lebendigkeit oder einfach für ihr hübsches Aussehen, erfand sie sich eine kanadische Herkunft und behauptete, was in gewisser Hinsicht ja stimmte, sie kenne Frankreich überhaupt nicht. Sie brauchte sich nur an die Zweizimmerwohnung in der Rue de Pessac zu erinnern, in der sie jetzt nur noch zu viert schmorten und den immensen Friedhof Saint-Jean, wo das

Grab der kleinen Schwester auf einem Rechteck am Kreuzungspunkt zweier Alleen lag.

Es war ihr klar, warum sie sich immer so schlecht mit Gloria verstanden hatte, die doch auch mit einer Hartnäckigkeit, die der ihren gleichkam, ihre Herkunft leugnete, die sich ohne Unterlaß immer neu erfunden hatte, um heute, nachdem sie den größten Teil ihres Lebens gemeinsam verbracht hatten, endlich alle Spuren verwischt zu haben. Gloria bezeichnete sich als Französin, sie brachte bereitwillig die Sprache auf ihre afrikanischen Vorfahren, eine Mutter, die vom französischen Gouverneur des Kongo oder der Elfenbeinküste geschwängert worden sei, einen senegalesischen Großvater, dem 1914 die Füße erfroren waren. Diese erfrorenen Füße waren der Gipfel echten Franzosentums für sie. Je nach Gesprächspartner war sie in Straßburg geboren oder in Cherbourg, Babette hörte sogar einmal, wie sie einem Béarner gegenüber behauptete, aus Pau zu stammen, der Stadt, in der ihre Großmutter, die Gattin des englischen Konsuls, ihre Tuberkulose kuriert habe! Gloria stammte immer von da, wo ihr Gesprächspartner herkam, wobei sie jedesmal eine Prüfung in Heimatkunde ablegte und summa cum laude bestand. Sie kannte die Stadtpläne, die Namen der wichtigsten Geschäfte, die örtlichen Spezialitäten. Kam das Gespräch auf gemeinsame Bekannte, schützte sie ansteckende Krankheiten vor, die sie vom Rest der Welt abgeschnitten hätten, da sie ihre zur Quarantäne verurteilten Eltern habe pflegen müssen. Seit sie Aurore kennengelernt hatte, erklärte Gloria nur mehr, aus Port-Banane zu stammen, einer erfundenen Stadt, die sie besser kannte als jede von Aurores Romanfiguren.

Es ist ihr gutes Recht, sagte sich Babette, es ist ihr Recht, zu stammen, woher sie will, so alt zu sein, wie sie will, und den Namen und Vornamen zu haben, den sie will. So einfach kam man nicht in die Villa Tomato rein, man mußte wirklich ein Nichts sein und dazu noch ein sehr begabtes, damit die karitative Einrichtung einem ihre Tore öffnete und aus der Ausländerin, die man war, ein perfektes amerikanisches Produkt machte. Babette erinnerte sich noch an den unbändigen Willen Glorias, auf französisch zu lesen und französische Filme zu sehen. Damals war sie die einzige Studentin auf dem Campus, wo alle sich im Auto fortbewegten, die mit einem Velosolex fuhr. Von den bläulichen Auspuffgasen eines Motors verhüllt, der mangels des richtigen Gemischs spuckte, rollte sie durch die verbotenen Alleen. Ihre Füße stellte sie nicht auf die Pedale, sondern gekreuzt auf den Rahmen, wie sie es Lola Dhol in einem Film hatte tun sehen, der in der Kinemathek gelaufen war. Das Solex gehörte übrigens dem örtlichen Filmvorführer, einem langhaarigen Außenseiter aus Kansas, der gegen den Vietnamkrieg war und die freien Stunden, in denen er nicht gerissene Filme flickte, am Motor seines ziemlich dürftigen Ofens herumbastelte. Das Solex, das ihnen in irgendeinem Schwarzweißfilm, der gegen die damals bestehende Übermacht des Cinemascope demonstrierte, begegnet war, repräsentierte für sie das exemplarische antiamerikanische Symbol, auf dem ihre Beziehung aufbaute. Aber all das konnte Babette nicht sonderlich beeindrucken, sie verdächtigte Gloria, sich für eine Französin auszugeben, um ihr ERBÄRMLICHES Englisch zu entschuldigen, obwohl sie, wie Babette bemerkte, ein höchst approximatives Französisch sprach.

Der Nachteil, in ihren eigenen vier Wänden zu arbeiten, bestand darin, daß die materiellen Dinge und vor allem die Hausarbeit, die ihr in ihrem Büro in der Universität erspart blieben, hier jegliches planvolle, persönliche und freischweifende Tun erschwerten. Vor dem Bildschirm ihres Computers sitzend, hoffte Gloria, die Zeit zu haben, ein bißchen an ihrem Roman herumzubasteln, bevor die anderen aufwachten, hörte dann aber das Poltern der Waschmaschine, das den Schleudergang ankündigte. Wäre sie in ihre Arbeit versunken, hätte sie, was schon oft genug vorgekommen war, die Wäsche in ihrer Trommel vergessen können, bis sie steif wurde, aber sie stolperte über ihren Text. Er erschien in Abschnitten unterschiedlicher Länge, die sie mit Ausschneiden und Einfügen in thematischen Zusammenhang zu bringen suchte. Die Seite war gespickt mit Frage-, Ausrufe- und Unterlassungszeichen – dem Übersetzungscode ihres Sekretärs, um komplexe Passagen, nachzuschlagende Wörter und übersprungene Sätze zu kennzeichnen –, und das wirkte, als hätte sie ungewollt eine Taste verklemmt. Sie stand auf, um die Maschine im Basement abzuschalten.

Verkrampft auf dem Bett liegend, in ihrem Nerzmantel zusammengerollt und ihre riesige, metallgerahmte und mit getönten Gläsern bestückte Dior-Brille auf der Nase, starrte Babette sie mit einem Eulenblick an.

– Kann ich Licht machen? fragte Gloria.

– Du kannst alles tun, was du willst, antwortete Babette mit einer derart verzagten Stimme, daß Gloria sie fragte, ob sie weine. Diese simple Mutmaßung genügte, Babette in Tränen ausbrechen zu lassen. Was blieb da anderes übrig als zu ihr hinzugehen, sie trotz des dicken Nerzes, dessen Berührung ihr widerlich war, in die Arme zu nehmen, den schrecklichen Blick dieser monströsen Gläser zu erwidern, die Hand zu streicheln, deren Finger lange rote Nägel hatten und einen Ring trugen, dessen fetter Brillant klauenartig in Platin gefaßt war. Wenn ich ehrlich bin, dachte Gloria, als sie Babette umarmte, repräsentiert sie absolut alles, was ich nicht leiden kann. Und, sie weiter umarmend, was einen neuerlichen Tränenschwall zur Folge hatte: Sie ist all das, was ich hasse!

Sie fing an, über den Flieger herzuziehen. Seit sie ihn kannte, fiel ihr nichts ein, was zu seinen Gunsten sprach. Er war immer großkotzig gewesen, er stank nach Bourgeois aus dem Osten. Er verdrängte sehr viel Wind, sah von der Höhe seiner Einsneunzig auf die ganze Welt herab, hatte für alles, was nicht amerikanisch war, nur das gleichgültige Schulterzucken übrig, das man ihm schon in der Wiege beigebracht hatte und das er dann noch Humor nannte, um eine Gering-

schätzung zu verbergen, die sie tausendmal stärker spürte, als wenn er ihr in den Hintern getreten und sie eine dreckige Niggerin genannt hätte. Er war ein Typ, der die Gesetze so geschickt beugte, daß es ihm gelang, einen am Schluß immer ins Unrecht zu setzen. Er wartete nur auf eines, und zwar, daß man einen Fehler machte. Und wie oft war das nicht geschehen?
– Ihr wart wie Hund und Katze, unterbrach Babette und befreite sich aus Glorias Umarmung.
– Wir waren vor allem wie Neger und weißer Mann. Immerhin war er der einzige Typ, der es gewagt hat, meine Hautfarbe ins Spiel zu bringen. Er hat mir wortwörtlich, völlig ruhig und mit einem Gesichtsausdruck, den ich nie vergessen werde, gesagt: Das Problem sind Sie selbst, Gloria, nicht ich, nicht die andern, Sie kommen EINFACH NICHT mit Ihrer Hautfarbe zurecht. Dieses Rassisten-Arschloch, dieser Frauenmörder, Kinderschänder … Gloria brüllte: Was weiß er denn schon, was es heißt, schwarz zu sein, dieser Nazi? Was weiß er denn von alltäglicher Erniedrigung? Was weiß er denn von der Befreiung unterdrückter Völker?

Babette ertrug es nicht, daß Gloria andauernd auf Vietnam zurückkam! – Erzähl' ich dir vielleicht die ganze Zeit von Algerien? fragte sie, die Stimme hebend, um auf die gleiche Lautstärke zu kommen. Erzähl' ich dir vielleicht, was sie tun, deine unterdrückten Völker, sobald sie Dolche haben und Rasiermesser? Willst du Details hören über die Befreiungskriege? Willst du wissen, wie meine kleine Schwester zu Tode gekommen ist?

– Aber sie hat Selbstmord begangen, deine Schwester, sagte Gloria plötzlich wieder ganz ruhig.
– Ja, antwortete Babette, SIE HABEN SIE ERMORDET. Und wieder brach sie in Tränen aus, ohne daß Gloria wußte, ob es die Erinnerung an ihre Schwester war, die sie in sich trug wie das Kind, das sie nie würde gebären können, oder ob sie ganz einfach wieder an die Liebe dachte, die sie nach wie vor für den Flieger empfand, oder aber ob sie gegen die Ungerechtigkeit protestierte, die sie ihm gegenüber an den Tag legte. Denn mochte er auch ein Rassist sein, so hatte er doch Babette Cohen geheiratet, die völlig mittellose Französin und algerische Jüdin, hatte Gloria gebeten, ihre Trauzeugin zu sein und hatte sie, pechschwarz wie sie war, nach Belmont House eingeladen.

Eigenartige Hochzeit, wo man so viel guten Willen investierte, damit DIE SACHE aufs harmonischste ablaufe. Eine charmante Schwiegermutter, von jedermann Sweetie genannt, die ihre ganze Zeit damit verbrachte, Babette vorzustellen, »Elisabeth« an diesem Tag, ihre französische Schwiegertochter, in die sie ganz vernarrt war, und ihre so BRILLANTE Freundin, diese kleine Gloria, die sie begleitete, weil ihre Eltern die weite Reise nicht hatten machen können, und die auch noch die Komplimente, die sie empfing, zu dämpfen wußte, weil sie wollte, daß alles unkompliziert vor sich gehe – angemessen und unkompliziert – wie jeden Tag, ganz ohne Tamtam. Ein reizendes Haus, ihr Besitz am Meer, die Terrasse mit Orangenbäumchen dekoriert, die man extra aus Kalifornien hatte einfliegen lassen, damit sie alle blühten und ihren lieblichen und frischen Duft ausströmten. Sweetie hielt Babettes Hand umfaßt und wollte ihr in einer Geste zärtlicher Teilnahme zu verstehen geben, daß sie auch ihre Familie nicht vergaß: Ihrer Mutti würde es hier gefallen, nicht wahr, Elisabeth, Ihre Mutti würde es LIEBEN hier! Alles war so zauberhaft und locker durchorganisiert, daß man bis zum Schluß vom Strand profitieren konnte, als wäre dieser ausklingende Spätsommertag ein gemeinsamer Ferienausflug unter alten Freunden gewesen. Drei Stunden strahlender Sonnenschein hatten es ermöglicht, die religiöse Zeremonie auf dem Rasen abzuhalten. Schau her, SIE ist Protestantin, hatte Gloria konstatiert, als sie hörte, wie Babette dem Flieger im Namen des Gottes der Christen Treue gelobte.

Alles war so perfekt, so entspannt gemäß Sweetie und so peace and love gemäß dem Amerika dieser Jahre, daß Gloria sich bemüßigt fühlte, ihrerseits etwas zur Schönheit des Tages beizusteuern, indem sie in der Heiratsurkunde mit dem Namen von Babettes Lieblingsschriftsteller zeichnete, Stevenson. Niemand wurde darauf aufmerksam, was der beste Beweis war, wie gleichgültig sie die Leute ließ, ob sie nun Stevenson hieß oder Jefferson oder irgendeinen Sklavennamen hatte. Aber Babette hatte es bemerkt und war auf sie zugegangen, sich bei ihr zu bedanken – der vielleicht einzige Augenblick, in dem sie wirklich Freundinnen waren – und ihr zu sagen, daß sie ihr Lebtag stolz darauf sein würde, daß Stevenson von seiner letzten Reise zurückgekommen war, um sie zu grüßen, und daß sie nun auch am liebsten noch Faulkner eingeladen hätte.

– Du hast doch schon Doktor Jekyll und Mister Hyde, antwortete Gloria plötzlich patzig, und den Rassisten aus dem Süden kann ich nicht ausstehen!

Abends wurde es gewittrig. Babette erinnerte sich, daß das gute Wetter entgegen der Vorhersagen nicht angehalten hatte. Heirat im Regen bringt Segen, wie man auf französisch sagt, improvisierte Sweetie mit einem heroischen letzten Versuch, ihre Schäfchen in den Hallen von Belmont House ins trockene zu bringen. Und dann geriet die Tapferkeit, die Sweetie zur Schau gestellt hatte, diese Mutter eines einzigen Sohnes, der um so mehr gehätschelt und beschützt wurde, als er alle Hoffnungen einer langen Linie von hyperperfekten Männern und Frauen bündelte, ins Wanken und brach schließlich unter dem Druck von Gefühlen zusammen, die nicht ausschließlich Glücksgefühle waren. Ein Glas Champagner zuviel setzte eine in diesem Rahmen unpassende Enttäuschung frei, die sie zu falschen Tönen hätte treiben können, etwas, was die arme Frau mehr als alles andere fürchtete, da es aller Unordnung dieser barbarischen Epoche Tür und Tor öffnen würde. Zunächst verwandelte sich Elisabeth, die Prinzesssin in Samt und Seide, in Babette zurück, als sie ihre schräge und straßbesetzte Brille aufsetzte, die sie nur für Großauftritte benutzte, die aber die Braut mit dem verschwommenen Blick, die sie den ganzen Tag gewesen war, auf einen Schlag altern ließ.

Sweetie fragte sich, ein wenig zu spät, ob die Kurzsichtigkeit ihrer Schwiegertochter wohl auf ihre Nachkommenschaft übertragbar sei oder ob die guten Augen des Fliegers diese Wertminderung würden aufwiegen können; letztendlich und auf tieferer metaphysischer Ebene stellte sie sich die Frage, ob das Gute über das Böse siegen würde.

Kurz vor der Hochzeitstorte, die ewig auf sich warten ließ, steckte Babette sich mit einer Geste, die deutlich machte, daß es nicht ihre erste war, eine Zigarette an. Sie inhalierte den Rauch und stieß ihn lange Zeit später durch wollüstig geblähte Nüstern wieder aus. Während Sweetic, ihr vierreihiges Perlencollier knetend, das sie übrigens bei der Geburt ihres ersten Enkels mit ELISABETH teilen wollte, sich noch fragte, ob sie ihre Schwiegertochter nicht vor der Schädlichkeit von Tabak für junge Frauen, die schöne Babies haben möchten, warnen sollte, hörte sie, wie ihr Sohn seinen Trauzeugen mitteilte, daß er seiner Frau zu ihrer Hochzeit das schönste Geschenk der Welt gemacht habe und zwar wörtlich, DASS ER SICH SEINE NÜSSE HATTE ABSCHNEIDEN LASSEN. Während man versuchte, Sweetie wieder zum Leben zu erwecken und ihr durch die Blume zu verstehen gab, daß eine Durchtrennung der Samenleiter ein unglücklicherweise irreversibler chirurgischer Eingriff war, steuerte die Feier auf ihren Höhepunkt zu, und der Bräutigam, befreit von allen Erzeugerpflichten, improvisierte mit den Mitgliedern seiner Schwadron unter den verliebten Blicken seiner jungen Frau, über die

Kurzsichtigkeit und Dankbarkeit einen Weichzeichner legten, einen Indianertanz.

– Unseren Spaß hatten wir jedenfalls, sagte Gloria, die bei der Erinnerung an diese Szene wieder lachen mußte.

– Was der Junge für eine Chuzpe hatte, meinte Babette und dachte an den Flieger und all ihre guten Gründe, ihn zu lieben. Er hatte ihren brennenden Wunsch, dem Kinderkriegen zu entgehen, so gut verstanden, daß er sie mit einem Streich von allen Zwängen der Verhütung befreite, auf die sie bis dahin mit quasi neurotischer Zwanghaftigkeit geachtet hatte. Das hätte dein Mann, so avantgardistisch wie er war und so feministisch wie er behauptete zu sein, sich nicht getraut!

– Nein, aber dafür habe ich auch Chrystal! erwiderte Gloria, und dafür werde ich ihm ewig dankbar sein.

– Stimmt, du hast Chrystal, sagte Babette, und deshalb bist du, die Amerika haßt, an das ganze System gekettet.

– Was meinst du damit, ich verstehe nicht ganz.

– Was ich sagen will, ist, daß Chrystal Amerika ist. Oder wenn du das besser verstehst: Du bist die Mama zu Füßen ihrer kleinen Scarlett: Mamsell Scarlett! Mamsell Scarlett! Irgendwo in dir steckt eine alte schwarze Sklavin, die sich vor ihrer kleinen weißen Herrin niederwirft.

– Du weißt doch genau, daß Chrystal nicht weiß ist.

– Dann sag doch, daß sie schwarz ist?!

Ohne zu antworten schaltete Gloria die Waschmaschine aus.

Aurore blickte ratlos auf die elektrische Kaffeemaschine, die sich wie durch ein Wunder mit heißem Kaffee gefüllt hatte. Sie beobachtete sie, um herauszubekommen, wie man wohl den Filter herauszog, der mit dem Motor eine feste Einheit zu bilden schien. Jeder neue Apparat entmutigte sie, sie zitterte vor Angst beim Anblick dieser Kaffeemaschine, die sich kaum von der unterschied, die sie selbst normalerweise benutzte, und tief in ihrer Kehle stieg die Lust zu weinen auf, wie jedesmal, wenn sie in einer unbekannten Umgebung auf sich selbst zurückgeworfen war und irgendwelche Geräte bedienen mußte, bis man bemerkte, daß sie von deren doch sehr einfachem Funktionieren keine Ahnung hatte. Als sie in Frankreich angekommen war, entdeckte Tante Mimi, daß die siebenjährige Juju nicht wußte, wie man einen Wasserhahn aufdreht. Wenn man sie sich die Hände waschen schickte, blieb sie vor dem Waschbecken stehen und starrte auf die verchromte Mechanik, aus der andere Leute, geschicktere als sie, Wasser zu ziehen vermochten.

Beim Versuch, sich zwischen den Rundungen, Einkerbungen und Kuben der Kaffeemaschine zurechtzufinden, fühlte sie sich als Gefangene einer undurchsichtigen Modernität, die ihr angst machte. Sie hatte die allergrößten Schwierigkeiten, in dem angedeuteten A mit gespreizten Schenkeln, das die Damentoiletten anzeigte, irgendeine Beziehung zum Weiblichen zu entdecken, die ihr bei einem züchtig kursiv kalligraphierten *ladies* sofort aufgegangen wäre. In einer Epoche der Computer fuhr sie fort, mit der Hand zu schreiben, verbarg jedoch, daß sie immer noch einen Füllfederhalter benutzte. In allen öffentlichen Gebäuden war sie die Frau, die träumerisch stehenbleibt und Stockungen in der stetigen raschen Flut der Passanten verursacht, die irgendwelchen Pfeilen folgen. Als sie eines Tages, was nicht sehr diplomatisch war, dem Architekten des Flughafens Roissy gestand, daß sie Mühe hatte, sich in dem von ihm konzipierten Gebäude zurechtzufinden, antwortete er schneidend, daß sie nichts zu verstehen brauche, sondern dem Kreisverkehr folgen solle wie jedermann! Seltsamerweise hatte diese Antwort sie erleichtert, ihre Unfähigkeit war demnach ein Zeichen von Intelligenz, jedenfalls einer ANDEREN Intelligenz. Sie drehte dem Architekten den Rücken zu – sie befanden sich auf einem Cocktail, wo man so etwas tun kann, wenn man sich nichts zu sagen hat: He! Versuch du mal, in einem Wald den Pfeilen zu folgen oder dem Kreisverkehr in der Wüste, wenn du keine Ahnung hast, wo Norden und Süden sind, und dich nicht an den Sternen orientieren kannst!

Sie trat ans Fenster und betrachtete in der aufgehenden Sonne das intensive und sanfte Rosa, das sich über den Rasen hin ausbreitete und das Eichhörnchen verfolgte, das jetzt pummeliger war und röter und wie gesättigt von dieser Herrlichkeit. Ihr Herz weitete sich in kindlicher und tiefernster Freude, die ihr die Tränen in die Augen trieb. Wie eines Morgens in Colombo beim Anblick eines Mannes, der im anbrechenden Tag mit vollen Händen Wasser schöpfte und über sich goß, um seinen nackten, in der Sonne funkelnden Körper zu waschen; oder in Kairo, als sie zwischen zwei Wimpernschlägen die leicht über den noch dunklen Nil hingleitende Feluke überrascht hatte. Die Lagune von Abidjan erwachte in der Morgendämmerung in blaue Seide gehüllt, die, während sie sich entfaltete, ins Goldene und Grüne spielte, um dann in einer ihrer Falten das Rot einer voll erblühten Pfingstrose zu fangen, das Rosa eines Hortensienherzens, so daß einem die Augen übergingen. Sehen, immer sehen. Wo immer sie auch war, eine unwiderstehliche Kraft zog sie ans Fenster, um zwischen ihren Wimpern den Beweis zu führen, daß die Welt auch hier wiedergeboren wurde, und daß sie nicht über Nacht gestorben war.

Beim Eintreten fiel Gloria auf, daß Aurore kein Licht gemacht hatte. – Weil draußen alles so rosig ist, antwortete die ihr, den Kopf noch immer zum Fenster gewandt, so zart, und ich hatte Angst, das alles auszulöschen. Und dann gestand sie, nicht mit der Kaffeemaschine zurechtgekommen zu sein. Ist ganz einfach, sagte Gloria, und die Gesten, die sie an der Maschine vollführte, kamen ihr so folgerichtig vor wie alles, was

Gloria tat. Sie beglückwünschte sie, sie hatte ein Kunststück vollbracht.

Dennoch konnte Glorias offensichtliche Beherrschung noch der komplexesten Maschinen und der höchstentwickelten Erfindungen, mit denen ihr Mann, der Filmvorführer und Erbauer wahrer technischer Wunderwerke, das Haus gespickt hatte, mit dem primitiven Widerstand kollidieren, den die Dinge und die Natur ihren Domestizierungsversuchen entgegenstellten. Denn wenn man noch verstehen kann, daß ein Haus wegen einer Brennschere, die in ihrer einfachen Seele einen elektronischen Befehl mißversteht, in Flammen aufgeht, wie soll man es dann erklären, daß es Glorias Haus war, mit einem elektronischen Blitzableiter ausgestattet, in das eines Sommerabends der Blitz schlug, und zwar ausgerechnet an dem Tag, an dem die gesamten Wasserreserven des Arkansas aufgebraucht waren. Angesichts der leeren Schläuche der Feuerwehr hatten die Nachbarn eine Kette gebildet, deren Eimer und Kübel langsam aus den Wasserhähnen ihrer Küchen gefüllt wurden. Wie erklären, daß die Schneemassen des vergangenen Winters, aus dem dieser herrliche Frühling hervorging, den Holzzaun, der ihr Grundstück umgab, hatten zusammenbrechen lassen, während der ihrer Nachbarn, ein paar Meter weiter, stand wie eine Eins? Die waren schon dabei, ihn frisch zu streichen, während Gloria noch immer darauf wartete, daß eine städtische Firma den ihren wieder aufrichtete mit schweren Maschinen, die ihren Rasen umwühlen würden und diejenigen Pflanzen niederwalzen, die von den dicken Bohlen noch verschont geblieben waren.

Im Jahr zuvor war sie Opfer einer Überschwemmung geworden. Die Fluten des Middleway, einem Zufluß des Arkansas, die man eigentlich gezähmt hatte, indem man ihnen ein unterirdisches Bett grub, suchten sich während der Frühlingshochwasser einen Ausweg in ihren Keller und sprudelten als Geysir bis in den ersten Stock hoch. Der Fluß hinterließ auf dem Teppichboden ihres Arbeitszimmers das fruchtbare und fette Schwemmland, das seit der städtischen Untertunnelung nicht mehr die Weizenfelder düngen konnte, die man künstlich bewässerte, noch die Indianerterritorien, wo das trockene Gras in Ballen durch den Wind rollte.

Gloria hatte ihr Haus wiederaufgebaut. Sie hatte das Dach neu mit großen vorgefertigten, glasfiberverstärkten und rote Dachziegel imitierenden Platten gedeckt. Sie hatte die hölzernen Schiebefenster durch eine dreifache Aluminiumstruktur ersetzt, die zugleich Rolladen, Fenster und Fliegengitter war. Mit dem Mut und der Geduld einer Pioniersfrau hatte sie ganz alleine Wasser und Schlamm entfernt. Auf allen vieren, den Hintern hochgereckt, die Nase auf dem Fußboden hatte sie in jener fließenden und tausendjährigen, allen Frauen eigenen Gestik mit Putzlumpen, die sie mit bloßen Händen auswrang, alles aufgewischt.

Sie hatte jedes Möbelstück gesäubert, jedes Utensil, sie hatte abgeschraubt, den Dreck entfernt, wieder zusammengesetzt. Die Bücher ihrer Bibliothek hatten einen ganzen glühendheißen Sommer lang auf dem gelben Rasen zum Trocknen gelegen, sie hatte ihre Ferien damit verbracht, in einer Parodie konzentrierter Lektüre, die sie dem Wind und den Wolken von Kansas vorspielte, die verklebten Seiten voneinander zu lösen und umzublättern. Im Herbst kehrten die eselsohrigen Umschläge und vollgesogenen Seiten wieder auf die ein für allemal gewellten Regalbretter der Bibliothek zurück. Das Haus bewahrte einen Moddergeruch, der einen bei geschlossenen Augen glauben ließ, man lebe in den Sümpfen. Öffnete man sie wieder, fand man sich in einem grünlichen Dämmer, der an ein vernachlässigtes Aquarium erinnerte. Die Grünpflanzen, die an Macraméfäden von der Decke hingen, bewegten sich wie Algen.

Das erinnert mich an Afrika, sagte ihr Aurore.

Ihr Haus im Kamerun war in einem von Jägern gelegten Buschfeuer verbrannt. Anfangs hatte sie sich, um die Jagd zu erwarten, mit ihrer kleinen Schimpansin Délice an den Waldrand gestellt. Sie sah zu, wie die vom Feuer verfolgten Tiere herausgelaufen kamen, einzeln zunächst, und direkt vor ihr stehenblieben, dann ganze Herden, die, ohne sie zu bemerken, vorübergaloppierten. Mit einem Mal stand die Flammenmauer vor ihr, vom Aschenbelag des Tennisplatzes zurückgehalten, haushoch. Und erstarb dann direkt vor ihr, beinahe zu ihren Füßen, mangels

Holznachschubs, mangels Bambus und Gras, das sie hätte verschlingen können, bezwungen von dieser nackten, roten Erde. Doch der Wind hatte die Feuerwoge abgedrängt, sie war zurückgewichen und dann wieder aufgelodert, um wie eine Springflut den Park und die Gärten zu überschwemmen und, bevor die Erwachsenen noch die Zeit hatten, sie aufzuhalten, hinter dem Haus aufzutauchen, dort wo die Benzinfässer lagerten. Die Explosion schleuderte sie in die Luft. Das Haus ertrank in einem Feuerregen. Das Dach aus Kokosmatten ging mit dem abscheulichen Geräusch eines trockenen Orkans brüllend in Flammen auf.

Aurore war auf der Liste der Opfer verzeichnet gewesen, zusammen mit ihren Eltern und allen Domestiken. Es brauchte eine ganze Weile, bis man sie fand, ein ganzes Stück weiter hügelabwärts, in Richtung des Flusses, ohne Haare und mit der gänzlich kahlen und völlig toten Délice in den Armen, die wie eine lange Stoffpuppe aussah. Sie war vollständig von fetter Asche bedeckt, die sie so grau färbte, als hätte man sie in das Faß versenkt, in dem die Medizinmänner die Farbe mischten, die die Krieger unverwundbar und die Jäger unsichtbar machen sollte. Sie war tatsächlich unsichtbar gewesen, bis sie ihre blauen Augen öffnete. Sie erinnerte sich nur noch, daß sie nach Wald gerochen hatte und, nicht wissend, wohin sie gehen sollte, mit größter Sorgfalt Spuren hinterließ, indem sie ihre Fußstapfen in die weiche, dicke Asche setzte, ebenso kostbar wie der Sand, den das Meer morgens an den Strand schwemmt und auf den die Schiffbrüchigen ihre verzweifelten Botschaften schreiben.

Zur Zeit des Hausbrandes in Middleway hatte der Filmvorführer seine zahlreichen komplizierten und empfindlichen Apparaturen zu seinen Eltern transportiert, in ein kleinbürgerliches Viertel, das dem Kult von Law & Order und Lebensversicherungen huldigte. Auch Chrystal hatte man dort unterschlüpfen lassen, bis das Haus repariert und gereinigt war. Aber die schnüffelte überall auf der Suche nach dem kleinsten Anhaltspunkt herum, als habe man sie nicht gerettet, sondern ihr im Gegenteil ein wichtiges Ereignis unterschlagen, das sie ganz persönlich betraf. Schließlich entdeckte sie in einer Parkettritze das Auge eines ihrer Plüschtiere, die im Feuer aufgeplatzt waren. Siehst du, siehst du, schluchzte sie und schwenkte drohend den Beweis der Katastrophe vor ihrer Mutter. Sie verdächtigte sie eines immensen Verschuldens, wobei allerdings nicht recht klar war, ob sie sie beschuldigte, das Feuer selbst gelegt oder vielmehr, ihr das Spektakel vorenthalten zu haben. Gloria, in deren Händen der Ruß trotz aller Waschungen die Falten und Runzeln akzentuierte, ließ das Gewitter über sich ergehen und deutete es als nachträglichen Angstsausbruch. Sie wollte nicht einsehen, daß in Chrystals Kummer vor allem der Schmerz mitschwang, nicht einer außerordentlichen Katastrophe die Stirn geboten zu haben, was sie in ihren eigenen Augen SO SPECIAL gemacht hätte, nach dem Namen des Parfums, das in jenem Jahr alle Backfische trugen: SO SPECIAL.

Es war den Soldaten schließlich gelungen, erinnerte sich Aurore, ihr Délice zu entwinden, die bereits anfing, schlecht zu riechen. Sie hatten einen nach dem andern all ihre Finger entkrampft, ihren Arm hochgehoben und ihre Hand festgehalten, die alles wiederhaben wollte. Sie hatten ihr die Fetzen eines gelben Kleides entfernt, die an ihrer Haut kleben geblieben waren. Sie hatten sie in ein Tuch gehüllt, aber sie hatte keine Schuhe. Ihre nackten Fußsohlen spürten noch immer die Hitze der erloschenen Asche. Von ihren Armen und Beinen lösten sie einen grauen Film, fein wie Spinnweben. Als Notunterkunft hatten die Soldaten eine Hütte aus grünem Holz hochgezogen, das nachts, wenn es die Hitze des Tages an die Sterne abgab, knackte. Die Balken sonderten einen weißen, milchigen Saft ab, den durchsichtige Eidechsen tranken. Voll von diesem Nektar, fielen sie dann auf den Boden, und die Ameisen melkten sie wie besessen, bis ihnen der Bauch aufplatzte.

Es hatte beinahe zehn Tage gedauert, bis man Yaoundé erreichte, wo ihr Konvoi schon in einer Stimmung niedergeschlagenen Mitgefühls erwartet und Aurore von Hand zu Hand weitergereicht, gegen weibliche Brüste gequetscht, von Männerarmen emporgehoben wurde, und wo jedermann ihr das Zimmer seines Kindes, das Bett seines Kindes überlassen wollte. Sie blieb noch einige Tage mitten in diesem tragischen Trubel, ohne zu wissen, was sie mit all den Dingen tun sollte, die man ihr in die Hand drückte, all dem Essen, das man ihr in den Mund stopfte, schloß die Augen, damit sie all die Gaffer nicht mehr sehen mußte, und strich mit den Fingerspitzen über den feinen, blonden Flaum, der auf ihrem Kopf zu sprießen begann.

Und dann war der Tag der Abreise nach Douala gekommen, aber zuvor mußte ihr noch ein Paar Schuhe gekauft werden. Darauf hatte sie große Lust, weil es das einzige war, was an einem Ort, wo man ihr alles geliehen hatte, ihr selbst gehören würde, denn sie hatte ja alles verloren, und sie hatte Angst, daß die Leute, die ihr das Versprechen gemacht hatten, es nicht halten würden. Daher fragte sie andauernd: Wann werden wir meine Schuhe kaufen? und beharrte darauf mit einer Dickköpfigkeit, einem Starrsinn, den keinerlei Zusicherung beruhigen konnte, bis man sie endlich in das Geschäft führte. Dort wollte sie, neuerliche Laune, partout nicht in die Kinderabteilung. Sie pflanzte sich in dem für Herrenschuhe reservierten Raum auf, deutete auf ein Paar mit Schnürsenkeln, Größe vierzig, und ließ sich nicht mehr davon abbringen. Schließlich ließ man sie die Männerschuhe mitnehmen, während sie weiterhin barfuß ging.

Vom Steg aus sah man ihr schweren Herzens nach, wie sie, so winzig und mit dem blonden Flaum auf dem Kopf, beherzt die Schaluppe bestieg, die sie aufs Meer hinausbringen sollte, wo die Fahrgäste mit Netzen an Bord des Passagierschiffes gehißt wurden. Ein Ehepaar, das zur Kur nach Vichy fuhr, würde sich während der Überfahrt um sie kümmern. Der Mann nahm sie in die Arme, und die Frau wollte ihr den Schuhkarton abnehmen.

Gloria fragte sich, welchen unsichtbaren Karton Aurore an diesem Morgen unter die Achsel geklemmt hatte. Sie spürte, daß sie kurz davor war, denselben Schrei auszustoßen, den sie dort unten ausgestoßen hatte, als die gute Frau versuchte, ihr ihren Schuhkarton wegzunehmen, daß sie kurz davor war, in den schrecklichen Kummer zu stürzen, mit dem die Abwesenheit, die ewige Abwesenheit ihrer Eltern sie immer wieder unvermittelt erfüllte. Ihre Faust hatte sich endgültig um den Rock ihrer Mutter geschlossen, an dem sie sich festhalten wollte.

Als sie sich umdrehte, mit nackten Beinen und Füßen unter dem T-Shirt, das ihr als Nachthemd diente, war so viel von dem verlassenen Kind in ihr, das dort in Afrika geblieben war, daß Gloria sie in die Arme nehmen und auf den Kopf küssen wollte, wo das blonde Haar nachgewachsen war.

– Ich fühle mich erbärmlich, sagte Aurore, ich stehe zu früh auf und verliere meine Energie wie ein alter, löchriger Topf. Es ist nur gerade noch ein Bodensatz übrig, ein Tropfen, mit dem ich haushalten muß, um bis nachher durchzustehn. Weil wenn der Zoo anruft, will ich eine gute Figur machen und sie überzeugen, daß ich fähig bin, mich um die kleinen Schimpansen zu kümmern. Die Leute beurteilen einen ja ausschließlich nach Enthusiasmus, Leidenschaft und ... eben nach Energie!

– Das ist der Jetlag, sagte Gloria, während sie versuchte, auf dem Tisch etwas Platz zu schaffen. Sie räumte Mappen, gelbe Merkzettel, auf denen telefonische Nachrichten notiert waren, und ihre langen, nicht zusammenpassenden Plastikohrringe zusammen. Es geht uns doch allen so mit dieser ewigen Umherreiserei. Du hast ja keine Ahnung, wie erschöpft ich mich manchmal fühle. Letzte Woche bin ich im Flugzeug von Houston sogar ohnmächtig geworden.

– Aber es ist ja gar nicht nur der Jetlag, sagte Aurore und setzte sich an den Küchentisch, alles ist verschoben, mein Verhältnis zur Zeit, zum Raum, zu den andern, zu den Frauen, den Männern ... und ihr Blick fiel auf einen großen Plastikbehälter, den Gloria an den Rand des Tischs geschoben hatte, um fürs Frühstück decken zu können. In seinem Innern lief ein Tier hin und her.

– Das ist eine Ratte, sagte Gloria. Chrystal wollte einen Hund oder eine Katze, ich hab' ihr das da gekauft, und natürlich hat sie nach zwei Tagen aufgehört, sich dafür zu interessieren. Jetzt muß ich mich drum kümmern, sagte sie, hob den Deckel ab und warf ein Stück Karotte hinein. Zu Chrystals Entschuldigung schloß sie an, daß das Tier nachts aktiv war und tagsüber schlief.

– Aber jetzt schläft sie nicht, bemerkte Aurore. Die

Ratte sprang hoch, um zu versuchen, mit dem Kopf an ein kleines, in den Deckel geschnittenes Luftloch zu kommen. Sie warf sich mit einer Raserei herum, die in der Stille der Küche und des Hauses widerhallte.

– Ruhig Blut, sagte Gloria zu der Ratte gewandt, ruhig Blut!

Aber ihr Ansprechpartner sprang in infernalischem Hin und Her hoch und runter, als hätte er aus sich selbst heraus das Prinzip des Perpetuum mobile entdeckt. Sie schlug mit der flachen Hand auf den Behälter, um das wahnsinnige Rasen des wie aufgezogenen Tiers zu stoppen und es dazu anzuhalten, seine Karotte zu knabbern oder wieder in sein Rad zu klettern, was zwar ein abscheuliches Spiel war, aber keinen Lärm machte.

– Und dein Tier, was war das noch mal? fragte sie Aurore, die nicht wußte, worauf die andere hinauswollte. Als Kind hatten ihr so viele seltsame Tiere gehört, alles Einzelstücke, Versuchsballons einer fruchtbaren und einfallsreichen Natur, wunderliche Verbindungen von Federn und Fell, Pfoten und Händen, Zitzen und Gliedern, Schwänzen und Ohren, Zähnen und Schuppen, Haut und Pusteln und was es sonst noch so brauchte an Streifen und Flecken und zu allem Überfluß an zahlreichen Farben, die bei der Berührung verschwanden und im Tod verblaßten. Man suchte einen Namen für sie und fand keinen, man suchte ihnen Nahrung und fand keine.

– Die meine ich nicht, sagte Gloria, als hätte Aurore ihr eine wissenschaftliche Aufstellung aller Tiere, die den tropischen Urwald bevölkern, geliefert, DEIN TIER, das Tier aus dem Buch? Sie neigte dazu, Aurores Literatur und ihr Leben zu vermischen, sie übereinanderzulegen, den Schlüssel zum einen im anderen zu suchen, als wäre der Roman nur die Übersetzung des Lebens, als wäre Schreiben nie etwas anderes, als in verhüllter Form – meist lyrischer, intensiver und oberflächlicher – die Ungewißheiten, Brüche und Zufälle des Lebens auszusprechen.

Wie wollen Sie denn die Liebe beschreiben, wenn Sie sie nicht kennen, fragte Aurore ein Mann, den sie zurückgewiesen hatte. Überzeugt davon, die Liebe zu verkörpern und daß Aurore bis dato keine Gelegenheit gehabt habe, sie kennenzulernen, dachte er vielleicht, er würde ihr, indem er sie fickte, ein Romanthema schenken. Zweifellos hatte er die Vorstellung, ein Romancier sei genauso begierig darauf, sein eigenes Leben auszuweiden, wie ein Forscher, ein unveröffentlichtes Dokument zu entdecken, und packe jede Gelegenheit beim Schopf, um darüber zu schreiben.

Das ist eben, weil Sie soviel reisen, hatte eine Dame gesagt, was wohl eine Erklärung sein sollte. Aus dem Leben, das ich geführt habe, könnte ich einen Roman machen, vertrauten manche Leser ihr an, die ihre Bücher kauften, so wie man sich mit Tiefkühlware eindeckt, weil man keine Zeit hat, selbst zu kochen.

– Es war, antwortete Aurore, eine Art kleines Beuteltier, aber das ist mir erst letzthin durch einen Dokumentarfilm klargeworden. Es gab Hunderte davon, mit runden Augen wie Murmeln und kleinen

Händchen mit durchsichtigen, nicht etwa Krallen, sondern Nägeln. Genau wie wir, sagte sie, ihre Hand mit den kurzgeschnittenen Nägeln ausstreckend, und setzte dann hinzu, was sie in Europa am meisten erstaunt habe, sei, daß alles festgeschrieben und in Klassen unterteilt war: Kühe, Hunde, Hühner, und zwar nicht nur die Gattungen, sondern jede einzelne Rasse. Alles hatte einen Namen, vom Ohrwurm bis zum Marienkäfer, nur die Sterne und die Mikroorganismen aus den unbekannten Räumen des sehr Großen oder sehr Kleinen waren noch weiße Flecken. Aber schon teilten die über ihre Mikroskope gebeugten Männer in Weiß auf Pressekonferenzen mit, ein neues Virus sei entdeckt, während die Astronomen, die Augen gen Himmel gerichtet, die Geburt eines neuen Sterns begrüßten. Alles Unbekannte fand seinen Weg in den dicken Katalog der Kenntnisse, den man eiligst wieder zuschlug und vergaß, weil man nicht alles wissen und nicht alles behalten kann.

Tante Mimi war es wichtig, daß jedes Ding einen Namen und seinen Platz im Universum habe. Das fing beim Tischdecken an, Gabel nach links, Messer nach rechts, und ging in den Alleen des Park Beaumont mit dem Benennen aller Pflanzenarten weiter: Wiederholen! Dann auf der Promenade des Pyrénées mit der Aufzählung aller Berggipfel: Wiederholen! befahl sie Juju. Und schließlich irgendwo auf der Straße mit der Bezeichnung aller Straßen- und Plätzenamen der Stadt vor den zugehörigen Schildern: Buchstabier das! Das Tier hatte keinen Namen bekommen.

Ganz wie Tante Mimi verlangte Gloria, daß in Aurores literarischem Kosmos kein blinder Fleck mehr existiere, denn wie hätte sie sonst das Unübersetzbare übersetzen, das Unbekannte sich aneignen sollen? Es kam ihr vor, als müsse der Autor der Spezialist seines Œuvres sein und als müsse zumindest er darin Bescheid wissen. Sie sei glücklich, erfahren zu haben, daß das Tier ein Beuteltier war, und würde diese ungenaue Vokabel in *African Woman* mit »das kleine Beuteltier« wiedergeben.
– Ich glaube, sagte Aurore, daß »Tier« besser ist. Und mit einem Mal spürte sie auf ihrer Haut das blonde, weiche, kleine Tier, seinen runden Kopf, die elastischen Ringe seines buschigen Schweifs, seinen herben Geruch, seine duftige Wärme und den gummiartigen, rhythmischen Druck seiner Finger, die ihr Haar zerzausten, um sich darin ein Nest zu bereiten. Doch, sagte Aurore, Tier ist mir lieber.

Als es von ihrer Schulter gerutscht war, als es zu Boden gefallen war, sie ihren Fuß auf es setzte, sie es zertrat, da hatte man ihr, um sie zu trösten, gesagt: Aber es war doch nur eine BEUTELRATTE, die gibt's zu Tausenden! Und als man es vollends töten mußte, indem man es mehrmals kräftig gegen die Mauer schlug, um endlich das Zittern zu beenden, das durch seinen ganzen Körper lief, da war es nur mehr eine RATTE, eine EKLIGE RATTE.
– Mir ist kalt, sagte Aurore, und Gloria nahm ihre Füße, stellte sie auf ihre warmen Schenkel und begann, sie zwischen ihren Händen zu reiben. Stimmt

schon, dachte Gloria in Erinnerung daran, was Babette ihr gesagt hatte, ich benehme mich wie die alte Mama vor ihrer weißen Prinzessin, ich bin die Sklavin Lolas, Chrystals und Aurores, aber die sind alle so verletzlich und ich so stark, und sie fuhr fort, Aurores Füße zu massieren, um sie zu trösten; so unglaublich stark, so unendlich stark. Aurore überließ sich ihr mit der Hingabe eines Kinds bei der Amme. Sie empfand ein unsagbar wohliges Gefühl dabei, ihre Füße auf Glorias Knien aufzustützen und sie dann zwischen den braungoldenen Schenkeln zu vergraben, so zart und mollig, so breit und einladend, und während wieder ein wenig Wärme in ihren Körper zurückflutete, während trokkene Hände sie kneteten, dachte sie, daß sie zu Glorias Körper Liebe verspürte, zu seiner Farbe von dunklem Honig, zu seiner elastischen Textur, und das, obwohl sie normalerweise diese Sitte, sich zu begrüßen, indem man die Wangen gegeneinanderrieb und das Make-up vermischte, nicht leiden konnte.

Was ihre Art betraf, das Leben mit beiden Händen anzupacken, als dürfe man sich nicht treiben lassen, sondern müsse um alles kämpfen, war Gloria ganz ähnlich wie Leila. Die war in Paris Aurores einzige Freundin. Sie hatten sich vor zehn Jahren vor dem Monoprix am Boulevard Sébastopol kennengelernt. Leila lag lang hingestreckt auf dem Trottoir wie eine Frau, deren Absatz abgebrochen ist. Sie weinte, und die Menschenmenge wich vor ihr zurück. Aurore bot ihr Hilfe an, sie lehnte ab. Es handelte sich nicht um einen gebrochenen Absatz, und sie wollte mit ihrem Schmerz, ihrem Leid in Ruhe gelassen werden und weinen, mitten auf dem Bürgersteig. Es gelang Aurore, sie auf die andere Straßenseite zu führen. Sie setzten sich in das Café an der Ecke der Rue Réaumur. Kaum saß sie und bestellte ein Bier-Picon, wandelte sich Leilas ganze Haltung zu einer beinahe provokanten Art angriffslustiger Würde. Aurore erkannte in ihr eine Frau, die wußte, was sie wollte. Das geht auf mich, sagte sie, um der Frau, die ihr geholfen hatte, klarzumachen, daß ihr Einfluß oder ihre Überlegenheit hier endeten und daß sie, kaum hatte sie sich selbst wieder im Griff, auch die Zügel ihres Schicksals wieder festhielt.

Beim zweiten Bier-Picon öffnete sie ihren Korb und zog einen winzigen, verängstigten Hund heraus, der in einen Pullover gewickelt war, setzte ihn auf Aurores Schoß und sagte ihr: Hier, den schenke ich Ihnen!

Ich bin da runter, erklärte Leila und deutete in Richtung Seine. Ich hab' denen gesagt: Ich will einen zärtlichen und lieben, der klein bleibt, er ist für einen Kranken. Ich hab' meine ganze Kohle abgedrückt! Zwischen Daumen und Zeigefinger ließ sie all die Scheine durchgleiten, die der Welpe sie gekostet hatte, plus die Tabletten, plus das Halsband und die Leine. Es ist eine PROMENADENMISCHUNG, sagte sie stolz.

Der kleine Hund war für ihren Vater gedacht, einen ehemaligen Harki, der in einem Dreckloch hier im Viertel vor sich hin krebste. Sie wollte ihm ein Versöhnungsgeschenk machen, weil sie nicht die Tochter gewesen war, die er verdient hatte, und außerdem, weil sie ihm, als sie von seiner schweren Krankheit erfuhr, einen Ersatz ihrer selbst schenken wollte, ein Konzentrat all der Liebe, die sie ihm nie hatte geben können. Wie alle Ungeliebten beharrte sie auf der Überzeugung, daß die Liebe, die man nicht bekommen hat, irgendwo doch existieren muß und von einem Augenblick auf den andern doch noch über einen hereinbrechen kann.

Er hatte ihr aufgemacht, abgezehrt, mit fahler Haut, verkrümmt, den Kopf in die Pestschwaden seiner Zigarette eingehüllt. Sie hatte ihn nicht wiedererkannt.

Ja, was ist? hatte er verärgert gefragt, offenbar ohne

sie zu sehen. Leila hatte ihm den Hund hingehalten: Das ist für dich.

Er war ganz blaß geworden und dann in einem dieser Wutanfälle explodiert, die ihn früher, wenn er seine Drohungen und Beleidigungen ausspie, ins Stottern gebracht hatten. Diesmal jedoch hustete er, und zwar so stark, daß es ihm fast die Lunge zerriß und er zu taumeln begann. Einen Hund, brüllte er, während Leila ihn bis zu seinem Sessel bugsierte, diese Nutte will mir einen Hund schenken. Verpiß dich, du Dreckstück.

Dann hatte er ihr gesagt, sie könne von Glück reden, daß er sich nicht auf den Beinen halten konnte, denn andernfalls hätte er es sich nicht entgehen lassen, sie zu verprügeln, ihr die Nase einzuschlagen, die Haare auszureißen und ihr zum guten Schluß ein Messer in die Kehle zu rammen, wie es der Fut, der sie sei, nicht besser verdiene, genau wie ihre Mutter, wie ihre Schwestern und wie Frankreich, das ihn hatte fallenlassen.

Im Grunde hatte er nicht unrecht, kommentierte Leila, sie sei tatsächlich eine Prostituierte, der Hund ein Hund, und Frankreich hatte ihm eine Pension für ehemalige Kriegsteilnehmer hinterlassen, unbegrenzten Kredit auf die Gauloises Bleu, die er in Kette rauchte, und ihn dann vergessen. Aber er hätte sie nicht beleidigen dürfen. Nutte sagte man nicht, ihr gefiel besser, was auf ihrem Steuerbescheid stand: »Freiberufliche Arbeiterin«, was sie aus moralischem Anspruch mit »Humanitäre Arbeiterin« übersetzte. Überdies war »der Fut« nicht einmal korrekt.

– Doch, sagte Aurore, es ist ein altertümlicher Ausdruck.
– Was er sagen wollte, war die Futt. Was hältst du von humanitärer Arbeiterin? wollte Leila wissen.
– Ist in Ordnung, sagte Aurore.
– Und außerdem stimmt es auch einfach. Wenn du wüßtest, wieviel Leid ich lindere, einfach so, aus dem Handgelenk, mit mir selbst ...

Blieb das Problem des kleinen Hundes. Obwohl sie Lust hatte, ihn zu behalten, erklärte Aurore Leila, daß sie in ein paar Tagen nach Afrika reisen müsse.
– Verreist du geschäftlich? fragte Leila.
– Ich schau mir locations an.
– Fürs Kino? fragte Leila plötzlich ganz aufgeregt.
– Dokumentarfilme, antwortete Aurore mit der Absicht, Leilas Begeisterung zu dämpfen, Tierdokumentationen.

Nun liebte Leila im Fernsehen nichts so sehr wie amerikanische Serien und Dokumentarfilme über das Aussterben der großen Tierarten. Sie lebte in einem Universum, wo die Großen die Kleinen fressen, wo Männer Frauen Fallen stellen, wo Frauen einander wie Giftspinnen umarmen, wo die Hyänen das neugeborene Gnu in seiner Fruchtblase zerreißen. Die Blondinen in den Serien handelten ganz genauso wie die Präriehunde, die einander die Brut stehlen.

Raubtiere, alles Raubtiere! Krokodile, Haie, Tiger, alle warfen sich auf ihre Beute, während die immergleichen Schauspielerinnen sich von einer Serie zur anderen zerfleischten. Eine Fönwelle mit Tönung und

Ohrringen, so groß wie Untertassen, hatte nacheinander alle Männer derselben Familie geheiratet, so daß man nicht mehr wußte, ob ihr letzter Ehemann jetzt der Großvater oder der Vater eines Kindes war, das je nach dem Ergebnis des genetischen Tests, den die Serie zu Hilfe gerufen hatte, sowohl der Bruder als auch der Onkel oder Großonkel seiner Großmutter war, die wiederum mit den Helden einer anderen Serie kopulierte, die nach genau dem gleichen Schema ablief. Und angesichts dieser tierischen und menschlichen Familie, die sich bis in alle Ewigkeit erneuerte, um sich besser zerstören zu können, stöhnte Leila:
– Du hast wohl auch niemanden mehr, genau wie ich?
– Gar niemanden, antwortete Aurore, und sie log nicht. Leila bestellte ein weiteres Bier-Picon und trank es auf das Wohl all dieser Einsamkeit, die hier auf einem Haufen zusammensaß, die Aurores, ihre eigene sowie die ganz frische Einsamkeit des Hundes: Armes Würmchen, so ins Leben starten zu müssen.

Von dieser Ur-Erniedrigung behielt der Hund Spuren zurück. Seine ersten Schritte im Leben waren mühsam, er weigerte sich, zu gehen, Treppen hinabzusteigen, alleine zu bleiben. Er schmollte, die Schnauze zwischen den Pfoten und reagierte so wenig auf Leilas verschiedenste Lockungen, daß sie ihn schließlich für taub hielt. Nur sein sich plötzlich ändernder Blick zeigte die Intensität seiner Ablehnung. Bald fing er an zu essen, was ihm schmeckte, und was ihm schmeckte, fand sich auf Leilas Teller und hatte die Temperatur dessen, was Leila gerade kaute. Er schlief auf Leilas

Kopfkissen, unter ihrer Decke. Seine Intoleranz gegenüber der Arbeit seines Frauchens schränkte die den Freiern gewidmete Zeit auf wenige Minuten ein, und auch die nie direkt hintereinander. Dagegen ging er gern auf den Strich, das heißt, er maß, mit aufgerichtetem Schwanz und die Schnauze im Rinnstein hin und her trottend, Leilas Territorium auf dem Trottoir auf den Zentimeter genau aus: Der arme Kerl, so kommt er wenigstens mal an die Luft!

Es verstrich einige Zeit, bevor Aurore die beiden wieder besuchte, überzeugt, sie würde weder die eine noch den andern wiederfinden, doch Leila hielt treu ihren Posten an der Ecke des Monoprix und am Ende einer roten Leine auch Bobinette, den Mischling, der sich schließlich entschieden hatte, hauptsächlich ein Basset zu sein, allerdings ein hochbeiniger Basset mit dem Schwanz eines Pommernspitzes. Sie begrüßten Aurore überschwenglich, und Aurore gewöhnte sich an, die beiden, wenn sie in Paris war, ein-, zweimal die Woche aufzusuchen. War Leila beschäftigt, lehnte sich Aurore an ihrem Platz an die Mauer und starrte ins Leere, um zu zeigen, daß sie nicht vom Fach war. Eines Tages, als sie Bobinette hütete, während Leila ihre Arbeit machte, sprach ein Mann sie an, er hatte sie für Leila gehalten, WEGEN DEM HUND, erklärte er entschuldigend, sein Blick war nicht bis zu ihrem Gesicht hochgegangen.

Leila redete nicht über ihren Beruf, und Aurore erfuhr durch Zufall, daß die Kreuzung Réaumur-Sébastopol ein strategischer Punkt war, um Yuppies aufzugabeln, die ihre Frauen zum Einkaufen im Monoprix begleiteten. Was den Sex anging, so benutzte sie Tiermetaphern, die, was Wunder, auf Kosten der Männer gingen: ein Maulwurf, der in seinem Stollen stochert. Machte sie Elefantenvergleiche, mimte sie ein Gefecht mit Krummsäbeln auf dem Trottoir. Sie schwenken ihre riesigen Dinger hin und her, als wollten sie den Mond vom Himmel holen. Ein Jatagan auf der Milchstraße. Die Zukunft, vertraute sie ihr an, würde bestialisch werden.

Sie tranken ein Glas bei Achmed, und Leila zeigte sich besorgt um Aurores Gesundheit. In allen Zoos der Welt rumzuhängen war auch nicht gesünder als ihr Rein-Raus in Treppenhäusern. Sie sprachen davon, ihr Leben zu ändern. Zusammen einen Hundesalon aufmachen: Ha! Ich werd' ihnen die Rosette polieren! In den Schulen die Geschichte berühmter Tiere erzählen. Blinden vorlesen. Aber dabei Achtung, warnte Leila Aurore: Keine Romane! Mit langen Geschichten haben die nichts am Hut, das ermüdet sie. Konkret muß es sein, wie in den Katalogen, Rubrik Haushaltsgeräte, Stores und Inneneinrichtung: ein Paar Feuerböcke aus Messing mit Kupfertönung und zwei Löwenköpfen . . .; eine entzückende Bonbonniere aus Limoges-Porzellan, handbemalt mit Hirtenszenen und goldlamiert . . . Dann sich unterbrechen und beschreiben, was auf dem Photo zu sehen ist: eine Schäferin im blauen Kleid und einem kleinen Blumenstrauß in der Hand.

So was, siehst du, so was gefällt denen. Aurore war bis ins Herz hinein berührt, daß sowohl Leila als auch Gloria, indem sie ihr Schicksal mit dem ihren verbanden, versuchten, SIE DA RAUSZUHOLEN.

Leila hatte Verbindungen, um an einen Posten als Inspektor in der Brigitte-Bardot-Stiftung zu kommen. Das ist eine Frau, kommentierte Leila, die was vom Leben weiß. Die Funktion eines Inspektors verlangte keine bestimmten Kenntnisse, nur ein großes Herz, aber wirklich ein riesengroßes. Und da Aurore sie fragte, was diese Inspektoren denn inspizierten, erklärte Leila ihr leidenschaftlich, daß sie allen gequälten Tieren zu Hilfe eilten, in Peru, Andalusien und sogar in Frankreich, in den Laboratorien, den Bauernhöfen, den Schlachthöfen: den angeketteten Hunden, denen man die Zunge abgeschnitten, den Katzen, denen man die Augen ausgestochen hatte, den Kälbern mit gebrochenen Beinen, den vor Fieber bibbernden Affen ... Kein Wort mehr davon jetzt, aber sie flehte Aurore an, über diese neue Existenz nachzudenken, die ihr Leben radikal verändern würde. Dreißig Millionen von des Menschen besten Freunden, sechzig Millionen Verbraucher, da würde es nicht an Arbeit mangeln.

In der Metro, die sie inmitten der abendlichen Menschenmenge zum Odéon zurückbrachte, sagte sich Aurore beim Anblick all der müden Gesichter, daß Leila recht hatte, von einer humanitären Arbeit zu träumen, in der ausschließlich das Herz zu seinem Recht kam. Dieses alltägliche Leben, das so schwer geworden war, benötigte Unterstützung. Leute ansehen, die auf einen Blick von uns hoffen, einen Handschuh aufheben, der runtergefallen ist, eine Tür aufhalten, ein Drehkreuz weiterdrehen, ein Paket tragen, das lag in ihren Möglichkeiten. Nur ganz konkrete Dinge, wie in den Katalogen. Sie würde beginnen, die Verbraucherzeitschriften rastlos zu wälzen, die in ihren Vergleichstests so gut vor Nepp warnen und aus der Aufspürung einer schiefsitzenden Schraube oder eines defekten elektrischen Kreislaufs einen Fortsetzungsroman zu spinnen wissen, der ebenso faszinierend ist wie eine Fernsehserie. Ihren Blinden würde sie vorlesen: Brauchen Sie TATSÄCHLICH einen Wäschetrockner? Und die Leute hätten das Gefühl, einer modernen, metallischen und elektronischen Version des Dschungelbuchs zu lauschen.

Und wenn man, sagte Gloria, als hätte sie einen plötzlichen Geistesblitz, anstatt »kleines Beuteltier« ganz einfach sagen würde: Beutelratte? Klänge exotischer.

Aurore zog ihren Fuß weg.

Auf der Türschwelle stand mit einem Mal Babette in einem wassergrünen Nachthemd, sie nannte es Nachthemd, aber es handelte sich um eins dieser peinlichen Dinger, die man »Nuisette« nennt und das Gloria, die nichts wegwerfen konnte, aus irgendeiner Schublade, aus den Tiefen ihrer eigenen Vergangenheit gekramt hatte, um ihr auszuhelfen. Sie war in mexikanische Stiefel aus schwarzem Krokoleder mit Silberornamenten an den Spitzen und auf dem Schaft geschlüpft und hatte sich ihren ungeheuren Nerzmantel als Morgenrock über die Schultern geworfen. Sie trug ihre Dior-Brille. Unmöglich, meine Kontaktlinsen reinzukriegen, ich hab' solche Augen! Und sie mimte mit der hohlen Hand geschwollene Bälle anstelle ihrer Augen.

Gloria empfahl ihr Teekompressen. Babette winkte desillusioniert ab, sie hatte schon alles versucht, Kornblumen-, Rosen-, Orangenblütenwasser ... Gloria versicherte ihr, daß Tee eine SUPER-abschwellende Wirkung habe. Aurore hatte zwei Beutel in die Teekanne gehängt, und Babette klebte sie, unter der Brille, auf ihre Augen. Der Tee lief ihr übers Gesicht wie schmutzige Tränen.

– Ich werde alt, sagte Babette und brach in Tränen aus.

Das hat er mir angetan! Er hat mich mit einem Schlag altern lassen, indem er mich verlassen hat!

Und da sie zugleich durch das durchsichtige Nachthemd, unter dem sich Brüste und Schenkel abzeichneten, diesen herrlichen Körper sehen ließ, fanden Aurore und Gloria sie keinesweg alt, sondern vielmehr verdammt begehrenswert. Jeder Mann, der jetzt an der Tür geklingelt hätte – der Briefträger, ein Polyp, ein Feuerwehrmann oder selbst der Pastor von gegenüber – und dem man in diesem Augenblick geöffnet hätte, würde sich auf Babette gestürzt haben. Er hätte sie in seinen männlichen Armen davongetragen – spannen sie ihre Idee weiter – wie eine königliche Trophäe. Um es ihr zu beweisen, schlug Gloria vor, den Professor für spanische Grammatik herbeizurufen, dessen Frau in ihre Heimat zurückgekehrt war, und ihn Babette roh zum Fraß vorzuwerfen.

– Er hat mich altern lassen, sie wollte nicht damit aufhören. Sie zog die Brille ab, nahm die Teebeutel hoch und reckte das Kinn, damit sie die ganze Katastrophe begutachten konnten. Eine wahrhaftige Verwüstung, schlaffe Haut, rote Nase, schmale Lippen, wirrer Blick und eine Art von Unordnung in ihren Zügen.

UNORDNUNG, sagte sich Aurore, das Wort habe ich nie für etwas anderes als materielle Unordnung benutzt, was es nicht gänzlich trifft. Sie mochte es, wenn das Leben ihr erlaubte, das Vokabular zu testen. Sie erinnerte sich an den Ausdruck »die Unordnung beheben«, der in der klassischen Literatur eine fixe Idee ist. Im 17. Jahrhundert floh man jegliche Unordnung, und man tat gut daran. Man gestattete sich vielleicht gerade noch, durcheinander zu sein, ohne sich jedoch aus der Bahn werfen zu lassen. Man darf sich nicht in der Wortwahl täuschen, sonst täuscht man sich auch über seine Zustände und Einstellungen. Und während sie noch ihre Gedanken rund um Babettes entgleiste Züge schweifen ließ, verspürte Aurore eine Abneigung gegenüber Gloria, die mir nichts, dir nichts die Begriffe vermischte und ohne es zu bemerken von Unordnung zu Umwälzung übergeschwenkt wäre!

– Ja! Das Gesicht, na ja klar, das Gesicht, sagte Gloria zu Babette, vor allem so verheult und mit der Müdigkeit von dem Kolloquium, ganz zu schweigen vom Alkohol gestern abend und all den Schlaftabletten, die du genommen hast, dein Gesicht ist nicht schön. Und wenn du die Wahrheit hören willst, fuhr sie fort, (nicht diese Wahrheit, sagte sich Aurore, nicht diese Wahrheit, die lediglich der Ausdruck eines Ressentiments ist) du bist sogar richtig häßlich, wenn du's genau wissen willst, aber eben nicht gealtert. Nicht älter seit dem Flieger als vorher. Nur eben nicht sonderlich hübsch, wie früher, wie vor dem Flieger.

Sie rief der von Schluchzern geschüttelten Babette kaltlächelnd in Erinnerung, daß es immer dasselbe Drama war mit ihrer zu großen Nase, ihrem mit der Rasierklinge gezogenen Mund und ihrer Kurzsichtigkeit, die ihr Glubschaugen machte. Du konntest dich nicht leiden, du hast dich nie leiden können. Wenn du dir eine Dauerwelle hast machen lassen: Drama. Wenn du eine neue Brille hattest: Drama. Wenn du dir Make-up kaufen wolltest: Drama ... Heute ist es auch nicht schlimmer als gestern, und ich werde keine Minute damit verschwenden, dir noch einmal zu sagen, was ich dir schon seit – sie zählte im Kopf nach – ... seit siebenundzwanzig Jahren wiederhole.

Schon, aber der Flieger hatte sie ihr Gesicht vergessen lassen! Von wegen, unterbrach Gloria, und der beste Beweis ist, daß du dein Gesicht da mit dir rumträgst, es ist dein Gesicht, wie es immer war, und, sich über Babette beugend, um sie zu küssen, es ist das, das wir lieben, das unserer kleinen Babette, und dann tauchte sie plötzlich auf Babette nieder, küßte sie auf beide Wangen und drückte ihren Kopf gegen die Brust wie einen verlegten Gegenstand, den sie aufgehoben hätte, um ihn irgendwo zu verstauen.

Aurore fand, daß Babette von dieser Brutalität, die sie selbst schwerlich verkraftet hätte und die schon als Zeuge kaum zu ertragen war, nicht sonderlich getroffen schien. Bei Lola zeigte Gloria mehr Fingerspitzengefühl, obwohl sie auch sie grob behandelte und in einer Weise therapierte, die von der andern, die sich doch ihr ganzes Leben lang gleich benommen hatte, verlangte, in ihrer Gegenwart keine Mätzchen zu machen: Hier bist du kein Star!

An der Universität stand sie im Ruf, streng zu sein und die Dinge beim Namen zu nennen. Gewisse Wunden verletzten Stolzes hatten sich nie ganz geschlossen, und ihre stummen Schmerzen verwandelten sich bei geheimen Wahlen in systematische, blinde und aggressive Opposition. Es ist nicht sicher, ob all das Gelächel und die Höflichkeitsbezeugungen oder gar die eindeutigen Freundschaftsbekundungen, die dort in ihrer Umgebung blühten, anderes als simple Sühneopfer gegen ihre vulkanisch ausbrechende Wut waren, die schon der geringste Fauxpas provozieren konnte.

Aurore gegenüber bot Gloria all ihren Charme auf, aber noch war die Eroberung nicht vollendet, vor allem würde sie noch die hohe Hürde DIESER LITERARISCHEN ANLEIHE zu überwinden haben, in die sie sich so leidenschaftlich gestürzt hatte. So oder so würde diese Sache ein Grund werden, miteinander zu brechen, aber das erschien ihr bei ihren derzeitigen Gefühlen für Aurore unvorstellbar. Lieber noch, flöge der Betrug auf, sie entführen, sie festhalten, als sie für immer fortgehen zu lassen. Mein Gott, sagte Gloria sich, während sie an die praktischen Probleme dachte, die eine Einkerkerung Aurores mit sich brächte, obwohl so etwas letztendlich leichter fallen würde als das Plagiat zuzugeben, was irgendwann unvermeidlich war, ich bin ja wahnsinnig! Aber vielleicht wenigstens ihre Abreise hinauszögern? Der Zoo müßte sie einstellen. Sie müßte bei den Schimpansen bleiben. Ich werde hier sein und sie da drüben. Sie wird Papier und Bleistift erhalten. Sie schreibt, ich tippe ab. Sie erfindet, ich unterschreibe. Ich werde genügend Zeit haben, sie darauf einzustimmen, und dann paßt die Sache und hat Luft.

Aurore betrachtete Babette, diesen unglaublichen Körper. Warum eigentlich unglaublich? Wegen dem Kopf, der darauf saß? Ihres Alters wegen? Oder nur, weil sie sich nie hatte vorstellen können, daß ein Körper, und zwar in seinen Umrissen, nicht in seinen Feinheiten, so schön zu sein vermochte. Wie in dem Kinder-Abzählreim, in dem man alle Gesichtszüge mit Namen nennt, hatte ihr eigener Mann ihren Körper durch seine Abwesenheit geformt: ihre kleinen Brüste, ihre schmalen Hüften, ihren flachen Bauch, ihren Knabenhintern. Ich, sagte sich Aurore, ich habe keinen Körper, und ich habe kein Gesicht, denn ich hab' das einer andern. Babette dagegen besaß einen Körper und hatte ihre unverwechselbare Visage. Sie sah genauso anstößig aus wie diese sinnlichen Geschmacklosigkeiten, die man in den fünfziger Jahren in den Schlafzimmern an die Wand hängte. Und ebenso wie man sich über die Wahl eines derartigen Aktes über einem Ehebett seine Gedanken machen kann, stellte Aurore sich ihre Fragen über den Mann, der sich getraut hatte, Babettes Körper in sein Bett zu stecken.

Sie betrachtete Babette und war wie geblendet; soviel schmackhaftes Fleisch, das man ihr vorenthalten hatte, große, feste Brüste, ein runder Bauch und ein voller Hintern, breite Hüften und eine Taille, die sie in der Mitte abschnürte wie eine Ameise. Wie mir dieser Körper gefällt, sagte sie sich und war Babette dankbar dafür, ihn so schamlos vorzuführen. Sie hätte gerne diese Brüste berührt, um zu erfahren, ob sie sich schwer anfühlten in der Hand, und diese Pobacken, um ihre Zartheit zu spüren. Ihren Rücken streicheln wie den eines großen Tiers, mit der flachen Hand. Mein Gott, sagte sie sich, ein derartiges Wesen existiert, und man hat es unter abstoßenden Worten vor mir versteckt. Sie hatte ihre Zärtlichkeit rückhaltlos an Katzen, Hunde, Vögel und Männer verteilt ... Und wenn sie recht überlegte, hatte sie nie einen Mann gestreichelt, weil es ihr Freude machte. Nein, in diesem Augenblick war sie sich dessen ganz sicher, sie hatte kaum je Lust gehabt, einen Mann zu streicheln, weder sein Gesicht, noch seinen Mund, noch seinen Oberkörper, seinen Hintern oder seine Schenkel – obwohl sie genau das immer mit großer Sorgfalt und einer stets ein wenig mißtrauischen Hand getan hatte.

– Und was ist das da? fragte Babette und zeigte auf den Plastikbehälter, in dem das Tier sein lärmendes Hin und Her wieder aufgenommen hatte.
– Eine Ratte, antwortete Gloria herausfordernd.

Babette rückte ihre Brille zurecht und beugte sich vor: – Warum sagst du eine Ratte, das ist eine Wüstenspringmaus, die gab es in Algerien. Ratte oder Springmaus, Gloria sah nicht recht, was der Unterschied sein sollte.
– Sehr wohl, fuhr Babette fort, wenn du Ratte sagst, drückst du Ekel aus, wenn du Wüstenspringmaus sagst, gibst du ihr nicht nur ihren wirklichen Namen,

sondern erklärst zugleich, daß du ein Miniaturkänguruh besitzt.

Gloria stieg auf ihr hohes Roß. Sie sagte Ratte, weil sie eine Ratte eine Ratte nenne. Die algerischen Wüstenspringmäuse Babettes waren ihr ebenso Wurst wie die Titi-Mouse, die der Händler ihr angedreht hatte, weil alle Kinder derzeit angeblich ganz wild auf eine Titi-Mouse waren. Eine Ratte sei das, und sogar eine verdammt häßliche Ratte mit einem ekligen Schwanz. Sie hatte bis zur Halskrause genug von Babette, und ihrer Zensur bei jedem einzelnen Wort. Sie hatte die Schnauze voll von dieser monströsen Epoche, in der gelyncht wird, vergiftet und massakriert, aber in der man peinlich genau jedes deutliche Wort wegfilterte und die Sprache aseptisierte und gegen ein reines Marketing-Vokabularium austauschte.

– Genug, genug, stöhnte Babette.

– Auf dieser Welt, sprach Gloria weiter, kommen zehn Ratten auf einen Menschen. Bald werden es hundert sein, und in der Zukunft, wenn es das Wort nicht mehr geben wird, werden wir tausend Ratten haben, die jede einzelne von uns kontrollieren. Wir werden die Sklaven sein und sie Herr und Meister nennen, weil wir sie nicht mehr Ratten nennen dürfen.

– Genug, genug, wiederholte Babette.

– Ja was denn noch, brüllte Gloria. Du hörst jetzt auf, mir zu sagen, daß ich ruhig sein soll! Noch bin ich hier bei mir zu Hause, in meiner Küche, in Ordnung? Noch hab' ich das Recht, zu tun, was ich will, und zu sagen, was ich will. Und sie fuhr fort, als wäre nichts geschehen, über diese Gesellschaft herzuziehen, die sich nur noch in Anführungszeichen auszudrücken wagte, vor lauter Angst, für einen zu heftigen Gedanken, eine zu präzise Idee, für zu konkrete Wörter verantwortlich gehalten zu werden. Sie tigerte mit ausgebreiteten Armen und erhobenen Zeigefingern durch das Zimmer und wiegte sich dabei in den Hüften wie eine dicke graue Möwe.

– ... Es gibt keinen einzigen Studenten mehr, der etwas sagt, ohne sich von vornherein mit zwei gehobenen Zeigefingern dafür zu entschuldigen; es gibt keinen einzigen Intellektuellen mehr, der im Fernsehen irgend etwas behauptet, ohne den Zuschauern zugleich das magische Zeichen zu machen, daß er jede Verantwortung für seine Sätze ablehnt, und Gloria deutete mit gekrümmten Fingern eine Geste an, in der eine versteinerte Aurore die gemimte Darstellung von Anführungszeichen erkannte.

– Dir täte es selbst ganz gut, ein paar um dein Leben und deine Arbeiten zu setzen, erwiderte Babette eisig und zeichnete ihrerseits links und rechts von ihrem angeschwollenen Kopf Zeichen in die Luft, wenn du verstehst, worauf ich hinauswill ... Und bemerkte dann, zu Gloria gewandt, der es plötzlich die Sprache verschlagen hatte: Deiner Ratte geht es nicht gut. Hast du ihr was zu trinken gegeben?

– Mist, sagte Gloria, als sie die leere Trinkschale sah.

Sie ging rasch zum Spülbecken, von wo Aurore, die ans Fenster getreten war, auf die Straße hinausblickte. Vor der Baptistenkapelle stauten sich die ankommen-

den Autos. Männer füllten ein aufblasbares Schwimmbecken und befestigten auf dem Gras einen Teppichboden aus Kunstrasen. Ihre Gesten glitzerten im Licht, als hätten sie links und rechts Sonnensamen ausgesät.
– Das ist die Messe, sagte Gloria erklärend, während sie die Badewanne der Ratte vollaufen ließ.

Das Telefon klingelte, und Aurore zuckte zusammen. Es war ihr vorgekommen, als laufe das Leben im luftleeren Raum ab im Herzen dieses riesenhaften Landes, in dieser wunderbaren Universität und vor allem in diesem verschlossenen Haus, das nur mit einem offenen Auge auf die Straße blickte, nämlich mit dem Fenster über der Spüle, das in seine gefalbelten Nylonstores, deren Kräuselfalten kleine Knötchen zusammenhielten, vermummt war. Wer kann mich hier denn erwischen? Welcher Notfall, welches Unglück konnte wohl diese schützenden Isolierlagen durchdringen, die jeden Laut von draußen erstickten, und vor allem jeden aus Frankreich, das von hier aus gesehen gar nicht mehr existierte. Dann fiel ihr der Zoo ein. Endlich! sagte sie sich.
– Es ist Horatio, sagte Gloria zu Babette gewandt, die sich so energisch weigerte, den Hörer entgegenzunehmen, daß Aurore einen Augenblick glaubte, es sei der Flieger, bevor ihr einfiel, daß Horatio Babettes Sekretär war. Folgte eine indirekte Konversation, in der Babette sich gegenüber Gloria mit Zeichen verständigte, die immer hastiger und enervierter wurden, da sie an diesem Morgen ihrem Sekretär ziemlich übelwollte.

– Du mußt Punkt elf vor dem Haus sein, übersetzte Gloria, während ihre Blicke weiterhin Babette folgten ... für den Mittagsflug ist das der letztmögliche Termin ... Nein, sie wird ihr Gepäck nicht aufgeben ... Vergiß nicht, daß du ihren Computer hast ... Doch, doch, du hast ihn, und die Akten ebenso ... Nein, kommt nicht in Frage, die Akten aufzugeben, sie hat keine Kopien ... Ja und? Du wirst sie eben schleppen. Ob's ihr gut geht? Das wirst du schon selbst sehen. Sie läßt dir jedenfalls keine Grüße ausrichten! Und dann, plötzlich geänderter Tonfall, nicht mehr spielerisch und entspannt, sondern autoritär: – Gib mir den ANDERN! – Welchen andern? – Na Babilou, oder glaubst du etwa, ich wüßte nicht, daß er die Nacht mit dir verbracht hat? – ER SCHLÄFT! – Ja dann weck ihn eben auf!

– Er schläft, sagte sie, zu den anderen Frauen in der Küche gewandt, er schläft, wiederholte sie, um die Stille zu überbrücken, solange Horatio brauchte, um Babilou aufzuwecken, ihn zu überzeugen, mit der Chefin zu reden, ihm zu erklären, daß wenn sie ihn schon zusammenstauchen würde, es übers Telefon immer noch besser war, denn er konnte ja, wenn sie zu sehr schrie, den Hörer vom Ohr weghalten und sie ins Leere schimpfen lassen. Kacke, ich hab' die Schnauze voll von dieser Oma, stöhnte Babilou, als er den Hörer in die Hand nahm.

– Dieser Scheißhaufen schläft, während er eigentlich dabei sein sollte, die Kanadierinnen zum Flughafen zu bringen, fluchte Gloria. Sie hatte ihr aggressives Frettchengesicht aufgesetzt, haßerfüllte, schmale Augen, verbissenes Kinn, verkniffener Mund. Ihr massiver Körper schwankte, während sie von einem Bein aufs andere trat: Er kotzt mich an, er kotzt mich an, kommentierte sie.

Frohe Ostern, säuselte Babilou mit einer Stimme, die er freudig klingen ließ, ins Telefon. Frohe Ostern, Christ ist erstanden!

Gloria lief schwarzgrün an.

Nach jedem Kolloquium standen Gloria und Babilou kurz vor dem Bruch: Das war das Ergebnis einer ständig steigenden Anspannung, die zum Teil daran lag, daß Babilou das Kolloquium von Middleway dazu nutzte, sich den Exzessen seiner zwanghaften Sexualität zu überlassen, und zwar mit allem, was eine solche Versammlung im Gefolge reifer und mächtiger Frauen an liebenswürdigen jungen Männern anzog. Er machte aus der großen feministischen Messe ein Fest männlicher Geschlechtlichkeit und legte ebensoviel Spaß, Witz und Heiterkeit in seine Liebesübungen, wie es auf der anderen Seite mit Ernst, Zerknirschung und Puritanismus zuging. Letztendlich hatte das Kolloquium seine zwei Seiten: Gloria leitete die In-Veranstaltung, aber das Off-Treiben Babilous war spaßiger.

Es war bei ihrer Frauenärztin gewesen, wo Gloria, die Füße in die Fußbügel geklemmt und mit einem Spekulum im Leib, zum ersten Mal von Babilou gehört hatte. Die Frauenärztin beklagte sich darüber,

daß ihr Sohn sich nach Versuchen im Studium chinesischer Architektur und isländischer Musik nun aufs Französische verlegen wollte. Gloria hörte aus dem Ton der Ärztin heraus, daß Französisch im Vergleich zu den beiden vorher genannten Fächern vielleicht nicht gerade einen völligen Niedergang bedeutete, aber ganz bestimmt einen Grund für mütterliche Verzweiflung und die endgültige Gewißheit, daß ihr Sohn ein Taugenichts war. Auf dem Rücken liegend, mit gespreizten Beinen, begann Gloria das Französische mit einer derartigen Leidenschaft zu verteidigen, daß die Gynäkologin ins Zweifeln geriet, aufhörte, in ihr Kolposkop zu blicken, und statt dessen Glorias Gesicht anstarrte, deren Argumente sie bestritt.
– Und die *feminine studies*? fragte Gloria und versuchte angestrengt, ihren Oberkörper aufzurichten.
– Pff, machte die Frauenärztin und tauchte wieder zu ihrem Kolposkop hinab.
– Und die Frankophonie? stieß Gloria hervor und ließ sich schwer auf die Untersuchungsliege zurückfallen. Wolle sie etwa immer noch bestreiten, daß Französisch ein zukunftsträchtiges Fachgebiet war?
– Wenn Sie meinen, gab die Gynäkologin nach.
– Könnten Sie das nicht wieder rausnehmen? fragte Gloria und deutete auf das Spekulum.
– Wo hab' ich bloß meinen Kopf! entschuldigte die Ärztin sich.

Gewissermaßen hatte Gloria an diesem Tag Babilou geboren.

Zu sagen, sie sei entzückt gewesen, als der köterblonde Zwerg mit dem Spitznamen Babilou, der sagte, er komme von der Gynäkologin, in ihrem Büro seine Aufwartung machte, wäre übertrieben. Sie konstatierte, daß nicht alle Homosexuellen schön waren, ein Klischee, das sie bis dahin nie in Zweifel gezogen hatte. Da sie Schönheit bei Männern immer automatisch mit Homosexualität gleichsetzte, hatte sie auf ihrem Liebesweg alle Männer, die ihr wirklich gefielen, links liegenlassen und sich schließlich voller Vernunft mit der ästhetischen Mediokrität des Filmvorführers begnügt. Ihre Antipathie gegen Babilou begann mit ihrer Enttäuschung und vergrößerte sich, als sie feststellte, daß Seele und Herz, die in ihren einfältigen Theorien eigentlich die physischen Mängel ausgleichen mußten, hier vielmehr mit ihnen konform gingen, und zwar auf eine Weise, die man in der Literatur Redundanz nennt. Babilous Moral war noch häßlicher als sein Körper. Sie hatte sich einen Feind in ihr Arbeitszimmer gesetzt, aber anstatt ihn ohne zu zögern wieder loszuwerden, benutzte sie ihn, um die latente Wut am Kochen zu halten, die der Motor ihrer Aktivität war. Sie war regelmäßig wütend auf Babilou, zwang ihn zu einem Sklavendasein, mit dem er sich vordergründig zufriedengab, und ließ im Gegenzug die Zügel ihrer Autorität bei den übrigen Mitarbeitern schleifen.

Er wurde zu einem ganz besonderen Sekretär, zu ihrem Faktotum. Er war es, der Chrystal erste Fahrstunden gab, und die Gynäkologin zahlte für einen neuen Kotflügel am Cadillac ihres Sohns. Er war es, der die Klamotten der Chefin zur Reinigung brachte, fried chicken holte, wenn sie während einer Abmagerungskur plötzlich Heißhunger bekam, ihre erbärmlichen Grünpflanzen goß, der Ratte zu essen und zu trinken gab, um die sich niemand mehr kümmerte, und zwischen zwei Umzügen den Lieferwagen des Filmvorführers saubermachte.

Seit einigen Wochen übersetzte er mit einem Übersetzungsprogramm aus einem von Aurores Romanen Auszüge, die Gloria mit einem gelben Marker angestrichen hatte. Er haßte diese wörtliche Übersetzung, bei der er mit dem Zeigefinger einen Buchstaben nach dem andern tippen mußte. Seine Augen tränten vor dem Bildschirm, der so schlecht war, daß er sein Pensum nächtens erledigte und jeden Morgen eine neue Lieferung abgab. Gloria fand sie beim Erwachen auf ihrem eigenen Bildschirm: Splatch! Einen wunderschönen Tag.

Offiziell ging es darum, den Studenten von der Gruppe der *feminine studies* ein Bild von Aurore Amers Werk zu liefern, indem man es auf mehrere Auszüge komprimierte. Aber da er den Geheimcode der Chefin so benutzte, wie er in früheren Zeiten mit einem geklauten Schlüssel eine Schublade geöffnet hätte, hatte Babilou entdeckt, daß seine Übersetzung kontinuierlich in den Roman Gloria Patters einfloß, *African Woman*. Und Splatch!

Langsam und unregelmäßig wie seine übersetzerische Arbeit vorankam, existierte der Roman kaum im

Gerüst. Immerhin zeichnete sich ein Plot ab: Ein junges Mädchen, gebürtig aus einem afrikanischen Dorf, dem Modell-Dorf, entdeckte in einem von Königin Mab geführten Bordell das Leben von Port-Banane.

Er hatte auf der Stelle Horatio in der Missing H. University angerufen, um ihn über die Mauschelei zu informieren, die sich da anbahnte.

– NEE? hatte Horatio gemacht, mit diesem Ton, der einem immer Lust machte, ihm mehr zu erzählen.

– DOCH! hatte Babilou entgegnet, das ist eine Wahnsinnskiste!

Horatio war zu Babette gegangen. Er hatte gewartet, bis alle Besucher fort waren, die Tür geschlossen, sich ihr gegenüber hingesetzt und sie gefragt, ob sie wisse, daß Gloria einen Roman schreibe.

– Einen Roman! hatte Babette ausgerufen, als erdolche man sie von hinten. Es gab in ihrer Konkurrenz zu Gloria eine Sache, der sie sich ganz sicher war, und zwar, daß die andere niemals schreiben würde. Gerade eben fähig, auf dem Keyboard rumzuspielen, ein paar Botschaften übers Web in die ganze Welt rauszuschikken, Akten zu versenden, aber im Kopf leer. Wenn hier irgend jemand einen Roman schriebe, dann wäre sie das, sie hatte soviel Ideen, daß sie gar nicht wußte, wohin damit.

– Ja, war Horatio fortgefahren, und er wird *African Woman* heißen!

– Sie kennt Afrika doch überhaupt nicht! unterbrach ihn Babette.

– Wenn schon! Und Horatio enthüllte ihr den Clou:

Babilou war dabei, Fragmente von Aurore Amer zu übersetzen, Gloria paßte an, pantschte, verwischte die Ränder, strich hier ein Wort weg, ersetzte da einen Namen.
– Das ist ein Plagiat! rief Babette.
– Ich hab' das nicht behauptet, sagte Horatio, der nicht dafür verantwortlich gemacht werden wollte, vorsichtig.
– Aber das ist eine ernste Sache, fuhr Babette fort. Da müssen wir auf Distanz gehen. Das wird auf das ganze Kolloquium abfärben, und ich habe keine Lust, meine Reputation zu verlieren ...

Babette fragte, ob der Roman schon weit gediehen sei. Nein, entgegnete Horatio, das heißt, wenn man Babilou glauben wolle, war er vorerst nicht mehr als ein Kompendium von mehr oder minder korrekt übersetzten Zitaten. Dann werde ich mit ihr reden, hatte Babette gesagt. Ich muß darüber mit ihr diskutieren.

Babette rief Gloria an, und Gloria tat so, als verstünde sie nicht, worum es ging. Es war nicht ganz einfach, ihr zu erklären, daß ihr Geheimcode aufgebrochen worden war, daß Babilou Horatio Bescheid gesagt hatte, aber daß weder der eine noch der andere in dieser Sache genannt werden wollten. Ja und! sagte Gloria. Es geht darum, eine amerikanische Kurzfassung für die Studenten zu erstellen, die nicht mehr lesen wollen. Sie könne nicht recht sehen, was daran verurteilenswert sein solle, Aurore Amer einem größeren Publikum zugänglich zu machen. *African Woman* sei lediglich die Überschrift einer Datei, und damit genug von der Sache.

Babette, die schon viele Leute zu Geständnissen getrieben hatte, nahm die Diskussion wieder auf. Sie wollte sichergehen, daß Aurore Amer bei dieser Geschichte mitmachte. Gloria wurde ärgerlich, erzählte ihr nacheinander etwas über Intertextualität und Oralität, sagte ihr, daß die Literatur ausschließlich dem Leser gehöre, genau wie die Sprache demjenigen, der sie spricht, daß es nicht mehr möglich sei, mit zusammengekniffenem Arsch auf irgendwelchen Copyrights aus einer anderen Zeit herumzureiten, daß wenn Babette von Plagiat reden wolle, schließlich jeder jeden plagiiere!

Sie war so laut geworden, daß Babette den Hörer von ihrem Ohr weghalten mußte und Horatio, der vor ihr hin und her tigerte, das Zimmer verließ. Gloria brauste auf: Wer plagiiert hier was, wer plagiiert hier wen? Diese Weißen, die mir mein Afrika stehlen, die meine Erde ausplündern, meine Bäume wegnehmen oder meinen Himmel oder mich selbst, die Tochter von entführten, angeketteten, geschlagenen, vergewaltigten, erniedrigten, getauften Sklaven, die man mich meinen Wurzeln entrissen hat? Hat es ihnen denn nicht genügt, unsere Heimat zu kolonisieren, müssen sie jetzt auch noch Bücher darüber schreiben?!

– Ich dachte, du hast Aurore lieb!

– Was ich liebe, das ist Afrika, und Babette konnte die Tränen in Glorias Stimme hören.

Also redeten sie über anderes, über ihre Sekretäre, die sie miteinander verfeindet glaubten, und die doch nachts am Telefon die Geheimnisse ihrer Computer austauschten.

– Ich schmeiß' ihn raus und zeig' ihn an, drohte Gloria und schenkte sich noch etwas Kaffee ein. Sie fragte sich, ob sie nicht schon zuviel davon getrunken hatte.
– Du wirfst ihn raus, entgegnete Babette, der das Thema schwer auf der Seele lag, aber danach bist du gezwungen, einen andern einzustellen. Ein Mädchen wirst du ja wohl doch nicht nehmen wollen ... und die Jungs sind einfach alle so! Sie wußte, wovon sie redete.

Horatio, der so perfekt wirkte, machte ihr jedesmal die Hölle heiß, wenn sie zu einem Kolloquium fuhren. Drei Monate vorher redete sie ihm schon gut zu, was das Thema seines Vortrags betraf: Er habe es schön ausgesucht, es sei hochinteressant. Sie las das Konzept, korrigierte es, aber nicht zu sehr, sonst kam er wieder ins Zweifeln, verzweifelte er sogar, aber ein wenig mußte sie es korrigieren, um ihm zu zeigen, daß sie sich für ihn interessierte. Ein paar Bleistiftstriche, KEIN ROTSTIFT, einen feinen Strich alle zwei Seiten, und nicht vergessen, lange Stücke gar nicht anzustreichen, um seine Vortrefflichkeit anzuerkennen. Zum Schluß gab er ihr die Maschinenabschrift zur Kontrolle, denn er selbst tippte nicht, er brauchte die Distanz zu seinem Text. Er ließ ihn auf Kosten des Fachbereichs abschreiben und hielt alle Sekretärinnen damit auf Trab. Drei Tage lang brachen sie ihre langen roten Fingernägel in Diensten dieses guten Horatio ab.

Gar nicht zu reden von der Reise, er war völlig verängstigt, er kaute Kaugummi gegen Karies, er tat alles für seine herrlichen Zähne. Sie mußte sich ausschließlich um ihn kümmern, dabei hatte sie vorgehabt, im Flugzeug ihren eigenen Vortrag zu schreiben. Bei der Landung hatte sie noch immer nichts zustande gebracht, außer mit Horatio über Horatio zu sprechen, über Horatios Auftritt, über Horatios Karriere. Er fürchtete, es werde schlecht ablaufen, er könne es jetzt schon spüren! Und außerdem verdankte er alle seine Erfolge nur ihr. Wenn sie ihn jetzt fallenließ, dann war er verloren.

Sie hatte nur eine Tasche mit, aber sie mußten auf seinen Koffer warten, und das dauerte. Er erklärte ihr, daß er Falten in seiner Kleidung verabscheue; das nahm sie als einen Vorwurf, sie fühlte sich nicht ganz reinlich, zum Glück verbarg der Nerz die zerknitterte Bluse und den ausgebeulten Rock. Er hängte sich an ihren Arm, er streichelte ihren Ärmel: Er liebte Pelze.

Im Hotel platzte er in ihr Zimmer, wo sie gerade verzweifelt versuchte, einen klaren Gedanken zu fassen, den niederzuschreiben ohnehin keine Zeit mehr blieb. In seinem Text gab es einen Fehler in der Paginierung. SIE MÜSSEN einfach etwas tun! Sie mußte ihren Vortrag bei demselben Round-table-Gespräch in

Room 208 halten, wo sie auch ihn eingeschrieben hatte, und es blieb ihr nur mehr eine Stunde, um auf irgendeine Idee zu kommen, die zwei Stunden Flug, die Verlegung ihrer Kurse und ein Hotelzimmer von 200 Dollar (Kongreß-Extrapreis) rechtfertigte. Es stand geschrieben, daß sie es nicht schaffen würde. Dabei war sie auf dem besten Weg, aber er beschwerte sich: – Sie hören mir ja gar nicht zu! – Natürlich höre ich Ihnen zu! – Sehen Sie, in welchem Ton Sie mit mir reden! Sie entschuldigte sich, sie sei müde von der Reise. Von ihrem kaum skizzierten Text redete sie nicht.

Er trug vor, war brillant, charmant und obendrein auch noch so elegant. Er zog alle Blicke an. Am Ende der Sitzung hatte er zwei Angebote, und auch noch von den besten Universitäten. Als sie an die Reihe kam, fühlte sie sich erbärmlich in ihrer zerknitterten Bluse. Ihren Nerz hatte sie nicht auf den Schultern behalten können, da eine Kongreßteilnehmerin sie im Aufzug bissig gefragt hatte, warum sie die Massaker an unschuldigen Wildtieren unterstütze.

Was den Rest anging, das heißt, das Eigentliche, schlug sie sich mit alten Tricks durch, die alle, die ihr zuhörten, selbst schon einmal benutzt hatten. Sie lachten höhnisch. Horatio dagegen war entsetzt, er fand sie miserabel, und um so miserabler, als er selbst brillant gewesen war. Sie klammerte sich an Anekdoten und erpreßte einige ordinäre Lacher. Horatio lachte nicht, und sie schämte sich, schämte sich vor ihm. Diskreter Applaus, doch Horatio rührte keinen

Finger, integer bis zum bitteren Ende, kein Gramm Barmherzigkeit.

Sie kam sich in diesem Luxushotel aus Plastik vor wie eine auf den Strand des güldenen Teppichbodens gespülte Qualle. Sie hatte sich keinen Gefallen erwiesen, hierherzukommen. Sie hatte Lust abzureisen, zumindest Abendessen zu gehen, irgend etwas anderes zu sehen; Horatio hatte ein paar Adressen. Aber begleiten konnte er sie nicht, er mußte dem Großen Shakespeare-Spezialisten die Stadt zeigen, der ihn nach seinem Vortrag extra aufgesucht hatte, um ihn zu beglückwünschen, und der ihn nach London einlud. Horatio würde auch nicht mit ihr zurückfahren und statt eines Abschiedsgrußes gab er ihr den guten Rat, sich in dieser Stadt nicht mit einem Nerzmantel um die Schultern zu zeigen ...

Haargenau! Haargenau ... Gloria schrie vor Lachen, als sie ihre leere Tasse abstellte. Genau dasselbe würde auch Babilou machen, wenn er nicht so dämlich wäre. Er hatte dem Großen Orakel – sie deutete mit dem Finger auf das an der Wand hängende Photo – weisgemacht, er sei der Kulturbevollmächtigte der Universität und würde eines seiner Stücke aufführen lassen. Er hatte ihn in seinem Cadillac rumkutschiert und ihm Blödsinn erzählt. Das Große Orakel war seekrank geworden. Plötzlich hatte Babilou den Wagen irgendwo in der Walachei angehalten, die Türen verriegelt und den alten Mann aus fünfzig Zentimetern mit dem Photoapparat niedergemäht, und zwar in einem Blitzlichtgewitter, das ihn quasi erblinden ließ. Der beschwerte sich hinterher, man habe ihm die Retina verbrannt. Über lange Monate hin erschien er in der Öffentlichkeit nur mit einer schwarzen Brille und einem weißen Krückstock. Middleway hatte er auf seine schwarze Liste gesetzt, er warf der Universität vor, ihn in einer entscheidenden Arbeit unterbrochen und ihn so um den Nobelpreis gebracht zu haben. Nur solche krummen Dinger, Babilou, nur solche krummen Dinger . . .

Für Aurore hatte die Homosexualität nichts Ordinäres, Grobes und Derbes. Sie litt ihretwegen an einer heimlichen Wunde, uneingestanden, seit einem Abend in Ostberlin, wo sie den wunderbaren Tierpark besucht hatte, als der französische Diplomat, der sie zu ihrem Hotel zurückbegleitete, ihr gegenüber ihren Ehemann erwähnt hatte, von dem sie schon seit so langer Zeit getrennt war. Als sie die Karrieren der verschiedensten Leute Revue passieren ließen, kam die Rede irgendwann per Zufall auf ihn: In Indonesien IST ER SCHWUL GEWORDEN, kommentierte der Diplomat, ist auf die Eingeborenen umgeschwenkt; die Geschichte vom hübschen Liftboy, den man nach Frankreich mit zurücknimmt! Dann wandte er sich ihr zu: Und seine Alte hat er auch sitzenlassen!

Seine Alte, das war sie. Es war Winter, eine dunkle

Nacht, und es war gut, daß es Nacht war und sie noch hinter dem eisernen Vorhang steckten. Sie würde diese Enthüllungen im Mund des Diplomaten belassen, der ihr übrigens gleichzeitig vorgeschlagen hatte, noch mit auf ihr Zimmer zu kommen, um ein letztes Glas zu trinken ...

Sie war nicht wie Gloria oder Babette. Weder Babilou noch Horatio amüsierten sie. Bei solchen Leuten wurde ihr kalt ums Herz, bei allen, die sie nicht liebten, akzeptierten oder sie verabscheuten. Sie rissen die Wunden wieder auf, die ihr Mann ihr geschlagen hatte, als er ihr, Vorspiel zu seiner definitiven Abreise, alle Briefe zurückschickte, die sie ihm geschrieben hatte. Er hatte sie zerrissen. Als sie den dicken Umschlag öffnete, in dem sie steckten, waren sie als Konfettiregen zu Boden gerieselt.

Horatio war schneller aus England zurück, als Babette erwartet hatte. Sie hatte ihn verloren gegeben und an seine noch warme Stelle ein Mädchen gesetzt, das er haßte. Sie wollte keine persönlichen Bindungen mehr. Reine Arbeitsbasis und Schluß!

Horatio hatte sich in London nicht wohl gefühlt, und Babette stellte ihm keine Fragen über sein Verhältnis zu dem Großen Shakespeare-Spezialisten, das keine drei Monate gebraucht hatte, um den Bach runterzugehn. Wortlos begann er von neuem am Fuß der Leiter, um sich noch im selben Jahr in Babettes Büro wiederzufinden, düster, schön und schmollend und ebenso unersetzlich für ihr intellektuelles wie der Flieger es für ihr Liebesleben war.

Mit ihm konnte sie wirklich über alles sprechen, was sie interessierte, frühmorgens schon bei einer gemeinsamen Tasse Kaffee. Der Fachbereich funktionierte wie geschmiert. Sie hatten gemeinsam die Bilanz des Jahres der europäischen Literatur und Zivilisation gezogen: Noch vier Studenten bei den Shakespeare-Studien, 15 bei den *feminine studies*, 22 beim Vokabular der provenzalischen Küche. Es läuft! hatte Babette konstatiert, das ist gut für Shakespeare. Natürlich redeten sie über Horatio, aber auch über ihren geliebten Shakespeare, aus dem sie in astreinem Englisch und mit theatralischer Dehnung der Vokale zitierten.

In all ihrem Unglück blieb ihr Horatio. Er hatte ihr wie einer Kranken, die man umsorgt, in ihren Nerz geholfen, um nach Middleway zu kommen. Auf dem Flughafen ging er ihr Augentropfen kaufen. Als sie die Gangway hinabstiegen, hielt er ihr die Hand, und gestern abend dann war er mit Babilou auf und davon. Wenn Babette noch zugestehen konnte, daß der Große Shakespeare-Spezialist mit seiner käsigen Fresse, seinen gefärbten Haaren und den roten Augenrändern, die das Licht der Öllampen verbrannt hatte, eine gewisse Anziehungskraft auf Horatio ausgeübt haben mochte – sie selbst hatte er nicht völlig gleichgültig gelassen –, fand sie es unerträglich, daß Horatio sich in einen erbärmlichen Gigolo verknallt hatte, der ihm intellektuell gesehen nicht bis an die Knöchel reichte und der obendrein nicht einmal gut aussah. Aber was ist nur in ihn gefahren? Es war, als wäre sie ein zweites Mal verlassen worden: zuerst der Flieger, jetzt Horatio, wer würde der nächste sein? Was ist denn bloß in sie gefahren, in die Kerle?

Um das Ende des Kolloquiums zu feiern, hatte Babilou sie zur Blue-Bar gefahren, eine Art Stall an der Straße nach Westen: riesenhafte Schwarze und ein gewaltiger Rotschopf neben einem Billardtisch. Die Kolosse, die sich hier versammelt hatten, um ein letztes Bier zu trinken, bevor sie sich wieder auf den Weg machten, waren die menschlichen Repliken der monströsen Lastwagen auf dem riesengroßen Parkplatz. Gloria schnippte mit den Fingern den Rhythmus eines Hits mit, und Babilou bugsierte sie in eine Ecke der Tanzfläche. Sie verrenkten sich, er klein und beweglich wie ein Grashüpfer, sie schwerfällig und füllig. Babette gesellte sich zu ihnen, trennte sie, tanzte mit dem einen, mit dem andern, bewegte das Becken in einem Balztanz, um den Grashüpfer anzulocken, der lieber woandershin hüpfte. Lola Dhol stand wie angewurzelt auf der Tanzfläche, als versuche sie, ihr Gleichgewicht wiederzufinden. Horatio nahm die Schauspielerin in die Arme und legte seine Wange gegen ihr Gesicht.
– Komm, riefen sie in Richtung Aurore, die in stummer Abwehr zu verstehen gab, sie könne nicht tanzen.
– Das macht nichts, brüllte Gloria, mach's wie wir, improvisiere.

Aurore stand widerwillig auf. Ihr steifer Körper weigerte sich, vorwärts zu gehen. Sie fand sich vor die unangenehme Situation gestellt, tanzen zu müssen, um nicht die Aufmerksamkeit auf sich zu ziehen, und sie, da sie nicht tanzen konnte, um so stärker auf sich zu ziehen. Sie bewegte ihren Kopf gegen den Rhythmus der Musik, die so laut war, daß sie sie nicht einmal mehr hören konnte. Einer der Typen von der Bar glaubte, sie deute ihre Lust zu tanzen an, traue sich aber nicht, und wollte sie aufs Parkett führen. Sie widerstand. Er drückte ihre Fingerspitzen so heftig, daß sie blau anliefen.

Sie würde sich nicht zu den andern gesellen, die da ihr Fleisch durchschüttelten, und selbst ihre Wangen schlottern spüren, ihren Bauch, ihre Brüste, sie würde da nicht hingehn. Der Typ klemmte ein Bein zwischen ihre, um sie zum Nachgeben zu zwingen. Sie taumelte, gleich würde sie hinfallen. Wie war es nur möglich, so wenig mit einem anderen menschlichen Wesen gemeinsam zu haben! Mangels eines Minimums an gemeinsamer Sprache einen Ringkampf ausfechten zu müssen! Sie hielt sich mit allen Kräften an der hölzernen Tischplatte fest, während er ohne Rücksicht auf ihre blutleeren Gelenke alles tat, um sie aus dem Gleichgewicht zu bringen.

Aurore hatte einmal zugesehen, wie ein Mädchen in einem Club in Tokio noch problemloser vergewaltigt wurde, auf der Tanzfläche, inmitten der Paare, die einen Paso doble tanzten. Der Typ, mit dem sie zusammen war, hatte sie aufs Parkett geworfen. Die Sache war im Handumdrehen besorgt. In ihrem dicken Tüllrock zerquetscht auf dem Boden liegend, strampelte das Mädchen wie eine agonisierende Fliege. Jetzt wird er mich gleich ohrfeigen, das ist sicher, sagte sich Aurore und ging in die Hocke, um der Beinarbeit ihres Gegners zu entwischen, er wird mir so gewaltig eine runterhauen, daß mein Kopf um hundertachtzig Grad rotiert. Sie fing an zu kreischen: Nein, nein, nein!

Die andern kamen zurück, und der Typ ließ sie unvermittelt stehen. Sie waren rot im Gesicht und verschwitzt und außer Atem. Aurores Blässe fiel ihnen auf: – Trink! Sie hielten ihr eine Bierflasche hin. Aurore hob den Flaschenhals an ihre Lippen, wußte, daß sie nicht weiter als bis zum ersten Schluck käme, daß ihr von dem bitteren Bier übel werden und der Schaum ihr übers Kinn laufen würde. Willst du lieber einen Whisky? fragte Lola.

Aurore kippte den Kopf in den Nacken und leerte ihr Bier. Dann verlangte sie ein weiteres. Endlich FLIPPT Aurore MAL AUS! sagte Babette mit der dreckigen Zufriedenheit, diejenigen, die man für anders gehalten hat, endlich als seinesgleichen zu entdecken. Aurore trank, und die Mädels applaudierten. Sie sagten, es freue sie, zu sehen, wie sie sich amüsierte. Sich amüsierte? Sie lag im Sterben. Ich ertrinke, sagte sie sich, und der Alkohol dämpfte ein wenig die Musik.

Sie saßen alle vier dicht auf dicht in ihrer Holzbox unter den Augen der Kundschaft. Der Rotschopf machte obszöne Gesten mit seinem Billard-Queue: – Verglotz dich nich! bellte Gloria in entsetzlichem Dialekt und mit einer fürchterlich schleppenden und vulgären Betonung. Aurore sagte sich, daß das ganze im besten Falle bei »blöde Schlampe« und »fettes Arschloch« enden würde, im schlimmsten bei »dreckige Negerin« und »weißer Macker«. Irreparable Gewaltspirale.

– Sagt mal, seht ihr dasselbe wie ich?! rief Gloria, ihre Auseinandersetzung mit dem Billardspieler beiseite schiebend. Seht Ihr, womit unsere Jugend beschäftigt ist? Sie drehten sich um. Babilou hatte den schönen, den unnahbaren Horatio in seine Arme geschlossen. Blind für alles um sie herum, ihrer aller Gegenwart nicht achtend, tanzten sie einen zärtlichen und sinnlichen Slow, ein unendlich leidenschaftliches Vorspiel zur Liebe.

– Wer hätte das geglaubt?! brachte Babette hervor. Ihr Kinn zitterte.

Gloria triumphierte, Horatio war vom gleichen Holz wie Babilou.

– Aber es ist doch überhaupt kein Vergleich zwischen ihm und Babilou, begehrte Babette auf.

– Wie man sehen kann, sagte Gloria, und sie sahen zu, wie Horatio den kleinen Strubbelkopf Babilous zwischen seine langen Finger nahm und ihn in einem ewiglangen Kuß nach hinten bog.

– Wißt ihr, was ich glaube? meinte Babette, die sich wieder in der Gewalt hatte. Wir haben nicht die Karriere gemacht, die wir gemacht haben, wir haben nicht das Leben geführt, das wir geführt haben, wir haben nicht die Dramen überstanden, die wir überstanden haben, um uns jetzt in der hintersten Ecke von Kansas mitanzusehen, wie zwei kleine Wichser einander durchrammeln. Diese Tanzfläche schlägt mir auf die Moral, setzte sie hinzu, ich hab' das Gefühl, vor einem riesigen Sandkasten zu stehen, in dem alle Kinder spielen, die ich nie gewollt habe, und ich muß sie überwachen bis ans Ende aller Tage. Die Hölle!

Sie standen auf. Was sie vergessen hatten, waren die Folgen von Glorias Provokation. Der dicke Rotschopf wollte sie nicht vorbeilassen. Er versperrte ihnen den Ausgang, er wollte, was Lola Dhol Aurore schamhaft mit »einem Kuß« übersetzte. Glorias Reaktion war genauso gewaltsam und schnell wie zu erwarten. Sie fing an zu drohen. Lola kicherte, und Babette fing an, in höchster Geschwindigkeit zu reden, als müsse sie einen ganzen Sack von Schimpfworten leeren, die sie noch nie ausprobiert hatte, und fragte sich, ob sie noch immer gültig waren. Gloria ging mit erhobenen Fäusten auf den Billardspieler los.

Es ist soweit, die Schlägerei geht los, sagte sich Aurore und zog den Kopf zwischen die Schultern. Babilou! brüllte Gloria in den Hintergrund des Saals. Horatio! kreischte Babette, die sich davon hatte überzeugen können, wieviel von ihrer ursprünglichen Frische ihre Beleidungen in dieser Bar in Middleway noch immer besaßen.

Aber Babilou und Horatio hörten sie nicht. Sie tanzten mit geschlossenen Augen und rieben ihren Unterleib aneinander. Elvis the Pelvis, murmelte Aurore, als wäre es eine Ungezogenheit, die sie einfach nicht zurückhalten konnte und die in diesem Augenblick ihr ganzes Denken beherrschte. Elvis the Pelvis.

Babilou, Horatio, heulte Lola mit verzerrtem Mund. Sie riefen alle vier nach ihnen, flehten sie an einzuschreiten, während Gloria im Griff des Lastwagenfahrers mit der Energie eines Hasses um sich schlug, der in diesem Moment Amerika umfaßte, die Männer, die Weißen und ... die beiden Schwuchteln dahinten. Die Rettung kam von hinter der Bar, vom Kellner und zwei anderen Gästen, die das Schauspiel nicht mehr komisch fanden und ihrerseits an dem Walfisch zerren mußten, um Gloria freizubekommen. Die Frauen flohen, aber auf der Schwelle beleidigten ihre Retter sie noch, um der Ehre willen: Dreckslesben! Und um der Ehre willen machten auch sie, sobald der Motor lief, obszöne Gesten mit Armen und Fingern.

– Dieser kleine Mistkerl von Babilou wollte wissen, ob wir gut nach Hause gekommen sind, sagte Gloria in den Raum hinein.
– Und ich, knurrte Babette, frag' ich ihn etwa, ob er gut gefickt hat?

– Gib's ihm, sagte Babette, sich vor dem Geräusch verbeugend, mit dem Gloria das Telefon auflegte. Will noch irgend jemand zum Flughafen mitgenommen werden?

Aurore hatte vergessen, daß die Abreise so dicht bevorstand, es kam ihr vor, als hätte sie noch den ganzen langen Frühling, der vor ihren Augen erwachte. Sie fragte sich sogar, ob sie überhaupt Lust hatte, wieder fortzugehen. Es war wie ein Zwang, wo immer sie sich niederließ, wollte sie bleiben. Genauso war es in Neu-Delhi gewesen, in einem internationalen Wohnheim für Intellektuelle, in dem man zu jeder Tages- und Nachtstunde einen sehr schwarzen Tee trinken konnte, den sie mit Rosenblütengelee zuckerte. Ihr Zimmer dort ging auf einen Park hinaus, in dem Schwärme grüner Papageien zwitscherten. Sie hatte sich in Indien verliebt, weil sich auf der Straße vom Flughafen ein schwarzer Stier auf den Asphalt gelegt und ein großes Kamel, das seinen Packsattel wie eine Krone auf der Stirn trug, die Fahrbahn mit seinem ruhigen und majestätischen Schritt überquert hatte. Sie hatte sich ins Gras der Victoria Avenue gesetzt, um die dressierten Affen zu beobachten, die mit einer Plastikpistole und einem Brokatlappen Dornröschen spielten, ebenso mechanisch wie Marionetten.

Sie lebte dort wie hier unter Frauen, westlichen, Journalistinnen, Kulturfunktionären, alle mehr oder minder depressiv, alle aus Liebeskummer ins Ausland gegangen. Sie käuten gemeinsam ihre jeweilige Einsamkeit wieder, die sie alle um jeden Preis durchbrechen wollten, wobei sie einander einzureden versuchten, noch jung genug zu sein, um der Liebe begegnen und ein neues Leben beginnen zu können. Sie waren hektisch, hilflos und ungeschickt, sie waren bereit, auf der Stelle von ihrer wiedergewonnenen Freiheit zu profitieren und wußten doch nichts damit anzufangen. Sie fragten sich, wo wohl die Männer abgeblieben waren.

Es hatte etwas Faszinierendes für Aurore, diese Frauen, die alle exemplarische Karrieren vorzuweisen hatten, alles verleugnen zu sehen, was sie aus eigener Kraft erreicht hatten, um jetzt das Schicksal derjenigen zu beneiden, auf die sie seinerzeit, wenn sie ihre Studien unterbrachen, um zu heiraten, herabgesehen hatten. Jetzt sahen sie sie im Herzen einer großen Familie thronen und hatten keine Ahnung von ihren verlorenen Illusionen, ihren Gefühlen vertaner Zeit und unerfüllter Existenz. Ach, Kinder! Kinder haben, sagten sie. Ein Kind war der letzte Damm gegen die Einsamkeit.

Eines Abends, als Aurore von einer Frau zurückgefahren wurde, die als Wirtschaftsattaché arbeitete und ihr Auto genauso rücksichtslos fuhr wie in Paris, legten sie eine Vollbremsung vor etwas, das sie zunächst für einen unbeleuchteten Lastwagen hielten, hin. Dann sah Aurore, wie sich das wuchtige Hinterteil eines enormen Elefanten aus der Nacht schälte, und da wußte sie, daß sie in den Bauch dieser Stadt eindringen und als das menschliche Wesen, das sie war, diese gigantische Arche Noah betreten wollte, auf der schon viel zu viele Menschen sich an die Fenster und Leitern klammerten und auf die Dächer kletterten, wo sie den Affen Konkurrenz machten.

In seiner rosigen Opulenz hätte Middleway, dieses kleine amerikanische Oxford, eine etwas kuschligere Variante dieser Arche Noah sein können, auf der sie so sehnsüchtig anheuern wollte. Als sie am Vortag den Zoo besucht hatte, war ihr mit Erstaunen aufgefallen, daß sie die Bewohner der Käfige, die man hier Lebensräume nannte, beneidete. Sie waren groß, geräumig und mit dicken Glasscheiben geschützt, nicht mehr mit Gittern wie in Europa. Hätte man ihr ein Eckchen freigemacht, wäre sie liebend gerne zwischen Schimpansen und Orang-Utans geschlüpft. Es war eine Manie, die sie seit ihrer Kindheit hatte, nirgendwo hinkommen zu können, ohne sich in Gedanken dort einzurichten, und keinen Menschen kennenlernen zu können, ohne zu hoffen, von ihm adoptiert zu werden. Tante Mimi war ihr dabei auf die Schliche gekommen. Sie sah Berechnung darin, dank der sie zwar immer auf die Füße fallen würde, die sie jedoch, da die Leute immer alles wörtlich nehmen, von einem Kinderzimmer ins nächste geführt hatte: schöner Rahmen, um zu schreiben! Hat man schon mal gesehen, daß irgend jemand in einem Kinderzimmer zum Schriftsteller geworden ist? Ist je irgendein Werk aus einem Kinderzimmer gekommen?

Aurores Haus war nie wieder aufgebaut worden. Sie suchte noch immer nach dem Ort, wo sie es, die entsprechende Energie vorausgesetzt, bauen könnte; um darin zu schreiben, fügte sie immer sofort wie zur Entschuldigung hinzu. Wenn sie in unbekannten Ländern ankam, an neuen Ufern, entdeckte sie beim Landeanflug irgendeine Landenge, deren extreme Spitze sie gerne bewohnt hätte, ohne die Landschaft zu verschandeln; oder es war eine Insel in diesem Archipel da, aber die allerkleinste, ein nacktes Stück Fels, wo niemand jemals den Fuß hinsetzt; eines der großen verfallenen Bauernhäuser des Baskenlandes, wo die Dornenhecken aus dem Dach schlagen und die Fassade pockennarbig ist; das Häuschen am Ende des Parks, das die Pförtner nicht mehr bewohnen, das echte kleine Pförtnerhäuschen mit einer engen Tür als einziger Öffnung und einem Stückchen Garten.

Kurz bevor sie nach Middleway abreiste, hatte sie Freunden, die ihn nicht mehr benutzten, vorgeschlagen, ihren Geräteschuppen zu kaufen, ein Hüttchen, dessen Boden aus gestampfter Erde bestand und das die Rechen beherbergte, aber in einem sehr schönen Park lag und eine sehr schöne Weinlaube besaß, die im Sommer als Arbeitszimmer dienen konnte. Sie hatte gespürt, daß ihnen der Gedanke, sie könne sich, von diesem Embryo eines Hauses ausgehend, weiter ausdehnen, unangenehm gewesen war. Im Lichte dieser Probe aufs Exempel war ihnen aufgegangen, daß ihre freundschaftlichen Gefühle für Aurore nicht weiter gingen, als sie dreimal im Jahr zum Abendessen zu empfangen. Sie im Frühling, im Sommer, im Herbst und womöglich auch noch im Winter, mit einem Holzofen bewaffnet, sehen zu müssen – denn diese Hungerleider von Schriftstellern sind ja zäh –, war ihnen absolut unerträglich: Also wirklich, Aurore, was Sie bräuchten, wäre doch eher ein Schloß! Was sie brauchte, und zwar schnell, war ein Käfig, ein Affenkäfig oder irgendein anderer im Zoo von Middleway.

In Paris lebte sie in einem Rattenloch, das der Arzt, dessen Leben sie ab und an teilte, großartig ihr Atelier nannte. Dabei war es nur eine kleine Einzimmerwohnung, alles, was ihr von ihrem Ehemann geblieben war. Sie lag so nahe an der Seine, daß die Feuchtigkeit den Teppichboden Wellen und die Tapete Blasen schlagen ließ und ihr in die Schulter, den Ellenbogen und das Handgelenk über dem Papier fuhr, das sich aufrollte, als hätte sie es mit ihrem Schweiß oder ihren Tränen genäßt. Nichtsdestotrotz lag ihr daran, hier zu leben, und der Arzt gestand ihr dieses Recht zu, das seiner Freiheit zugute kam, ein kleiner Dank ans Künstlerleben.

Es gab nur das Notwendige, nackte Glühbirnen, weiße Wände; einen Tisch, einen Stuhl, eine Matratze und eine Badewanne, die auf einem Stück Teppichboden stand. EINE MÖNCHSZELLE, hatte Gloria bemerkt, die sie dort aufspürte und sich auf alle Klischees und abgestandenen Vergleiche stürzte, die ihr auf den Lippen zergingen wie einer Ausländerin, die die Sprache mit dem Nürnberger Trichter gelernt hat und nun wünscht, daß die Tatsachen ihr entsprechen, koste es, was es wolle. Hätte es einen Lampenschirm gegeben, würde sie gewiß von einer KONFEKT-SCHACHTEL geredet haben, sagte sich Aurore, und bei einem Blumentopf auf der Fensterbank hätte sie garantiert an SCHNEEWEISSCHEN UND ROSENROT gedacht.

Es war Gloria gelungen, in ein Refugium einzudringen, in dem Aurore niemanden empfing, wo sie sich nie verabredete, und wenn jemand klingelte, rief sie ihm von der Wohnungstür entgegen: Ich komme runter! und blockierte im Treppenhaus den unwiderstehlichen Vorwärtsdrang des Unerwünschten. War sie nicht auf Reisen, konnte sie sechs lange Stunden auf der Matratze liegenbleiben, die Augen auf die Wasserflecke an der Decke gerichtet; oder in der Badewanne, und darauf warten, daß der Dampf des kochendheißen Wassers sich auflöste, indem er sich in allerfeinsten Tröpfchen an den abblätternden Wänden festsetzte und an ihnen hinabrann; oder auch am Fenster, wo sie auf die gegenüberliegende Mauer blickte, die keine zwei Meter entfernt aufragte und von Jahrzehnten von Taubenmist zerfressen war; entsetzliche Kritzeleien, die der ätzende Dreck in den Stein gezeichnet hatte, ein Magma von Unrat, das auf dem kleinsten Mauervorsprung festsaß und sich auf diesen schwankenden Sockeln zu weichen Kaminen türmte.

Als sie zusammen mit ihrem Ex-Mann das Loch kaufte, hatten sie im selben Haus die Wahl zwischen einer Erdgeschoßwohnung, die auf den Innenhof hinausging und gegenüber der Küche eines auf Fritten spezialisierten Bistros lag, die ein kräftiger Junge auf dem Erdboden schnitt, und dieser hier im zweiten Stock gegenüber der Brandmauer eines Abbruchhauses, dessen Besitzer alle Genehmigungen für eine baldige Renovierung eingeholt hatte, dank der die Sonne bald auf dem weißen Putz gleißen würde. Sie kauften dieses schwarze Loch um der Sonne willen, die nie auf der Brandmauer erschien, die immer pockennarbiger wurde. Trotzdem trauerte sie nie dem Erdgeschoß nach, denn das Bistro steigerte seine Frittenproduktion in einem Maße, das den Innenhof morgens zum Kartoffelzwischenlager umfunktionierte. Abends quoll das Frittieröl aus dem Kanaldeckel.

Bei jeder neuen Brut wußte Aurore nicht mehr, was sie sich noch einfallen lassen sollte, um die zusätzlichen Bewohner zu verjagen, während Leila aus Prinzip auf seiten der Tauben stand. Das war ein Thema, das sie regelmäßig bei dem Arzt auf den Tisch brachte, um ein paar Ratschläge einzuholen, die ihr helfen konnten. Das Problem ließ niemanden gleichgültig. Ein Steuerberater erzählte ihr, er habe ein System mit Wasserbomben entwickelt, die er auf einem Dach unter seiner Wohnung aufplatzen ließ, das den Tauben als Nistplatz diente. Ein Exzögling der ENA schilderte, wie er an seiner Hochschule die Tauben fing, ihnen angezündete Knallfrösche ins Arschloch schob und sie dann losließ, damit sie mitten unter ihren Artgenossen explodierten. Eine Journalistin konnte sich erinnern, daß ihr erster Ehemann, ein junger Anwalt, nie nach Hause gekommen war, ohne zuvor einen Umweg über den Park zu machen, wo er ein, zwei Tauben erdrosselte und zum Abendessen mitbrachte. Sie fand das eklig, aber rupfte und kochte sie trotzdem. Ein Toxikologe erklärte ihnen, daß dreißig Tage hintereinander Tauben zu essen das Blut mit größerer Sicherheit vergifte als jede Dosis Arsen und den unerwünschten Gatten zu seinen Vätern schicke, ohne irgendwelche Spuren zu hinterlassen. Die Journalistin versank in Gedanken, als trauere sie einer verpaßten Gelegenheit nach.

Die Geschichte mit dem Knallfrosch hinterließ bei Aurore angesichts all dessen, was sie, von der Grausamkeit ganz abgesehen, an manischer und genauer Vorbereitung erforderte, ihre Spuren. Denn es braucht einen gewissen Mut, ein lebendiges Wesen derart zu quälen, ihm den Knallfrosch hinten reinzubohren, den man sich ja auch extra in einem spezialisierten Geschäft hat kaufen müssen. Von einem Ball der Medizinstudenten hatte Aurore dann ein Blasrohr aus vergoldetem Karton und kleine bunte Kügelchen mitgebracht. Als er sah, wie sie sich die Taschen damit vollstopfte, hatte der Arzt sie einen Kindskopf genannt! Aber sie war im Besitz der endgültigen Waffe. Sofort stürzte sie zum Fenster und blies aus Leibeskräften. Die Tauben hoben den Kopf mit dem gleichen erstaunten und leicht genervten Blick, den der Arzt während der Party einem Stationsarzt zugeworfen hatte, der ihn mit Konfetti überschüttete!

Die Tauben hätten auch keinen Revolver und kein Jagdgewehr gefürchtet, sie wußten sich durch den schmalen Abstand, der sie von Aurores Studio trennte, geschützt. Und mehr noch, seit zwei, drei Jahren hatten sie sich entschieden, das Fenster zu besetzen, gegen das sie ihre rechte Schulter stützte, wenn sie schrieb. Sie konnte drohen, wie sie wollte, mit unaufhörlichen Gegurre beschäftigt, bewegten sie sich keinen Zentimeter. Auch auf die Geste, mit der sie sie verjagen wollte und die mittlerweile zu einem Tic geworden war, reagierten sie nicht: Die mit dem Federhalter bewaffnete Hand hob sich, stellte ihn dann im Tintenfaß ab und klopfte gegen die Scheibe. Sie bewegten sich nur, wenn sie das Fenster öffnete, warteten aber auch dann mit der Panik, bis sie tatsächlich stand und am Drehriegel rüttelte.

Sie kannten Angewohnheiten von ihr, von denen sie selbst nichts ahnte. Sie wußten, daß sie auf Reisen gehen und ihnen mehrere Tage lang das Fensterbrett überlassen würde, noch bevor sie selbst es entschieden hatte. Dann brüsteten sie sich, zeigten eine triumphierende Miene und stolzierten noch aufgeplusterter als sonst vor dem Fenster auf und ab. Und wurde sie mit Verspätung abgeholt, zeigten sie ihre Ungeduld, indem sie wütend in den leprösen Mauerritzen gegenüber herumkratzten. Ertönte das Klingelzeichen und kündigte an, daß endlich jemand gekommen war, so daß sie zur Tür stürzte, um wen auch immer am weiteren Vordringen zu hindern, flatterten sie los und saßen schon wieder, bevor sie noch im Treppenhaus war. Sie stand auf der Schwelle, hin- und hergerissen zwischen dem Wunsch, sie zu verjagen, und dem, der Indiskretion des Besuchers zuvorzukommen, der schon mit dem Aufstieg der steilen Treppe begann. Ich komme runter, rief sie und verließ die Wohnung. Sie kopulierten.

Wenn sie ein Bad nahm, spannten sie, und das tat sie zwei-, dreimal pro Tag, wenn sie sich schlecht fühlte, was natürlich kräftig mithalf, den Teppichboden abzulösen. Morgens öffnete sie die Augen unter ihrem roten Blick. Sie wußten genau, daß sie niemals aus der Wanne oder dem Bett aufspringen würde, um sie zu verjagen: zu schlapp, zu faul, zu verschlafen, sie sahen auf sie herab. Sie schloß die Augen, um sie nicht mehr sehen zu müssen, manchmal stopfte sie sich auch die Finger in die Ohren, damit das Gegurre aufhörte. Sie hoffte auf harte Winter, die sie gefrieren, auf heiße Sommer, die sie ausdorren würden. Sie wurden mehr und mehr.

Sie sollten das nicht so auf die leichte Schulter nehmen, sagte der Arzt, Sie haben bereits eine Ornithose. Er hatte sie im Verdacht – so sehr war ihre Tierliebe bekannt –, ihre Nester zu beschützen, ihnen beim Ausbrüten der Eier zu helfen, die Waisen zu füttern und wollte ihr nicht glauben, wenn sie sagte, sie hasse sie und sie verdreckten ihr den Himmel. Warum wollen

Sie nicht bei mir wohnen, schlug der Arzt vor, der eine große, sonnige Wohnung besaß. Sie könnten ihr Arbeitszimmer im ehemaligen Kinderzimmer einrichten.

Sie hatte in seiner Station für Tropenkrankheiten gelegen. Das erste Mal, als sie ihn sah, vermutete er, da sie aus Brasilien zurückkam, eine Papageienkrankheit. Er betrat ihr Zimmer umgeben von einem Schwarm Studenten, er trug eine lange weiße Schürze, die an den Hüften verschnürt war und ihn größer und schlanker machte, und eine Brille auf der Nasenspitze; man sagte Monsieur zu ihm. Sind Sie letzthin von einem Papagei gebissen worden? Haben Sie in einem Raum geschlafen, in dem ein Käfig mit Sittichen stand? Am nächsten Tag besuchte er sie wieder in Begleitung zweier Schwestern, um ihr zu sagen, daß sie auf eine Station für Lungenkrankheiten gehörte, die exotische Papageienkrankheit war bloß eine Ornithose, die von den Pariser Tauben kam: Sie wohnen in der Rue de Seine! Später erschien er wieder: Eine Ornithose, die einem Schwächezustand entsprang, der dem langen Leben unter den Tropen zuzuschreiben war – Sie reisen sehr viel, nicht wahr? –, rechtfertigte, daß er sie noch zur Beobachtung behielt.

Die Krankheit, sonderbar obschon pariserisch, dauerte lang und war quälend. Er ging abends nie nach Hause, ohne vorbeizukommen und ihr auf Wiedersehn zu sagen, er trug Anzüge mit Hahnentrittmuster, sie konnte seine Schlüssel in seinen Taschen klimpern hören. Er hatte keine Zeit gehabt, ihre Bücher zu lesen, brachte ihr aber das seine mit: *Der Kranke, das Chinin und das Fieber*, ein medizinisches Märchen, das seiner Kandidatur für die Ärzteakademie etwas Originelles verlieh. Eines Tages setzte er sich auf ihre Bettkante, und an der Geschwindigkeit, mit der sie die Knie hochzog, spürte er, daß sie auf dem Weg der Besserung war. Er nahm ihre Hand, um ihren Puls zu fühlen und erklärte ihr: Ich weiß nicht, ob ich Ihnen erlauben werde, fortzugehen.

Da haben wir's, dachte Aurore. Liebesgeschichten hatten ihr nie viel gesagt, und sie war in etwa im Alter und in der Seelenlage Madame de Lafayettes angekommen, die ihre Freunde bedauert hatte, wenn sie in die Untiefen einer Leidenschaft gerieten. Aber diese Liebe hatte den Vorteil, nicht wirklich eine zu sein. Der Arzt hatte seinen Obulus an die Leidenschaften bereits in Gestalt einer Ehe, zweier erwachsener Kinder und einer Affäre mit einer bekannten Schauspielerin bezahlt. Aurore war lediglich ein Ersatz für die Schauspielerin, ein ernsthafteres, wenn auch weniger glänzendes Abenteuer, dabei immer noch ehrenvoll genug.

Er stellte sie seinen Kollegen vor: Sie kennen Aurore Amer? Sie kannten sie nicht. Er wirkte schokkiert: Ist Ihnen klar, daß die Sie NICHT KENNEN? Dieser Gedanke an Anonymität stürzte Aurore in tiefste Verwirrung, denn wozu ist es gut, eine Art von Bekanntheit zu erringen, sein Gesicht in den Zeitungen zu sehen wie das der Diebe und Mörder, wenn solche vorübergehende Berühmtheit einen doch nur wieder im Nichts enden läßt? Und da haben Sie überdies noch den Beweis, fuhr der Arzt fort, wie ungebildet dieser ganze arme Ärztestand ist.

Es war eine alte Geschichte. Sie dachten daran, ihre Beziehung zu legalisieren, obwohl diese Epoche, die nicht mehr lesen noch schreiben konnte, auch nicht mehr zu heiraten wußte. Er hatte vor allem die Akademie im Kopf, die in der Nähe von ihr lag, und zwar so sehr, daß er sie jedesmal vor Augen hatte, wenn er an Aurore dachte, oder noch eher, daß er jedesmal Aurore vor Augen hatte, wenn er an die Akademie dachte, und das geschah immer öfter. Ein Happy-End war nicht in Sicht, aber es gefiel Aurore nicht übel, einen Strich unter ihre Einsamkeit zu ziehen. Besser, man endete als die ehrbare Gattin eines Akademie-Mitglieds denn als Tauben-Oma, als alte Hexe mit wirren Gesten, da sich leicht Dutzende von Leuten finden ließen, die bezeugen würden, sie sei wahnsinnig, und gesehen hatten, wie sie an ihrem Fenster mit den Armen um sich schlug und eine Brandmauer beschimpfte. Die Tauben würden den Moment abwarten, bis man sie im Stadium völligen Irrsinns aus der Wohnung trug, um dann durch ein zerschlagenes Fenster in das Studio einzudringen, auf ihrem Tisch zu nisten und auf ihre Manuskripte zu kacken.

Es war halb neun, Zeit, ein Lebenszeichen von sich zu geben. Lola Dhol bekam mit, daß sich unten etwas tat, sie konnte Gespräche hören. Sie mußten in der Küche sitzen und die Ereignisse des vergangenen Abends kommentieren oder eine Bilanz des Kolloquiums ziehen. Sie würde ihnen allen zusammen gegenübertreten müssen und die entsetzliche gute Laune ertragen, die Pflicht ist, sobald mehr als drei Frauen zusammen sind: Zu zweit machen sie einander Geständnisse und sind bedrückt; zu dritt machen sie einander Mut; zu viert hacken drei auf die vierte ein, bis sie in Depressionen verfällt. Das ist wie bei den Tieren, bei den Vögeln vor allem. Setzt man zwei Unzertrennliche in einen Käfig, passiert gar nichts, fügt man ein weiteres Pärchen hinzu, fängt der Ärger an, sind sie zu sechst, zerfleischen sie sich.

Diese Frauenkolloquien voller Frauen, die nur über Frauen sprechen, und wo sie als Frau Frauentexte vorlas, waren ein Alptraum für sie. Kein einziger Mann am Horizont. Kein einziger aufrecht stehender Mann mehr, keiner, der nicht in Stücke gerissen, entmannt und exekutiert worden wäre. Sie fragte sich, warum auch die jungen Frauen auf diesen Karren aufsprangen und anfingen, Gift und Galle gegen die Männer zu spucken. Sie prangerten Männer an, die nicht in den Vortragssälen waren und nicht in ihrem Leben. Sie waren wie Archäologen, die das, wonach sie suchten, haßten, und die, entdeckten sie eine Tonscherbe oder ein Knochenfragment, sie ins Feuer werfen würden. Und das war um so seltsamer, als sie sich von jungen Männern assistieren ließen, die ihnen ihre Kolloquien organisierten, ihre Statements niederschrieben und wahre Ammendienste an ihren Computern versahen, die sie mit größter Vorsicht flach hinten in die Autos legten.

Gloria hatte ihr für die Dauer ihres Aufenthalts ihren Babilou ausgeliehen. Er fuhr sie in seinem himbeerfarbenen Cadillac umher und brachte sie heimlich an Orte, wo sie ein Glas oder zwei trinken konnte. Er benahm sich so kavaliershaft, schob ihr den Stuhl hin, verneigte sich leicht, konversierte auf französisch, daß in seiner Gegenwart zu trinken nicht mehr diese häßliche und heimliche Sache war, die sie zwang, die Flasche durch die braune Tüte hindurch zu betasten, die sie verbarg, oder alle Phiolen aus der Minibar in ihr Zahnputzglas gießen zu müssen. Er kontrollierte die Temperatur des Glases, die Anzahl der Eiswürfel, den kleinen Set unter dem Glas und bestellte nach, bevor ihr noch die Lust kam, ein weiteres Glas zu verlangen, denn sie hatte nie genug, sie brauchte immer NOCH EINS. Und der Typ, Babilou, hielt es ihr hin, als sei es das normalste auf der Welt, hintereinander drei Whisky zu trinken, drei doppelte Scotch. Seinen eigenen rührte er nicht an und ließ ihn ihr vor dem Aufbrechen, wenn sie, um aufrecht stehen zu können, sich schon an seinem Arm festhalten mußte.

Am Tag ihrer Ankunft hatte er sie gefragt, ob sie nichts bemerke. Sie sah einen jungen Typen von fünfundzwanzig im dunklen Anzug. Und dabei, insistierte er, bin ich Ihretwegen beim Friseur gewesen! Und tatsächlich, jetzt sah sie, daß er seine langen, blonden und weichen Haare im Nacken mit einer schwarzen Samtschleife zusammengesteckt hatte wie ein Sänger, den man für eine Rolle als Kammerdiener zurechtgemacht hat und der seinen Bühnenlook nach der Vorstellung beibehält. Die ganze Woche über hatte er den Kopf so steif gehalten, als sei er auf eine Lanze gespießt, aus lauter Angst, seine Fönfrisur durcheinanderzubringen, und es war komisch gewesen, diesen Verurteilten-Schädel inmitten der struppigen Frisuren der Kongreßteilnehmerinnen umherschweben zu sehen, die alle damit aufgehört hatten, durch künstliche Hilfsmittel verführerisch wirken zu wollen.

Er hatte Gloria so sehr bei ihr angeschwärzt, wie er nur konnte, ein streng kanalisiertes Wildwasser zurückgehaltenen Hasses: Sie terrorisiere ihn, drohe ihm, halte ihn wie einen Sklaven. Die gesamte praktische Organisation eines solchen Kolloquiums ruhe auf seinen Schultern, und kein einziges Mal würde sein Name auch nur genannt, und er verdiene keinen Pfennig daran. Er bot ihr ganz offen seine Dienste an. Er wußte offenbar nicht, wie weit sie runtergekommen war, um überhaupt nach Middleway zu reisen.

Sie rechnete nach, was Babilou wohl an Fahrtkosten, Hotelzimmern, gutem Essen, Nachtclubs, Skiferien und Friseurbesuchen kosten mochte. Babilou aus Middleway war ganz einfach unerschwinglich. Als es ans Bezahlen ging, bat er sie um ihre Kreditkarte und steckte sie mit der Geste des geborenen Gentlemans in die Spieldose, die die Rechnung verbarg.

Und zuallererst einmal sich waschen, diesen sauren und ekligen Schweiß loswerden, den sie schon einatmete, bevor sie noch die Augen aufschlug, und der ihr zeigte, in welch erbärmlichem Zustand sie sich befand. Sich auf die Bettkante setzen, warten, bis das Schwindelgefühl, das das ganze Zimmer zum Schwanken bringt, nachläßt, dann direkt ins Badezimmer und brechen. Saubermachen, den Geruch nach Angst, Schande und schlechter Gesundheit wegkriegen, der sich bereits wieder bildet, noch intensiver als zuvor, ein echtes Notsignal, das sich, schien ihr, durchs ganze Haus ausbreiten würde, die Straße überqueren, sich über das Viertel legen, ganz Amerika bedecken.

Sie suchte sich im Spiegel und konnte sich nicht finden. So war das mit den Spiegeln, sie erschien oder verschwand in ihnen, ohne zu wissen, woher dieses Phänomen kam, das sie geheimhalten wollte, denn sie ahnte in ihrem tiefsten Innern, daß es sich dabei schwerlich um ein gutes Vorzeichen handeln konnte. Vor fünf Jahren bereits, in einem Flughafen, war sie aufgestanden, um in einem großen Wandspiegel ihr Make-up nachzuprüfen, aber sie fand sich einer Leere gegenüber; alles, was sich hätte spiegeln müssen, war verschlungen worden, und sie war einfach vom Erdboden verschwunden.

Sich trotzdem schminken. Sie schmierte mit der flachen Hand Fond de Teint über ihr ganzes Gesicht, zog sich dann mit einem Stift Brauen und Augen nach. Als sie den Lippenstift zur Hand nahm, konnte sie ihren Mund nicht finden und legte ihn nach Gefühl auf, in der Hoffnung, das Rot würde sich, sobald sie wieder erschien, zwischen den geschwungenen Linien ihres Mundes befinden und nicht irgendwo auf der Stirn oder den Ohren. Ich bin wie ein ausgetrockneter Oued, sagte sie sich, dessen Lauf man nicht einmal erraten kann, und beim ersten Regen sprießt Oleander und weiße Zistrose an seinen Ufern. Wo ist mein Oleander? fragte sie sich, während sie die Lippenstifthülle wieder verschloß, und begann ein Lied zu summen, das sie früher immer gesungen hatte: *Wenn der Regen kommt*.

Aurore wartete vor der Tür, lauschte den Einzelheiten dieser Toilette, dem harten Duschstrahl, einer lang andauernden Stille und den Worten, die eine Frau vor dem Spiegel sagt, wenn sie irgendein Schminkutensil sucht, das sie verlegt hat, einen Ausruf, einen Fluch, den sie wiederholt ausstieß: Shit, shit, shit, und jetzt danach dieses Lied, das sie kannte – das haben wir alle gesungen, sagte sie sich – und das sie an die erste Zeit ihrer Ehe erinnerte. Die Tür ging auf. Überrascht blieb Lola Dhol auf der Schwelle stehen.

– Pardon, sagte Aurore. Pardon, wiederholte sie, die Hand auf dem Mund, als sie Lolas Gesicht erblickte, das völlig schief angemalt war, runde Bogen auf einer Wange, zwei rote Linien auf der anderen, als hätte sie irgendeine monströse Addition auf ihrem Gesicht ausgerechnet.
– Entschuldigen Sie, darf ich, sagte sie und schob Lola rückwärts ins Badezimmer zurück, dann, als sie drin waren und sie sie gegen eine Wand gestützt hatte, fügte sie hinzu: So können Sie da nicht runtergehen. Und bei alledem war sie sich nicht sicher, ob Lola sie aus diesen schlecht gezeichneten schwarzen Augen ansah, die ihr von den Wangen hingen oder mit dem abwesenden Blick ihrer tatsächlichen blauen Augen. Aurore mußte an jene Tiere denken, denen die Natur falsche Augen oberhalb der echten verliehen hat, damit der in die Irre geführte Feind eher diese auskratzt als die andern. Sie zeigten nichts von der Angst, die die Augen verengt, und ließen den Angreifer glauben, sie starrten ihn weiterhin an oder provozierten ihn.
– Sieh mich nicht an, flehte Lola und ließ sich in ihren Armen die Wand entlang zu Boden sacken, und Aurore rutschte mit ihr, auf sie. Wer immer in diesem Augenblick eingetreten wäre, hätte über diesen verzahnten Leibern das einzige und wahre Gesicht der Lola Dhol gesehen, das Aurores, weiß, fein, mit seinen blauen Augensternen unter den Bögen der dünnen, blonden Brauen. – Ich hab Angst, sagte Lola mit einem dünnen Stimmchen. – Ich weiß, sagte Aurore und streichelte ihr den Rücken, ich weiß. – Weil niemand mich liebt,

sagte Lola. – Das stimmt nicht, antwortete Aurore, wir lieben Sie nicht nur, wir beten Sie an, ich, Gloria, Babette, alle Mädchen vom Kolloquium, alle beten Sie an. – Aber die Männer lieben mich nicht mehr, sagte Lola. Und, noch leiser: Ich bin ein Acker, der nicht mehr gepflügt wird. Als deute Aurore mit ihrem Schweigen an, nicht verstanden zu haben, sagte sie lauter: Ich werde nicht mehr gefickt! Sie ficken mich nicht mehr!

– Sie werden sich jetzt waschen, antwortete Aurore, indem sie sie hochhievte und gegen das Waschbecken stellte. Lola ergriff ein Handtuch und rubbelte sich ab, wie man ein Pferd mit Heu abreibt: heftig, nachlässig, und vermengte dabei ihre Schminke mit einer Geste derart absoluter Verzweiflung, daß Aurore an die somalischen Frauen erinnert wurde, die ihr Gesicht mit Sand und Asche waschen, als scheuerten sie einen Pfannenboden, um das Messing zum Glänzen zu bringen.

– Mein Kopf dreht sich, sagte Lola, ich kann mich nicht im Spiegel sehen.

– Ich werde Ihnen helfen, sagte Aurore. Als sie den Wattebausch mit der Reinigungsmilch auf Lolas Gesicht auftrug, zitterte ihre Hand. Sie berührte sie zum ersten Mal, und sie rieb den Bausch so sanft wie möglich über diese Rötungen, diese Schwellungen, diese geplatzten Äderchen, die die zu zarte Haut violett färbten. Sie dachte an die Krankenschwestern, die die Schwerverbrannten erst berühren, wenn sie betäubt sind, und ein Drang nach universeller Instandsetzung keimte in ihr auf. Augen schließen, Blut abtupfen, Wunden vernähen, Leichentücher bügeln, Verbandszeug aufrollen, all dieses Unglück in ihr Netz einspinnen, Watte zupfen, Gaze zerschneiden, danach die Leichen einhüllen, die Rümpfe, Beine, Arme und Köpfe wieder richtig aneinanderlegen, das ganze zu kleinen säuberlichen Päckchen zusammenschnüren, fertig fürs Grab oder das Feuer, einen weißen Faden auswählen, ausschließlich Knopfnaht benutzen.

– Ich hab so ein ramponiertes Gesicht, sagte Lola Dhol und sah sie geradewegs an. Nicht wie du. Hast du dich liften lassen? Nein! Und dabei war ich immer überzeugt, es wären die Schriftsteller, deren Gesicht den Bach runtergeht, nicht die Schauspieler. Bei unsereinem hinterläßt das Leben nur SEINE SPUREN, aber wir bleiben schön. Bei dem, was du schreibst, müßtest du normalerweise schlimmer aussehen als ich, du müßtest ABGENÜTZT aussehen.

Dieses Wort traf Aurore wie das mot juste, das sie ihr Leben lang auf der Zunge gehabt und gesucht hatte und das Lola ihr jetzt in seiner ganzen schrecklichen und vollkommenen Wahrheit in die Hände gab. Sie war sich nicht sicher, ob sie sich freuen sollte, es entdeckt zu haben, oder im Gegenteil darüber betrübt sein, es endlich zu kennen.

Klapprig, müde, angegriffen, verletzt, angeschlagen, runtergekommen, Aurore hatte zwischen all diesen Worten gezögert, um den Zustand zu beschreiben, in den die Schreiberei sie versetzt hatte. Ihre Person rief bei denjenigen Schriftstellern, die in einem Glückszustand produzierten, der sich mit den Worten Genuß, Macht, Freude, Spaß umreißen ließ, akute Abwehrreaktionen hervor und eine Mitleidshaltung von seiten derjenigen, die der Meinung waren, die tiefe Verzweiflung des Schreibens sei lediglich eine Folge des Unglücks zu leben an sich. Es sei ein Mittel gegen einen eingeborenen Schmerz und habe immerhin den Vorteil, ihn vergessen zu machen, indem es ihn verschob.

Aurore war extrem schmerzempfindlich. Die geringste Verletzung, ein abgerissenes Pflaster, Jod auf einen Kratzer, eine Spritze, alles brachte sie zum Weinen. Sie hatte sehr bald ihre Vorkehrungen getroffen, klaute die Tabletten, die sie nicht verschrieben bekommen hätte, und geriet in Panik, sobald ein Arzt ihrem Körper irgendeine Sonde, ein Endoskop näherte und sie warnte, sie werde nun einen kurzen UNANGENEHMEN Moment über sich ergehen lassen müssen.

Sie ging zu keinem Arzt mehr, behalf sich mit einem Schuhkarton voller Schmerzmittel und blieb dem Schmerz trotzdem hilflos ausgeliefert, der sich in Form einer Migräne in ihr eingenistet hatte, die durch nichts zu lindern war, und vor allem nicht durch die neuesten Wundermittel. Sie blieb die Gefangene dieses durchdringenden, stechenden Schmerzes, der die Schläfen durchstach, die Augen aus ihren Höhlen trieb und bis zur Übelkeit gegen die Schädeldecke pulsierte. Dann lag sie im Dunkeln, einen tropfenden, das Kopfkissen nässenden Waschlappen auf der Stirn, und war das Opfer von Schmerzen, die die Welt ausradierten und sie zwangen, sich ganz auf ihren Körper und vor allem ihren Kopf zu konzentrieren. Wenn sie nicht mehr konnte, schluckte sie alles, was in dem Schuhkarton war, alles Verbotene, alles Gefährliche.

Die Folge der Migräne war, ganz wie die des Schreibens, all derjenigen überdrüssig zu werden, die nie am Leben gelitten haben, und diejenigen, die Bescheid wußten, zu verstehen, aber die meinten, das ganze sei psychosomatisch und die Anfälle, die man von Zeit zu Zeit zu erdulden hatte, lediglich der körperliche Ausbruch einer noch schmerzhafteren seelischen Krise.

– Aber wollen Sie mich denn nicht untersuchen, hatte sie den Neurologen gefragt, der ihr hinter seinem Schreibtisch zuhörte, wollen Sie denn nicht nachsehen, was ich im Kopf habe?

– Sie sind ein typischer Migränefall, hatte er ihr geantwortet, da gibt es nichts nachzusehen. Arzneien, Beruhigungsmittel, Schmerztabletten, Sie kennen das ja alles. Und Sie wissen ebensogut wie ich, daß nichts davon wirklich funktioniert. Trinken Sie keinen Alkohol, rauchen Sie nicht, und gehen Sie früh zu Bett. Vermeiden Sie heftige Emotionen.

Sie war eine Schriftstellerin, die heftige Emotionen vermeiden sollte. Sie schrieb nur, nachdem sie Beruhigungstabletten geschluckt hatte, und nahm wieder welche ein, um das Buch aus dem Kopf zu bekommen, nicht mehr daran zu denken, um zu vermeiden, ganz von der Schreiberei aufgefressen zu werden, diesem endlosen Mühlrad eines Buchs, das sich im Kopf immer weiterdreht, des Buchs, das einen blind macht, das alles andere erstickt. Trotzdem stellte auch ihr Leben, so episodisch und flüchtig es sein mochte, ihr heftige Emotionen bereit. Genau wie die Schmerzen, genau wie die Migräne, waren sie das Echo einer Ur-Emotionalität, die bereits so intensiv war, daß der simple Akt des Schreibens – das heißt, außer sich zu sein, sich in einen Kampf hinabzustürzen, von dem kein Leser sich einen Begriff macht – nicht genügen konnte, sie zu besänftigen.

Aurore war nie so berühmt gewesen, noch so unbekannt, um die endgültigen Foltern kennenzulernen, die einen Schriftsteller in der grauen Einöde der Erfolglosigkeit umbringen, oder, aber das ist sehr viel seltener, während er unerreichbarem Ruhm hinterherläuft. Vielleicht ein einziges Mal, als sie einen Literaturpreis knapp verpaßte, hatte sie etwas von dem gewaltigen Gefühlssturm erahnt, wie ein unerfahrener Segler, der im aufkommenden Wind nicht weiß, wohin er sein Segel wenden soll. Aurores Segel war in einer Tierarztpraxis auf dem Boulevard Raspail gerissen, als sie versuchte, den kleinen Hund kurieren zu lassen, der, ein ungefähres Ebenbild Bobinettes, ihr von Leila geschenkt worden war, um ihre Enttäuschung zu mildern.

Drei Tage lang Versuche, ihn zu retten, die Verbände des kleinen Hundes zu erneuern, den man sie festhalten ließ und der heulte. Drei Tage, das heißt sechsmal, mußte sie ihren Mund auf die kleine schwarze Schnauze drücken, um seine Schreie zu ersticken. Flüsterte ihm Liebesschwüre zu, versprach ihm das Leben ... bis dann der Urteilsspruch fiel. Der Hund konnte nicht geheilt werden. Da fiel sie in Ohnmacht. Man reichte ihr ein Stück Zucker und einen Schluck Pfefferminzsirup, das braucht man am meisten in einer Tierarztpraxis. Während sie totenbleich an ihrem Zucker lutschte, empfahl der Tierarzt ihr etwas mehr Vernunft: Sie können doch noch gar nicht an ihm hängen!

Wie nicht an ihm hängen seit der Mund-zu-Mund-Beatmung! Seit die Zunge sie durch seine Angst hindurch vor Dankbarkeit leckte! Wie nicht durch all das Leid an ihm hängen, das von ihm auf sie übergegangen war und das ihr die Brust zerspringen ließ und sich in Strömen von Tränen ergoß? Aber dann wurde sie von einem Zweifel ergriffen und fragte sich, ob es nicht der Preis war, den der uneingestandene Schmerz von ihr forderte, diesen runden, lieblichen und unschuldigen Körper auf den Opfertisch barbarischer Götter legen zu müssen, die aber dann dennoch auch sie zum Leiden verdammten, zu einem Leiden jenseits aller Worte, bis sie zusammen mit dem Hund schrie. Und jetzt, wo der Hund tot war, verspürte sie eine tragische Gewalt in sich, die nach Tod verlangte, und drängte sie in ihren Körper zurück, ließ sie in den körperlichen Schmerz hineinsinken, der in diesem Augenblick eindeutig wurde und den sie mit Hilfe von Pillen linderte.

Sie bemühte sich mit allen Kräften, dieses lächelnde Gesicht aufrechtzuerhalten, das die beste Rüstung gegen die Gefühle der anderen war, die daran abprallten. Damit hatte sie sich einen Ruf von Sorglosigkeit erworben, den sie nicht zerstören wollte. Also nahm sie viele, viel zu viele Beruhigungsmittel. Denn das Leben ist eine einzige Folge extremer Emotionen, und im Versuch, sie alle abzuwehren, hatte sie die Sensibilitätsschwelle noch tiefer gelegt. Ein simpler Telefonanruf, das Geräusch einer Stimme und in dieser Stimme eine beinahe nicht wahrnehmbare Tonlage, die das Gegenteil von all dem sagte, was sie hörte, verwirrte sie bereits. Sie hatte ihren Namen von ihrer Wohnungstür entfernt, und für die Post galt sie als unbekannt verzogen. Nur sehr wenige Leute wußten, daß sie an der Klingel mit dem Namensschild des Ehemanns zu läuten hatten, dem sie nur mehr zufällig über den Weg lief.

Auf weiten Reisen kam sie zur Ruhe. Sie fuhr in unbekannte Länder, die sie taub und stumm durchquerte und die sie durch ein Fenster mit Ansichten wildromantischer Schönheit oder ungefilterten Elends bombardierten, die vorübersurrten wie Bilder aus einem Film. Es fiel ihr leichter, über den Markt von Manaus zu gehen, der als gefährlich gilt, als in der Rue de Seine einen Fuß vor die Tür zu setzen, obwohl sie in einem friedlichen und sicheren Viertel liegt. Ja, es fiel ihr leichter, in Middleway, Kansas, zu sein als in Paris. Sie fühlte sich glücklicher in Middleway als in Paris. Und in diesem Augenblick überlegte sie sich sogar, ob sie nicht, Glorias Wünschen entsprechend, hierbleiben und das Angebot des Zoodirektors akzeptieren sollte, an dem Programm »Eine Sprache für die Schimpansen« mitzuarbeiten. Ja, sie würde sich bei den stummen Schimpansen des Zoos von Middleway wohler fühlen als mit all den Leuten, deren Stimme und Intonation sie kannte.

Und angesichts von Lola Dhol, die sich gerade fertig ankleidete, verstand sie, daß die Alkoholiker, die mehr noch als die Rauschgiftsüchtigen die großen Ausgestoßenen unserer Epoche sind, Leute wie sie waren, nur daß sie ein schnelleres, einfacheres und in jedem Supermarkt erhältliches Mittel gegen einen Schmerz aufgetan hatten, der ganz ähnlich war wie der, den sie mit Schmerztabletten bekämpfte, die sie leer und dumm im Kopf zurückließen.

– Hat Gloria dir gesagt, meinte Lola, daß ich mich per Schrei kuriere? Man muß schreien, sobald man irgendeine Spannung hochsteigen fühlt, um sie zu lösen, bevor sie sich festsetzt. Sie wandte sich Aurore zu, um es ihr vorzuführen. Zunächst schöpfte sie Atem, dann sperrte sie den Mund auf und schrie mitten in Aurores Gesicht. Aurore erinnerte sich an die Gaumenabgüsse von Inkuben, die in offenen Mündern in Wachs erstarrte Schreie sind.

– Aber wie hast du es erfahren? fragte Gloria.
– Ich hab's nicht erfahren, ich hab's GEWITTERT. Das heißt, eigentlich war's meine Hellseherin, die mich auf die Spur gebracht hat, antwortete Babette. Sie hat mir gesagt, ich solle mich vor einer grüngekleideten Frau hüten.

Sie hatte sofort an Sweetie gedacht, wie jedesmal übrigens, wenn man ihr von einer Frau erzählte, die ihr eventuell Schmerzen zufügen konnte, so daß die Hellseherin Sweetie mit der Pik-Dame belegt hatte. Sie erschien andauernd in Babettes Spiel, als könne das ganze Böse, das in der Dame in Schwarz konzentriert war, die gesamte übrige weibliche Welt amnestieren. Die Tatsache, die erklärte Feindin einer einzigen zu sein, versetzte sie in die einzigartige Lage, sich für die Freundin aller anderen halten zu können.

Aber diesmal klagte die Hellseherin nicht Sweetie an. Sie hatte die Farbe Grün zusammen mit der Karo-Dame gezogen, und Babette wußte, daß Sweetie niemals etwas Grünes angezogen hätte. Nachdem sie all ihre Erinnerungen durchwühlt und die Garderobe aller Frauen, die sie kannte, hatte Revue passieren lassen, vergaß Babette das ganze bis zu dem Tag, als sie bei einem Empfang das apfelgrüne Seidenkleid bemerkte, das eines dieser jungen, blonden Dinger trug, die hübsch genug waren, um entweder Empfangsdamen oder diplomierte Anthropologinnen zu werden. Sie war einfach Irgendjemand, aber sie trug Grün. Babette sprach sie an.

Irgendjemand schien verlegen, der großen Babette Cohen gegenüberzustehen, der Leiterin des Fachbereichs für europäische Literatur, dem einflußreichen Mitglied des Beirats der Shakespeare-Studien, der Präsidentin des Lektoren-Gremiums des Universitätsverlags, DER intellektuellen Referenz am Ort. Babette, die die Verlegenheit genau kannte, in die sie allein durch ihr Amt diese jungen Frauen stürzte, für die sie ein Ideal zu verkörpern glaubte, versuchte, ihr die Befangenheit zu nehmen. Die Ärmste wollte Stewardeß werden, ein Traum kleiner Mädchen, deren Größe ihnen verbietet, Tänzerin oder Model zu werden, der erste Verzicht, wenn man ein klein wenig hübsch ist.

Haha! machte Babette, zufrieden, für Irgendjemand ein Konversationsthema gefunden zu haben, bei dem sie sich nicht in einer Position der Unterlegenheit befand, mein Mann ist Pilot. Irgendjemand wurde noch verwirrter, oberhalb ihres grünen Kleids lief sie rot an. Sie kannte den Flieger. Wunderbar, meinte Babette, dann müsse sie einmal zum Abendessen zu ihnen kommen, und damit ließ sie all dieses Rot auf all diesem Grün in der Überzeugung stehen, etwas zu viel Interesse an dieses kleine Dummchen verschwendet zu haben. Sie schwor sich, von nun an keine Umstände mehr für Leute zu machen, die ihre simple Präsenz schon derart beeindrucken konnte. Welch ein Zeitverlust!

Ihre Mutter hatte sie aus Bordeaux angerufen, um ihr zum Geburtstag zu gratulieren: Überanstrenge dich nicht, mein Schatz ... eine kurze Wartezeit, dann die Wiederkehr des Echos und ihre pfeifende Stimme ...: Jetzt, wo du siebenundvierzig bist, kommst du ins Alter, wo man schnell müde wird ... Wiederum Geräusche, und dann war die Stimme ihrer Mutter verschwunden.

Babette hatte aufgelegt und war neben dem Telefon stehengeblieben, um den Rückruf zu erwarten. Sie trug nur einen Bikini, das Läuten hatte sie aus dem Garten hereingeholt, wo sie Unkraut zupfte. Sie fühlte sich keineswegs müde, im Gegenteil, der sehr schöne und sehr warme Frühling erfüllte sie mit Freude, der Garten würde herrlich werden. Die ganzen Heckenröschen, die sich einige Jahre lang nicht hatten entscheiden können, strotzten jetzt vor dicken und dichten Blüten, die Glyzinie wucherte wie ein umgekehrter Wasserfall auf der Fassade, und die Katze beschlich ein riesiges Rotkehlchen. Zu Ehren ihres Geburtstags, den sie vergessen und an den ihre Mutter sie auf ihre übliche triste Weise erinnert hatte, bescherte der Garten ihr ein Fest des Überflusses. Zwanzig Jahre braucht es, sagte sie sich, bis ein Haus Wurzeln schlägt, bis ein

Garten richtig rund wird, bis die Bäume übers Dach hinauswachsen, zwanzig Jahre braucht es, um aus einem fremden Ort sein Heim zu machen, seine Erde, seine Heimat, zwanzig Jahre braucht es, um endlich irgendwo herzukommen und nie mehr von dort fortzuwollen.

Aber jetzt, wo ihre Mutter es angesprochen hatte, fühlte sie sich ein wenig schlapp. Sie setzte sich auf den Sesselrand und wartete, daß das Telefon von neuem klingelte und ihre Mutter ihr sagte, daß sie sich zuviel zumutete: zuviel Studien, zuviel Arbeit, zu viele Diplome, zu viele Empfänge, zu viele Reisen, zu viele Veröffentlichungen. Für die Familie Cohen war immer alles zuviel! Basta, sagte sich Babette übelgelaunt, basta mit eurem kümmerlichen Leben, eurer blinden Folgsamkeit, eurer Angst davor, irgend etwas zu tun, eurer Furcht vor Erfolg. Sie hatte noch nicht einmal die Hälfte ihres Lebens rum, sie hatte vor, hundert zu werden, und was ihr noch zu leben blieb, das war die bessere Hälfte, wie einem Gärtner, der die Wüste bepflanzt hat und jetzt nur noch von einem Baum zum andern gehen muß, um die Früchte einzusammeln!

Der Flieger kam im Flug herein, er wollte irgendwelche Papiere holen, die er vergessen hatte, er ging stracks in sein Arbeitszimmer, ohne sie zu sehen. Sie wurde sich bewußt, daß sie bleich war, mit einem Sonnenbrand auf den roten Schultern und der Oberseite ihrer Schenkel, in diesem Höschen, das, anstatt ihr mit seinem hochgezogenen Schnitt, wie man ihn jetzt trug, die Beine zu verlängern, sie horizontal mitten durchs Fett ihrer generösen Hüften entzweischnitt. Aber sie hing nun mal an den Dingen, sogar an den Kleidern, die sie einmal getragen hatte, und an diesem grünspanigen Bikini, weil sie Jahre zuvor auf Hawaii darin vor dem Flieger gethront hatte, der starr vor Bewunderung vor ihren junonischen Formen kniete.

Sie hatte sich den Körper eingecremt, und da sie den Ohrensessel, auf dem sie hockte, nicht verschmieren wollte, hielt sie die Beine gespreizt. Sie hätte sich aufrichten sollen, den Bauch einziehen, die Beine übereinanderschlagen, aber all das, was sie ganz automatisch getan hätte, wäre sie alleine gewesen oder bekleidet, wagte sie halbnackt nicht zu tun, aus Angst, in den Augen des Fliegers lächerlich und provokant zu erscheinen. Er käme wieder durch dieses Zimmer, und sie genierte sich, daß er sie so sehen würde, weit weniger attraktiv als angekleidet und tausendmal häßlicher als nackt; wahrlich ein trister Anblick mit ihren gespreizten Schenkeln, ihrem Bauch, der über den Slip quoll und ihrem Busen, der aus dem unverstärkten BH herausschwoll; aufgelöst und starr vor Angst zugleich.

Überrascht sah er sie zusammengesunken neben dem Telefon, in ihrem Blick soviel Erniedrigung, die er nicht kannte, soviel Trauer und Verzicht, so niedergeschlagen wirkte sie, daß er verstand, sie wußte Bescheid und es war höchste Zeit, es ihr selbst zu sagen, wenn er kein Feigling sein wollte. Babette, sagte er, sei mutig, was ich dir mitzuteilen habe ... Er hatte gerade einen Check-up hinter sich, sie befürchtete das

Schlimmste. Er hatte Krebs, sie würde ihn verlieren. Mein Geliebter, mein Geliebter, schrie sie, ich liebe dich so sehr, und sie warf sich, fettig wie sie war, in seine Arme, die sie zurückstießen.

Die Verkündigung, sie mit Irgendjemand zu verlassen, an deren Gesicht sie sich übrigens nicht erinnern konnte, war eine große Erleichterung. Das Schicksal, das ihren Wunsch nicht voll und ganz erfüllen konnte, erfüllte ihn ihr immerhin zum Teil: Der Flieger würde leben und glücklich sein, ganz wie sie es erfleht hatte. Zusammen mit mir, hätte sie besser hinzugefügt, leben und glücklich sein ZUSAMMEN MIT MIR, aber das hatte das Schicksal nicht mitbekommen. Sie weinte viel. Sie bettelte ihn an. Warum willst du sie denn heiraten? Weil sie so jung ist, antwortete der Flieger, und du bist so stark.

Genau wie die Hellseherin es ihr vorausgesagt hatte, deckte die Farbe Grün die Karo-Dame, die ihrerseits auch von der Pik-Dame bedeckt war. Sweetie behütete die Liebe des Fliegers mit Irgendjemand. Sie hatte die unmögliche Ehe kleingekriegt, die sie fast ins Grab gebracht hatte, und ihr loderndes Leiden linderte sich endlich in der Gegenwart einer taufrischen kleinen Blondine, die wie ein Ei dem andern dem jungen Mädchen glich, das sie selbst einmal gewesen war, kaum älter als die Enkelin, die sie jetzt besäße, hätte der Flieger sich nicht unwiderruflich verstümmelt.

Babette entgegnete Gloria, für die der Flieger ein Schwein war, das seine Frau schon immer betrogen hatte – sie mußte blind gewesen sein, um es nicht bemerkt zu haben –, daß die Schuld einzig bei ihrer Schwiegermutter lag, bei ihrer täglichen Wühlarbeit, bei ihrer ewigen Reue. Sie waren kurz davor, in Streit zu geraten, schließlich wurden sie sich einig, daß das Mädchen die Schuldige war, diese ganze unheilvolle Kategorie arroganter junger Frauen, die sofort in Konkurrenz zu Frauen wie ihnen traten und keine Sekunde daran zweifelten, den Sieg davonzutragen. Sie sind noch dabei, sich mit dem letzten Kapitel ihrer Doktorarbeit herumzuschlagen, da meinen sie schon, jeden Posten haben zu können, man kann sie auf Kongressen sehen, wie sie auf einen Skandal aus sind, der sie bekannt macht. Sie lassen sich nicht dazwischenfunken, sie schlagen vollkommen schamlos zu. Killerinnen sind das, denen ist nichts mehr heilig, sie haben nur einen Gedanken im Kopf, ihre Karriere.

Aber es sind genau die gleichen, fing Babette wieder an, die du nicht mehr wiedererkennst, wenn sie verliebt sind, dann heulen sie den Mond an, kreischen brünftig und fauchen. Sie verleugnen alles, wofür sie gestanden haben, und verbrennen unsere Theorien auf dem Scheiterhaufen.

Sie hatte gesehen, wie Mädchen, die eigentlich zu den Radikalen zählten, sich im wahrsten Sinne des Wortes Typen an den Hals schmissen, die auf soviel Liebesbeweise gar nicht aus waren und nichts von denjenigen erwarteten, die ihnen alles geben wollten.

Und wenn ihnen dann auch noch zufällig das passierte, was man heutzutage nicht mehr Mutterfreuden nannte, kamen sie mit in die Hüften gestützten Fäusten an und trugen herausfordernd ihre aufgeblasenen Bäuche vor sich her, die sie in rote Tücher gerollt oder in grausige Latzhosen gestopft hatten, und erzählten unsereinem, daß sie das wahre Geheimnis der Glückseligkeit kannten und daß wir mit unserem Feminismus total auf dem Holzweg seien!

– Das ist wahr, konstatierte Gloria mit einer Bitternis, die so gar nicht zu ihr paßte, und es ist ungerecht. Was haben sie denn schon, nichts als Jugend und Weiblichkeit, die wir zur falschen Zeit durchlebt haben, als wir gegen Berge von Verboten und Schwierigkeiten ankämpfen mußten, die man sich heute gar nicht mehr vorstellen kann und an die wir noch nicht einmal erinnern dürfen, wenn wir uns nicht lächerlich machen wollen.

– Unwürdig ist das, sagte Babette nachdrücklich, und dann die Kerle, die diese Spielchen mitspielen!

– In unserem Spiel haben wir sie jedenfalls nie akzeptiert, erwiderte Gloria, wir sind ohne sie ausgekommen, um so besser. Aber was diese blöden Kühe angeht, wenn ich eine von denen auf dem Kieker habe, geht's ihr dreckig. Ich hab' einen langen Arm. Amerika ist vielleicht groß, aber nicht groß genug für diese Fotzen!

– Hör auf, bat Babette, du redest wie die alten Schlachtrösser aus unserer Zeit, die uns damals gequält haben, die, denen wir bei den Examen ausgewichen sind, und die uns haßten, weil wir jung und hübsch waren!

– Na und? antwortete Gloria, ich bin ein altes Schlachtroß. Sie schlug auf den Behälter, um das Tier aufzuwecken: He! Beweg dich mal ein bißchen da drin!

Babette stand auf und stellte ihre Tasse in die Spüle. Sie hatte keine Lust, auch ein altes Schlachtroß zu sein. Sie war eine aufmerksame Professorin, die etwas Beruhigendes ausstrahlte und die, um verstanden zu werden, den Studenten, die Humor für den hinterhältigen Ausdruck von intellektueller Machtausübung hielten, in einem sachlichen und ernsthaften Ton begegnete. Ihr Französisch war langsam geworden, es hatte sich zu einer Fremdsprache entwickelt, und sie sprach jedes Wort einzeln aus, um es deutlicher zu artikulieren, buchstabierte es gar, um sicherzugehen, verstanden worden zu sein. Die glänzende Schlagfertigkeit, die sie früher mit der Meisterschaft eines Florettfechters praktiziert hatte, war ihr verlorengegangen. Auf französisch hatte ihr Geist sich eingemauert.

Aber sie bewunderte den Mut und die Energie der jungen Frauen, die sich nach allen Richtungen und ohne zu zögern in die Schlacht stürzten, zu der heutzutage das Leben jeder Frau geworden ist. Es kam ihr vor, als wäre es ihr gelungen, sich mehr abzuschirmen, als jene es in ihrem Wunsch, alles auszuprobieren, alle Hindernisse umzureißen, alles zu überwinden taten. Diese jungen Mädchen versetzten sie in Bewunderung. Unbezwinglicher Turm, Taubenschwingen, Brust einer Turteltaube, für jede von ihnen konnte sie das Hohelied neu erfinden.

Das Licht, das gegen das Fenster knallte, zwang sie zu blinzeln. Sie stellte ihre Augen hinter den Gläsern eine Weile darauf ein und betrachtete dann lange das Spektakel der Frauen und Kinder rund um den Swimmingpool.

– Was ist da los? fragte sie.

– Was meinst du? sagte Gloria.

– Diese ganzen Schwarzen.

– Es ist Ostern, sagte Gloria leicht pikiert.

– Entschuldige, du weißt doch, daß ich von Religion keine Ahnung habe.

– Ja nun! Das sind Baptisten, wenn du's ganz genau wissen willst, sie wollen sich taufen lassen.

– Ein ziemlicher Haufen, murmelte Babette in plötzlicher Versunkenheit. Was das Erstaunliche war an Gloria, die schwarz war – denn sie war es zwar nur leicht, aber sie war es –, das war ihre sture Weigerung, bei all der Leidenschaft, mit der sie afrikanische Literatur mitten ins Herz Amerikas verpflanzen wollte, zu bedenken, daß sie in einer Holzbaracke mitten im Schwarzen-Viertel von Middleway lebte, und zwar nicht im eher bürgerlichen Teil, sondern schon beinahe in der Gegend, wo die Gärten vergessen haben, daß man sie irgendwann einmal mit Rasen bepflanzt hat, und zu Schrottplätzen voller Reifen und Autowracks geworden sind, in denen die Hühner picken.

– Ein ziemlicher Haufen, was? forschte Gloria mit plötzlicher Aggressivität.

– Ein ziemlicher Haufen Baptisten, erwiderte Babette ganz bewußt.

Babette wandte sich um. Alles in diesem Raum mißfiel ihr. Man spürte die hastige Bastelei, die verrosteten Nägel, das Sperrholz. Die Holztäfelung verlieh der Küche einen falschen Anschein von Chalet. Glorias Wandschränke quollen über vor Gläsern mit Reklameschriftzug und nicht zusammenpassenden Tellern. Im Eisschrank türmten sich die Speisereste, und auf den Eiswürfeln lag eine sechs Monate alte Frostkruste!

Gloria klebte überall Merkzettel hin und unterstrich die dringenden mit Rotstift. Sie waren alle rot. Und dann die Wände, die Schwarzweißphotos von Schriftstellern, die im Wasserdampf vergilbt waren, denn sie benutzte noch immer einen alten Kessel, eine wahre Höllenmaschine, wenn er über der voll aufgedrehten Gasflamme wie ein wildgewordener Kreisel tanzte.

Babette kannte diese Atmosphäre aus Schmuddligkeit und mangelndem Geschmack all derer, die nicht in einem schönen Rahmen groß geworden sind. Ihre eigene Jugend ohne Musik, ohne Kunst, ohne Gemälde, hatte nur einen Horizont besessen: den Fernsehschirm, auf dem eine kleine Vase aus Billigglas mit künstlichen Nelken stand. Das dreckige Durcheinander bei Gloria rührte sie keineswegs, ekelte sie im Gegenteil so sehr an, daß sie grausam wurde: Es war dasselbe mit ihren grauen Haaren, die sie über den Schläfen auswachsen ließ, warum färbte sie sie sich denn nicht, Herrgott noch mal! Sie war die Jüngste in dem ganzen Haushalt hier und schleppte sich durch die Gegend, daß man denken konnte, sie sei ihrer aller Mutter! Babette hatte es geschafft, da rauszukommen, die andern brauchten es ihr bloß gleichzutun! Sie mummelte sich ganz in ihren weiten Pelzmantel ein und fuhr das Fell mit ihrer beringten Hand nach, wobei ihr auffiel, daß sie ihren stumpf gewordenen Brillanten bürsten mußte.

Am andern Ende des Tischs ordnete Gloria hastig ihre Papiere, häufte sie auf, breitete sie von neuem aus und klebte einen Merkzettel drauf. Babette hatte wieder einmal ihren Rassismus bewiesen, diese Art und Weise, das Wort SCHWARZ zu wiederholen, zu sagen: »Das ist ein Schwarzen-Viertel« oder »Das ist ein Laden für Schwarze«, das war weit entfernt davon, einfach eine Feststellung zu sein, das war eher eine Provokation, vielleicht sogar Abscheu.

Diese Einstellung hatte sie übrigens im Kontakt mit dem Flieger entwickelt, der Vietnam mitgemacht hatte. Babette war für den Krieg, für die Soldaten, für die Bombardierungen. Und während alles und jedes, was in diesem Land Rang und Namen hatte, gegen die Kämpfe demonstrierte, fuhr sie zu ihrem kleinen Liebling, wenn er Fronturlaub auf Hawaii hatte. Zurück kam sie braungebrannt, glücklich und entspannt und erzählte ihnen: Ihr werdet ja wohl nicht von mir verlangen, daß ich mir wünsche, er soll abnibbeln!

Niemand wünschte den Tod des Fliegers. Aber daß Babette, wie sie es alle vorausgesehen hatten, von diesem arroganten Typ sitzengelassen worden war, machte ihnen Freude. Babettes Trauer, obwohl tief und ehrlich, berührte Gloria viel weniger als die des Mädchens von *Gewalt Gegen Frauen*, das zweimal die Woche zum Staubsaugen kam und in dieser armseligen Sprache der weißen Frauen aus den Südstaaten, die nie eine Schule besucht haben, ihr Leid klagte. Babette war nicht interessant, sie war peinlich in ihren Klamotten aus einem anderen Zeitalter, in ihrer Art, mit den Zeichen ihres Reichtums zu prunken, während sie zur gleichen Zeit – und das hatte sie gesehen – abgeschlaffte BHs und vor lauter Waschen schmutzigrosa schimmernde Höschen trug. Sie trägt ihre Armut direkt auf der Haut, sagte sich Gloria, eine beige, verwaschene Haut, ein bißchen zu grob und mit Sicherheitsnadeln gestopft, damit die Träger halten.

– Und dein Haus, wirst du das behalten können? fragte sie im vollen Bewußtsein, ihr das Herz zu brechen.
– Genau das, sagte Babette und ging arglos ins Netz, weiß ich selbst noch nicht.

Sie machte sich Sorgen, denn es war eines, den Flieger zu verlieren, aber das Haus zu verlieren, das sie sich im schönsten Viertel von Missing hatten bauen lassen, das sie eingerichtet hatte, ganz abgesehen von dem zwanzigjährigen Garten – wer von uns hat einen zwanzigjährigen Garten? –, das trieb sie wirklich in Verzweiflung. Sie war plötzlich so verloren, so alleine, abgeschnitten von der Sippschaft der Cohens, von Algerien, von Frankreich, und jetzt auch noch wie aus diesem gutbürgerlichen Amerika ausgestoßen, von dem sie sich adoptiert geglaubt hatte, daß Gloria ihr nicht sagte, daß Irgendjemand problemlos in der Lage wäre, sich um einen zwanzigjährigen Garten zu kümmern. Sie würde ja nichts anderes zu tun haben!

Gloria trat ans Fenster, Babette ging auf den Behälter mit der Ratte zu. Als führten sie beide eine choreographische Figur aus, kreuzten ihre Wege sich in der Mitte der Küche, dann traten beide zugleich zur Seite, um aneinander vorbeizukommen. In diesem Augenblick haßten sie sich. Am Fenster stehend, die Arme auf die Spüle gestützt, betrachtete Gloria die Frauen mit ihren blumengeschmückten Hüten in ihren schönen bestickten Kleidern, die kleinen, in Organdy gehüllten Mädchen und die kleinen Jungen in dreiteiligen Anzügen. Die Jugendlichen trugen neue Baseball-Kleidung mit den Chicago Bulls auf dem Rücken ihrer weiten Sweater und hatten ihre schwarzen Kappen tief in die Stirn gezogen.

Das ist mein Volk, sagte sich Gloria, das ist mein glückliches und stolzes Volk, das seine grünen Weiden gefunden hat, und diese Bibelworte, die sie als Kind gesungen hatte, ohne sie zu verstehen, nahmen im Lichte des Teppichbodens aus Kunstrasen plötzlich Gestalt an; die grünen Weiden Amerikas. Exilierte

In Port-Banane lesen zu lernen, wenn man die Bastard-Enkelin einer alten Frau war, die ausschließlich vom Betteln lebte, war eine reife Leistung. Und es von Port-Banane bis zur Tomato-Foundation zu schaffen, selbst mit einem Volksschullehrer-Staatsexamen in der Tasche, war ein Wunder. Vor der Einsetzung der Anti-Diskriminierungsgesetze einen Posten an einer amerikanischen Universität zu finden, war eine Heldentat. Hundertmal hatte sie geglaubt, es geschafft zu haben, hundertmal lehnte man sie höflich ab, ihr Name hatte die Leute in die Irre geführt. Wir werden Sie zurückrufen, Frau Patter, und man sprach ihren Namen auf eine Weise aus, als hätte sie ihn irgendwo geklaut, und man erwarte, daß sie ihn wieder zurückgebe. Dann endlich klarte der Himmel auf. Sie hatte ihre Doktorarbeit über das Große Orakel geschrieben, und der schützende Schatten oder besser das Licht des Mannes, der gesagt hatte, die Zukunft würde weiblich, schwarz und amerikanisch sein, leuchtete Glorias Karriere voraus. Der Filmvorführer war in seine Geburtsstadt zurückgekehrt, wo er an der Universität einen Job als Kopierer von Videokassetten gefunden hatte. Man fing damit an, die Verwaltung zu informatisieren, und er zeigte sich begabt, und Gloria profitierte von der Protektion des Großen Orakels und vom Erfolg ihres Mannes. Sie wurde ihrerseits engagiert.

Gerne erzählte sie von ihrer Odyssee. Sie hatte sich einen Gebrauchtwagen gekauft, hatte zwei Fahrstunden genommen, nur um vorwärts und rückwärts fahren zu können. Sie stopfte ihre Bücherkisten hinein, zwei Korbstühle, einen Kunstdruck und fuhr los. Sie faltete eine Karte der Vereinigten Staaten auf dem Beifahrersitz auf und rollte, die Nase auf dem Lenkrad, endlos immer in die gleiche Richtung, dem Herzen Amerikas zu.

Sie machte in schmuddeligen Motels Station, deren verrostete Schilder im Wind quietschten. Auf der Türschwelle standen fette Weiber und maßen sie von Kopf bis Fuß: Kein Zimmer frei. Sie machte ein paar Kilometer weiter am Straßenrand halt, um ein wenig zu schlafen, und befürchtete, die Leute aus dem Motel kämen hinterher und würden sie kaltmachen.

An den Tankstellen fragte sie Typen in blauen Overalls nach dem Weg, und sie schüttelten langsam den Kopf und antworteten, sie wüßten ihn auch nicht. Es schien ihnen lästig zu sein, sie zu bedienen, und sie ließen sich Zeit. Während das Benzin aus dem Tankstutzen überquoll und die Karosserie hinablief, sahen sie sie starr an. Sie störte sie, das war alles, was sie zu sagen gewußt hätten, sie störte sie, diese Frau, so ganz alleine und mit ihrer Ladung. Sie störte sie sogar mehr und mehr, und das Benzin bildete eine Lache auf der Erde, wie eine übergekochte Empörung, die explodieren würde, sobald sie den Mund öffneten. Schließlich zogen sie den Schlauch raus, sie bezahlte hastig mit Geldscheinen, sie hatte nicht vor, ihnen eine Kreditkarte hinzuhalten oder einen Scheck zusammen mit einem Ausweis, auf dessen Photo zu allem Überfluß ihr schwarzer Kopf zu sehen wäre.

Während der ganzen Reise saß ihr die Furcht in der Magengrube, sie hatte eine panische Angst, nicht genügend Benzin zu haben, um den ganzen Weg zu schaffen und gezwungen zu sein, den riesigen schwankenden Lastern, die Wettfahrten veranstalteten, ein Zeichen zu machen, die Aufmerksamkeit eines der Fahrer auf sich zu ziehen, über den CB-Funk, der sie alle wahnsinnig machte, ein allgemeines Treffen zu provozieren und so, mit nichts als einem Kanister in der Hand in diesem Land hier das Opfer dieser Männer hier zu werden.

Auf dem Parkplatz eines Supermarktes entledigte sie sich ihrer Möbel, um den Wagen leichter zu machen. Sie kaufte sich eine blonde Perücke. Vor allem aber erstand sie drei Reservekanister, die sie eigenhändig mit Benzin füllte, und fuhr wieder los, ohne noch einmal anzuhalten und in der Furcht, unter ihrer Nylonperücke zu verschmoren, falls das Auto ins Schleudern geraten und sich überschlagen würde.

Sie glaubte, das Schlimmste bereits gesehen und durchlebt zu haben. Nichts war ihr erspart geblieben, weder draußen unter den Straßenlaternen lernen zu müssen, weil es drinnen kein Licht gab, noch die endlosen Straßen unter ihren nackten Kleinmädchenfüßen, noch das katholische Waisenhaus, das die Barmherzigkeit der Schwestern so hartherzig gemacht hatte. Auch New York nicht, als sie eines Tages versucht hatte, ihren Vater wiederzufinden, wenn man nicht wußte, daß New York für die Schwarzen die Bronx bedeutet. Sie hatte die rote Linie der Ausländer ohne gültige Papiere gekannt und die erniedrigenden Verhöre durch fette Polizisten, die mit gespreizten Schenkeln dasaßen und sie fragten, ob sie nicht unter einer Geschlechtskrankheit leide. Sie hatte die Einbürgerungszeremonie mitgemacht, die ihr die amerikanische Nationalität verlieh, und mit der Hand auf dem Herzen und Tränen in den Augen die amerikanische Nationalhymne mitgesungen. Aber erst auf der endlosen Straße in die große Ebene lernte sie Amerika wirklich kennen.

Sie rollte nach Middleway hinein, entdeckte das Hinweisschild auf die Universität und wusch sich auf der Toilette des Fachbereichs für ausländische Literatur. Sie warf die Perücke weg, strich das Kleid glatt, das sie auf den Milady-Seiten eines Katalogs entdeckt und bestellt hatte, ein Fummel mit Falten, der nach Dame aussah. Sie schlüpfte in ein Paar Pumps und bat, vom Doyen empfangen zu werden. Zehn Minuten später führte er sie durch ihren Fachbereich, aber während sie die Hände ihrer zukünftigen Kollegen schüttelte, dachte sie nur an eins, nämlich wie sie den Rest Benzin aus den Kanistern loswerden konnte, ohne die ganze Stadt in Brand zu setzen. Der Gedanke, der Filmvorführer könne ihr irgendwie behilflich sein, kam ihr keine Sekunde lang. Ihre Reise hatte sie in tiefe Einsamkeit gestürzt, und als sie einander wiedersahen, erkannte er sie nicht einmal wieder. Er hatte Angela Davis verlassen, er fand Barbara Hendricks. Mit ihrem entkrausten Haar schüchterte sie ihn ein.

Auf Anraten ihrer PR-Beraterin trug sie jetzt diese steifen Kostüme, mit denen die fieberhaft überspannten Superfrauen aus der Deowerbung sich wappnen. Sie schummelte, was den Stoff betraf, trug Flanell aus Polyester oder Glencheck zu fünf Dollar. Sie brachte es nicht über sich, für Kleidung, die nur dazu diente, sich darin zu verstecken, Geld auszugeben.

Ihre Arme-Leute-Füße rebellierten in den Reiche-Leute-Schuhen, die auf Füße zugeschnitten waren, die niemals schuhlos über Erde, Steine und durch den Schlamm gegangen waren; die niemals in zu engen Stiefeletten gelitten hatten; Füße, die sich nicht dem Schnitt der Pappkarton-Pantoffeln angepaßt hatten, die man sonntags im Waisenhaus trägt und jede Woche austauscht – einmal rechter Schuh für linken Fuß und umgekehrt –, um sie nicht ständig auf derselben Seite abzunutzen. Ihre Füße waren breiter geworden, von Zeit zu Zeit gönnte sie ihnen eine halbe Schuhnummer mehr. Abends rieb sie ihre gestauchten Zehen, und der Schmerz, der aus der plötzlichen Befreiung von ihren amerikanischen Pumps kam, war intensiv und ziehend.

Zu Hause blieb sie barfuß, und bei jedem Wetter

holte sie am Ende der Allee die Zeitung. Durch ihre Fußsohlen kehrten unklare Kindheits-Empfindungen in sie zurück, und ihre Schritte begannen zu tanzen. Jeden Morgen sah der Pastor ihr nach, wie sie mit dem Hintern wackelte, als sei sie noch das kleine Mädchen von Port-Banane, das man mit der flachen Hand schlug, damit es seinen Po einzog. Und beim Durchblättern des *Middleway Today* schwenkte sie wild die Hüften, ein Schritt nach links, einer nach rechts, und rief dem Pastor über die Schulter zu: – Ich mache meine Morgengymnastik, Reverend!

– Ich weiß, Madame Patter, erwiderte der Pastor. Ein gesunder Körper in einem gesunden Geist, das ist so schön wie ein Gebet.

Ja, sie hatte dieses Viertel geliebt, das Haus für Haus der weißen Stadt abgerungen war. Denn in jenen Jahren hatte das so funktioniert: Kam ein Schwarzer an, zog der weiße Nachbar fort, nicht ohne sein Haus zuvor an einen weiteren Schwarzen verkauft zu haben, was wiederum, wie beim Domino, den Umzug des nächsten Weißen zur Folge hatte. Er verkaufte hastig und aus lauter Angst, sein Haus würde bald gar nichts mehr wert sein, so daß nicht mal mehr ein Schwarzer es würde kaufen wollen. Es war ein einfaches Holzhaus mit einer Veranda und einer Hollywoodschaukel für die schönen Sommerabende sowie einem Stück Rasen, auf dem ein Judasbaum stand. Hier hatten sie Chrystal gezeugt und großgezogen. Hier hatte das Leben, das zwischen ihnen beiden aufgehört hatte, begonnen, sich um das kleine Mädchen zu drehen, ein wahres Geschenk des Himmels mit seiner außerordentlichen Schönheit und einer Lebhaftigkeit, wie sie bei Kindern desselben Alters, denen es, in allem was es tat, voraus war, selten vorkam. Sie hatten sie mit peinlicher Sorgfalt angeleitet und geführt, wobei die Lektionen des Vaters die der Mutter zunächst unterstützten und schließlich, da er mehr Zeit hatte, ablösten.

Auf einem Video, das der Filmvorführer für den Muttertag drehte, hatte die zwölfjährige Chrystal auf die Frage: Wem würdest du gerne ähneln? geantwortet: Marilyn Monroe; und auf die Frage: Wem möchtest du keinesfalls ähneln: MEINER MUTTER! Ihr hübsches Gesicht in die Kamera haltend, die Augen direkt aufs Objektiv gerichtet, erklärte sie, sie wolle keine Frau sein, die ihr Privatleben ihrem öffentlichen opferte, die bis zwei Uhr morgens arbeitete und sich am Wochenende in ihr Arbeitszimmer einschloß, um die verlorene Zeit aufzuholen, die nur in Urlaub fuhr, um eine Studentengruppe nach Europa zu begleiten, und sie jeden Morgen zur Arbeit zusammentrommelte und jeden Nachmittag auf ihren kulturellen Exkursionen begleitete, während Chrystal und ihr Vater, die ebenfalls mitgekommen waren, sehen mußten, wo sie blieben: Nimm dir ein Buch und lies!

Chrystal sagte der Kamera, daß sie viele Kinder wollte, einen Ehemann und ein sauber aufgeräumtes Haus!

Sie hatten alle drei herzlich gelacht, als sie die Kassette ansahen, die der Filmvorführer mit allen möglichen Gags gespickt hatte, mit Bunnies, die sich hinterherliefen, ohne einander einfangen zu können. Er hatte eine Zeitraffer-Sequenz eingebaut, um zu demonstrieren, wie SPEEDIG Gloria war. Das ganze endete mit einer Explosion roter Herzen: JUST KIDDING! näselte Chrystal, die bei ihren Großeltern einen dicken Kansas-Akzent aufgelesen hatte. JUST KILLING! IT'S A JOKE. Die Herzen formierten sich und bildeten den Satz: I LOVE MUM, SPLATCH!!!

Gloria hatte weniger gelacht, als sie eines Abends mitbekam, daß Chrystals Ballkleid, ihr Debütantinnen-Kleid, bereits gekauft war, wo sie sich doch so darauf gefreut hatte, den freien Nachmittag ihrer Tochter zu widmen. Es hätte ihr soviel Spaß gemacht, all diese gedeckten oder leuchtenden Seidenstoffe unter der Hand zu spüren und die passenden Pumps auszusuchen. Vielleicht hätte sie ihr sogar ein echtes Perlencollier spendiert. Davon profitiert, die selige Mutter eines anbetungswürdigen jungen Mädchens zu sein, sie vorgezeigt, alle Komplimente eingestrichen, bevor sie sie in der Welt debütieren ließ und angstvoll auf ihre Rückkehr um Mitternacht wartete: Bier, Drogen, Geschwindigkeit, ein Kuß, und all das für ein Abendkleid!

Und jetzt war alles schon da, lag ausgebreitet auf dem Sofa, war schon eine Woche im voraus mit DAD zusammen eingekauft. Aber warum nur? hatte Gloria gefragt. Ein Schwall verbitterter Antworten quoll aus

dem hübschen Mund, der ihr zwischen zwei Coca-Cola-Schlürfern erklärte, daß alle anderen schon ihr Kleid hatten und daß sie Angst gehabt hatte, das Modell, das sie wollte, wäre schon ausverkauft und daß Dad extra sein Büro verlassen hatte und daß Dad sie ins Kaufhaus mitgenommen hatte und daß Dad ihr bei der Auswahl geholfen hatte.
– Aber ich hatte dir doch gesagt, daß ich es selbst kaufen wollte, daß es mir Spaß machen würde!
– Ja, dir! Dein Spaß, immer nur dein Spaß natürlich. Sie ging zum Angriff über: Und ich, denkst du eigentlich auch ein bißchen an mich?! Und dann brach das Kind in Tränen aus. Um sie zu trösten, versprach ihr Vater ihr, sie zu ihrer Großmutter zu fahren, die sie für den großen Tag ankleiden würde. Laß gut sein, sagte er und verzog ein wenig den Mund, um ihr zu bedeuten, daß das Ganze nicht tragisch sei und daß sie Chrystal nicht noch sturer machen solle, laß gut sein.

Gloria sah ihre Tochter nicht im Ballkleid und tröstete sich darüber hinweg, indem sie sich sagte, es handle sich dabei ohnehin um eine überkommene, kitschige Sitte, und sie hätte sich nie mit der ganzen Geschichte abgeben sollen, da sie diese Art von Maskerade ohnehin lächerlich fand. Mittlerweile lebte Chrystal mehr bei den Großeltern als zu Hause. Der Filmvorführer hatte für diese Übereinkunft plädiert, die dem Kind die Notwendigkeit ersparte, sich sein Mittagessen und oft genug auch sein Abendessen ganz alleine zuzubereiten. Sie erwartete ihre Eltern endlos lange vor dem Fernseher und hatte dabei den Telefonhörer am Ohr, denn anstatt mit ihrer besten Freundin zu reden, schalteten sie dieselbe Sendung ein und kommentierten sie übers Telefon, als säßen sie nebeneinander.

Gloria müsse das verstehen, sie überließen ihre Tochter einer zu großen Einsamkeit. Und dann war er selbst auch dazu übergegangen, bei seinen Eltern zu Abend zu essen, um mit Chrystal an einem wirklichen Eßtisch zusammenzusitzen, ohne Papiere, ohne Merkzettel, ohne Ratte. Er hatte den Brand und die Überschwemmung zum Vorwand genommen, auch seine Computer hinüberzuschaffen. Sie sahen einander an der Universität. Und das letzte Mal, daß sie ihn von weitem gesehen hatte, vor zwei Tagen, suchte sie gerade einen Parkplatz, während er den seinen verließ. Er hatte sie nicht bemerkt, aber sie hatte ihn verändert gefunden, plötzlich gealtert. Sie hatte eine Welle von Zärtlichkeit für ihn empfunden und sich vorgenommen, ihn anzurufen, sobald sie in ihrem Büro säße. Aber kaum hatte sie die Tür aufgestoßen, war sie von allen Seiten so in Beschlag genommen worden, daß sie nicht mehr wußte, wohin. Als ihr abends auffiel, daß sie ihn noch immer nicht angerufen hatte, hatte sie sich geschworen, es heute morgen beim Aufstehen zu tun.

Gloria wählte die Nummer ihrer Schwiegereltern und blickte, während es klingelte, auf die Uhr: Viertel nach neun, wahrscheinlich waren sie schon unterwegs in die Kirche. Chrystal war wach.
– Ja, was? antwortete sie.
– Du bist das, mein Schätzchen, mein kleiner Zuckerhase, mein Apfelbäckchen, begann Gloria.
– Warte, ich hole Papa, schnitt Chrystal ihr das Wort ab. Wieder eine lange Pause, in der sie begann, ungeduldig zu werden.
– Schlaft ihr denn alle noch, oder was? fragte sie den Filmvorführer, der erwiderte, daß sie in der Tat gestern abend ziemlich spät ins Bett gekommen seien, und dann entspann sich ein Dialog von erbarmungswürdiger Dürftigkeit darüber, was während des Kolloquiums passiert war, und über den Ausflug, den sie hinterher unter Mädels unternommen hatten. Und während sie redete, spürte sie im Rücken den wenig liebenswürdigen Blick Babettes, der die Mittelmäßigkeit dieser Beziehung in die Augen springen mußte, die Gloria hartnäckig Ehemann, Kind und Familie nannte. Gloria kauerte über dem Telefon, um wenigstens so viel Intimität herzustellen, dem Filmvorführer sagen zu

können, daß er ihr fehle, als Lola Dhol ihren Auftritt hatte und trotz allem so schön war, daß Glorias Herz einen Satz zu ihr hin machte. Sie hatte es jetzt eilig, dem Filmvorführer einfach den Hörer vor der Nase aufzulegen, der noch immer im gleichen einförmigen Ton von dem Western berichtete, den er mit Chrystal zusammen gesehen hatte, während sie Popcorn aßen: Hm, der war toll! Sag's Mami, daß er toll war.

Lola Dhol maß den Raum mit einem Rundblick aus. Sie erinnerte sich an die Küche, in der sich ihre frühe Kindheit abgespielt hatte. Sie liebte den Geruch von Holz und frischem Kaffee. Das war fast schon Wohlbehagen, und sie streckte sich und gähnte. Oben im Norden konserviert der Winter die Kindheit lange, er spinnt sie in Schneekokons ein, er schmiegt sie in weite weiße Betten und kritzelt die glitzernden Chiffren seines Glücks auf die Fenster. Für Lola bedeutete Winter auch den roten Bauch des Gustav-Dhol-Theaters, die Loge ihrer Mutter, eng wie ein Zigeunerwagen, die die Schauspielerinnen der Truppe bis zur Nasenspitze in ihre Schals und Mützen gewickelt betraten, und wo sie sich nach und nach beim Tee entkleideten.

Und mitten in dem Durcheinander ihrer Kleider redeten sie von der Liebe. Die Worte liefen wie Wellen auf dem unendlichen Strand des Gelächters aus oder ballten sich und zerbarsten vor Zorn. Sie schnatterten wie Waschweiber. Urflüche stiegen ihnen die Kehle hinauf, und steinalter Zwist kam über ihre Lippen. Eine Tür schlug, die Schauspielerinnen verstummten, und man hörte die Stimme ihres Vaters, der die Bühne inspizierte und in dem leeren Theater mit sich selbst redete. Die Stimme ihres Vaters, der Texte probte, Monologe deklamierte.

Der Sommer, das war das Schiff und die Inseln, ganze Arme voll Blumen oder ein einsamer Baum im Wind. Die Sonne brachte ihr ihre morgendliche Mutter zurück, jung, nackt und blond, und ihren Vater, der im Garten mit dem Rücken zu ihnen saß und las, um sie nicht zu hören. Lola rezitierte ihnen Dialoge aus den Stücken, die sie den Winter über gespielt hatten und die sie auswendig gelernt hatte, ohne es zu bemerken. Sie forderten sie auf, eine Rolle auszuwählen zwischen der einer herrlich geschmückten Königin, die keinen Ton sagte, und der einer zerlumpten Bettlerin, die das Stück vom Anfang bis zum Schluß trug. Ich wähle die Königin, antwortete Lola.

Zum ersten Mal Liebe gemacht hatte sie mit dreizehn Jahren mit einem Typen, der siebenunddreißig war. Sie konnte sich an das Alter ihres Liebhabers erinnern, weil ihr Vater, der damals über fünfzig war, den Beginn weiblichen Verfalls und den Höhepunkt männlicher Verführungskraft auf das Alter von siebenunddreißig festgelegt hatte. Er drückte das mit einem Wort aus, das sich in etwa mit »gut abgelagert sein« übersetzen läßt, was soviel hieß wie perfekt zum Trinken geeignet. Sie hatte sich einen großen Jahrgang rausgepickt. Es war ein Tag gewesen wie dieser, schon warm und berstend vor neuem Leben. Man konnte förmlich hören, wie die jungen Blätter sich entrollten, die Knospen ihre Fruchtbecher durchstießen und explodierten, die Blumen sich bis zu ihren feuchten Stempeln öffneten und die Hummeln, schwer von Pollen, in sie hineinkrochen, während Myriaden von Insekten dichte, summende Kränze formten oder vollkommene goldene Heiligenscheine über den Köpfen der Spaziergänger.

Es war der erste Ausflug des Jahres aufs Meer hinaus, um mit den Eltern und der Truppe auf einer Insel zu picknicken. In Wirklichkeit handelte es sich um einen Vorwand, den die Schauspielerinnen ausgeheckt hatten, um Mamas Double einen siebenunddreißigjährigen Junggesellen zuzuführen. Diese ewig frustrierte Frau ging in der Liebe von Triumph zu Niederlage. Lola konnte sie nicht leiden, weil sie immer die Aufmerksamkeit ihrer Mutter monopolisierte und weil man sie selbst gezwungen hatte, gewisse Dinge für sie zu tun, die ihr zuwider waren. Sie mußte ihr den Rücken, die Unterseite der Schenkel und der Waden mit Ambre Solaire einschmieren oder ihre alten Badeanzüge tragen, um dem perversen Bedürfnis dieser Frau Genüge zu tun, ihre Kleider auf dem Körper eines großgewachsenen und schönen Mädchens zu sehen und so konstatieren zu können, daß sie noch immer den Körper einer Heranwachsenden hatte.

Das in Aussicht genommene Drehbuch sah vor, daß das Double nach ersten Kontakten große Traurigkeit oder große Wut vorspielte, was ihr erlauben würde, die Gruppe zu verlassen und sich ein wenig in Richtung Inland zu entfernen, worauf man sich auf die Suche nach ihr machen und dabei dem Junggesellen genügend Vorsprung lassen würde, um sie zu finden, zu trösten, sie in den siebten Himmel zu entführen und rechtzeitig um sechs zur Abfahrt des Schiffs wieder zurückzubringen. In Wirklichkeit hatte sich das Double tatsächlich verirrt, und der Junggeselle schlug einen falschen Weg ein und bewegte sich auf die Küste zu, wo er, die Buchten, Felsen und kleinen Strände durchkämmend, auf Lola stieß, die abseits dieser großen sexuellen Konspiration Maimoose sammelte, deren Eigentümlichkeit darin besteht, erst im Juni zu erblühen.

Sie waren zusammen zwischen den Felsen spazierengegangen. Er steckte in einer wollenen Badehose, die ihm bis zur Taille reichte, die aber die Badehose Burt Lancasters war, und nahm ihre Hand. Ihr gelöstes Haar wehte ihr auf die Wange, schlang sich manchmal um ihr ganzes Gesicht, und er sagte ihr, es sei weich und rieche gut. Am Rand des Wassers küßte er sie. Sie forderte ihn zum Tauchen heraus und zog ihren Pullover aus. Der Gesichtsausdruck des Junggesellen wandelte sich, sie glaubte, aus Bewunderung, weil sie sich ins Wasser traute, das sehr kalt war, und das verdoppelte ihren Mut noch. Sie schwor sich hineinzuspringen, selbst wenn sie ganz blau wieder rauskäme.

Aber er hatte sie nicht ins Wasser gelassen, im Gegenteil, er hatte sie sehr heftig gegen sich gedrückt, sie hatte sich ein wenig gewehrt, und indem sie sich wehrte, spürte ihr Körper die Körperform des andern, seine Brust, seine Arme, seinen Bauch, die Unterseite seines Kinns, seine Beine, seinen Mund, seine Schenkel, sein Geschlecht, seinen Rücken, seinen Hintern. Er war schwer und kraftvoll, und als sie mit dem Gefühl kam, in einem sehr tiefen, unterirdischen Höhlensee zu versinken, in einem Erdrutsch abwärts zu fallen, den die wiederkehrende Lust immer weiter hinabstürzen ließ, wußte sie zugleich, er würde sie festhalten und wieder zur Wasseroberfläche hinaufziehen, und sie konnte bis ans Ende dieser einzigartigen Forschungsreise gehen.

Erst hinterher hatte er sie nach ihrem Alter gefragt. Zwölfeinhalb. Sie hatte sich um sechs Monate verjüngt, um älter zu wirken, als sie war. Er antwortete ihr, das sei nicht wahr, sie könne nicht zwölfeinhalb sein, und in gewisser Weise hatte er recht. – Gewonnen, rief sie, ich hab' das gesagt, um dich an der Nase herumzuführen, ich bin dreizehn. – Das ist nicht wahr, flehte er, er hoffte, daß sie sich mittels mehrerer Sechsmonats-Zugeständnisse schließlich als volljährig erwiese. Fünfzehn, ich bitte dich, oder wenigstens vierzehn, und er wischte ihr mit der Hand etwas Blut weg, das ihren Schenkel hinablief.

An diesem Punkt ihrer Rechnereien angelangt, wieder entzweit und bereits feindselig gesinnt, sie mit ihren dreizehn Jahren, von denen sie nicht abrücken wollte, er mit den sechzehn, die er forderte, wurden sie von dem plötzlich auftauchenden Double unterbrochen. Wütend, weil er sie nicht entdeckt hatte, war sie ihrem Verfolger gefolgt, hatte versucht, ihren Entdecker irgendwo zu entdecken. Sie schnauzte sie wegen dieser verlorenen Gelegenheit an, die ihr nicht einmal mehr Zeit ließ, den Junggesellen zu küssen. Geh schon vor, befahl sie Lola mit dieser bösartigen Autorität von Frauen, die auf dem absteigenden Ast sind, sag den anderen, daß wir nachkommen. Lola machte sich langsamen Schritts auf den Weg, es ärgerte sie, die beiden beisammen zu lassen, vor allem wegen dieses magischen Gefühls, dessen Nachzittern noch immer durch ihre Lenden glitt und den Rücken hinauf bis zwischen die Schulterblätter. Es ließ sie den Kopf in den Nacken werfen, so daß ihr Haar um ihren Hintern und den Ansatz ihrer Schenkel streichelte.

Auf der Rückfahrt war sie völlig erschöpft, fühlte sich so schlapp wie ein Wollschal. Unmöglich, einen Fuß vor den andern zu setzen, unmöglich, die Augen offen zu halten, nur dieses weiche Wohlgefühl, das gar nicht mehr aufhören wollte, zwischen ihren Beinen entlangzustreichen, wenn sie sie aneinanderhielt oder der Pullover gegen ihre Brüste rieb. Auf dem Schiff hatte ihr Vater sie in eine Decke gewickelt und hielt sie in seinen Armen fest. – Schau'n Sie sie an, sieht sie nicht aus wie ein Kätzchen? – Wie alt ist sie? fragte der Junggeselle, den seine fixe Idee offenbar nicht losließ. – Zwölf, antwortete Lolas Mutter, die damit versuchte, selbst jünger zu erscheinen, sie ist noch ein ganz kleines Mädchen.

Zunächst wollte er sie nicht wiedersehen, er hatte vor, ans andere Ende der Welt zu gehen, er war Produzent, das heißt, er organisierte Theatertourneen. Das hätte ihm helfen können, Lola zu entkommen, aber unglücklicherweise war er vertraglich an die Eltern des kleinen Mädchens gebunden und vor allem an das Double, für das er eine wahre Obsession geworden war. So kam es, daß Lola ihn aufzufinden wußte, wo immer er sich auch befand. Sie belagerte ihn, ließ ihn nicht zu Atem kommen. Sie verbrachte ihre ganze Zeit damit, ihm bei sich zu Hause aufzulauern, ihn anzurufen, ihn am Schluß der Aufführungen zu überraschen. Sie ging sogar so weit, sich eine ganze Nacht mit ihm im Theater einzuschließen.

Sie trug einen ersten Sieg davon und versuchte es, als sie danach wieder wegen ihres Alters abgewiesen wurde, so oft wie nötig, bis sie endlich zwischen den Armen des Besiegten, der mittlerweile ihr Eigentum war, ihre tägliche Lust kosten konnte, die zwar nicht intensiver war als das erste Mal, aber trotzdem besser, weil sie sie in aller Ruhe erwartete und angstlos den Spiegel durchschritt, an den Grund des Höhlensees tauchte. Als sie fünfzehn war, ließ er sie mit dem Einverständnis ihrer Eltern, die eine Tänzerin aus ihr hatten machen wollen, aber angesichts ihrer immer länger werdenden Silhouette, einer chronischen Lustlosigkeit und einer Weigerung vor der geringsten Anstrengung ihre Pläne aufgegeben hatten, ans Kino engagieren, und zwar für einen Film, in dem sie eine Achtzehnjährige zu spielen hatte.

Jetzt, da sie auf der Leinwand achtzehn war, nahm er sie ohne schlechtes Gewissen. Er verschaffte ihr derartige Dosen von Lust, daß sie einen etwas verstörten Gesichtsausdruck annahm, der die Zuschauer, die sie im Kino sahen, zu dem Schluß brachte, sie sei vermutlich ein wenig dumm, besitze aber eine Form von körperlicher Bewußtheit. Wenn sie sich ihres beinahe sofortigen Erfolgs erinnerte, verstand sie, daß die Leute durch sie hindurch die Lust erfühlten und verspürten, die sie sich selbst versagten.

Sie hatte oft darüber nachgedacht, daß wenige Leute, die Sex praktizieren, ihn wirklich gerne haben. Sie sind wie Touristen, die irgendwelche unzugänglichen Orte besuchen und sie aus der Entfernung betrachten und wunderschön finden, aber niemals wirklich in Besitz nehmen. Sie umkreisen sie, sie diskutieren, aber keiner ist auf dem Grund der Gletscherspalte, keiner am Fuße des Abgrunds, keiner auf dem Gipfel des Grats. Ein paar wenige stoßen Triumphschreie aus und stecken rasch ihre Fahne in die Erde, um dann unter Sauerstoffmasken wieder hinabzusteigen. Wenn die Leute wirklich wüßten, was Lust ist, hätten sie, ebenso wie sie oder der Jungeselle, keine Zeit mehr für irgend etwas anderes. Alle großen Vermögen, denen sie nähergekommen war, beinahe alle sozialen oder geistigen Erfolge, waren das Eingeständnis eines sexuellen Vakuums. Denn eine Sexualität zu haben, hat nicht damit zu tun, im Vorübergehen rumzuvögeln oder sich eine Nutte zu nehmen, selbst mehrmals die Woche. Die Eroberer der Extreme mußte man in der Kategorie jener suchen, denen alles gleichgültig ist, weil sie wissen, daß Liebe zu

machen, mit allen Fasern Liebe zu machen, genügt, um ein Leben auszufüllen.
– Ist das Badezimmer frei? fragte Babette.
– Aurore ist, glaube ich, noch drin, antwortete Lola. Und an ihren Gedanken weiterspinnend, sagte sie sich, daß es ein Irrtum war zu glauben, Frauen oder Männer, die sich durch Schönheit angezogen fühlten, verspürten mehr Lust beim Sex als andere, oder daß eine sehr schöne Frau oder ein sehr schöner Mann eine Gewähr für den Erfolg einer Partnerschaft darstellten. Im Gegenteil! Erinnere dich immer an die Bäckerin von P. , hatte ihr der französische Regisseur erzählt: Häßlich, bleich, rundlich und mit Schweinswimpern, aber sie zog alle Männchen des Departements, die von ihr kosteten, an und machte sie wahnsinnig. Ihr Ruf ging sogar bis in den Senat! Was also euch betrifft, ihr Niedlichen und Hübschen, fuhr er fort, während er ihr etwas zu trinken eingoß, mit euch haben wir absolut nichts am Hut!
– Wenn sie sich nicht beeilt, sagte Babette ungeduldig, werde ich zu spät kommen.
– Es ist erst halb zehn, sagte Gloria. Horatio hat geschworen, um elf vor der Tür zu stehen.
– Ja, aber das wird er nicht schaffen bei dem Gedränge vor der Kirche.
– Willst du, daß ich ihn anrufe, damit er früher kommt?
– Das bringt Aurore auch nicht aus dem Badezimmer raus!

Waren Gloria oder Babette so wie die Bäckerin von P.? fragte Lola sich plötzlich. Die Große in ihrem dicken Tierquälermantel und die Kleine in ihrem zerrissenen Nachthemd waren ja vielleicht stille Wasser. Aber dann dachte sie an ihren Machtwillen, an die alles niederwalzende Art, mit der sie ihre leitenden Positionen ausfüllten, an diesen kleinlichen Tatendrang, diese aggressive Traurigkeit und – ein Zeichen, das nicht täuschen konnte: an die kleinen Gigolo-Sekretäre, die sie mit sich herumschleppten und die so gemein schnappten und zugleich kuschten wie Hunde. Sie wissen nicht, was das ist, sagte sie sich, sie haben's nie gewußt. Und dann fiel ihr Aurore ein, da oben in ihrem Badezimmer: Die da, so viel ist sicher, das ist eine Jungfrau!

Dusche und Waschbecken waren noch naß, das Fenster war blind vor Beschlag. Das Badezimmer war stickig von heißer, feuchter Luft, die den Atem nahm. Die Hände auf das Waschbecken gestützt und mit geschlossenen Augen atmete Aurore diese schmeichelnde und duftige Atmosphäre ein, die sie an jedem anderen Ort versucht hätte zu vertreiben, indem sie das Fenster öffnete, die Scheiben abwischte und das Waschbecken trockenrieb, aber die sie hier langsam und aus voller Brust einatmete.

Sie atmete Lolas Duft ein, in immer tieferen Zügen, wie Seufzer der Liebe, die sie mit einem Gefühl vollkommener Einheit erfüllen sollten, wenn sie als Kind, die Nase im Hals ihrer Mutter vergraben, vor sich hin träumte. Sie atmete Lola ein und versuchte, unter der warmen, feuchten, herben und erstickenden Luft den zugleich süßen und bitteren Duft ihres Körpers herauszufiltern. Sie zog sich aus. Wie in einem Dampfbad überzog die duftige Nässe ihre Haut mit einem glänzenden Schmelz, befeuchtete ihr Haar und überzog sie mit einer lustvollen Schweißschicht.

Sie wischte ein Stückchen Spiegel über dem Waschbecken frei, ihr Gesicht kam wieder ans Licht. Sie erinnerte sich an den vergoldeten Spiegel im Schlafsaal der Großen, vor dem, eine nach der anderen, die Internen der Abiturklasse ihre Morgentoilette abschlossen, und an ihr Glücksgefühl, als sie statt ihres eigenen das herrliche Gesicht Lola Dhols erblickt hatte. Sie hatte sich verkörpert. Sie entfloh dieser freischwebenden, kaum wirklichen Existenz, die nur den zahllosen Verstorbenen ihrer Familie und all den Insassen des Himmels gewidmet gewesen war, die die stündlichen Gebete in Saint-Sulpice wie ein Kalender der Unsterblichkeit aus den Tiefen des Vergessens herausfischen mußten.

Ungeheure Aufgabe, den Heiligen zu sagen, daß sie noch existierten, und ihren Eltern, daß sie nicht tot waren, als bedeute, nicht an die Verstorbenen zu denken, sie für immer zu verlieren. Überall das Gesicht ihrer Mutter suchen, auf irgendein Indiz hoffen, das sie auf die richtige Spur brächte, und dabei die Hauptsache ignorieren, ihr eigenes Gesicht, das ganz gewiß mehr als jedes andere an jenes erinnern mußte und ihr mit größter Wahrscheinlichkeit die Augenfarbe, die Nasenform und noch tausend andere Details verraten hätte, an die sie sich nicht erinnern konnte.

Jahrelang war sie an Spiegeln vorübergegangen, ohne zu wissen, daß sie existierte, an Spiegeln, die sie nicht widerspiegelten, und dann hatte sie sich an jenem Morgen plötzlich in den Zügen eines jungen Mädchens wiedererkannt, das für eine ganze Epoche tonangebend war. Mit einer flüchtigen Geste hatte sie ihr Haar zurückgestreift, um festzustellen, ob die sehr kurze Frisur Lola Dhols ihr ebensogut stünde.

Und in dieser Spiegelecke in Middleway versuchte sie, ein Gesicht wahrzunehmen, für das sie in den letzten Jahren so wenig Interesse hatte aufbringen können, daß sie es vergessen hatte. Sie erblickte eine starre Maske, auf der die Farben, vor allem die der Augen und der Haare, verblaßt waren und deren Züge sich zu einem austauschbaren Oval verflacht hatten, wie Kinder es als Köpfe auf ihre Strichmännchen setzen und auf das man jedes Gesicht, einschließlich das Lola Dhols hätte setzen können: Ich bin jedermann, sagte sie sich, und vielleicht auch meine Mutter. Und plötzlich fiel ihr ein, daß ihre Mutter sehr jung gestorben war.

Sie ließ den Spiegel von neuem beschlagen und nach und nach ihr Gesicht auslöschen. Zwischen der Erscheinung von Saint-Sulpice und ihrem Verschwinden aus Middleway lagen dreißig Jahre, dreißig Jahre Abwesenheit von sich selbst. Was sie erstaunte, war, daß sie mit diesem Gesicht bei den Frauen immer mehr oder weniger Neid hervorgerufen hatte, daß dieser Neid mit den Jahren immer deutlicher geworden war, ja, sich sogar vervielfacht hatte, wo es ihr doch so vorkam, daß sie mit zunehmendem Alter auch weniger begehrenswert wirkte. In Wirklichkeit hatte ihr Aussehen wenig Anteil an der Antipathie, die sie provozierte. Die Erziehung zu strengster Zurückhaltung, die ihr in Saint-Sulpice eingebleut worden war, spielte eine Rolle und auch, daß sie Schriftstellerin war, eine

Tätigkeit, die in Frankreich, aber vor allem hier in Middleway, alle Neidgefühle bündelte, und zwar über Geschlechtsgrenzen hinaus. Sie war Gloria dankbar, daß sie sie so sehr liebte.

Sie hatte niemals das extreme Elend ihres Lebens offenbart, das daher kam, daß sie Waise war. Ihre gesamte Familie – abgesehen von der ominösen Tante Mimi – war während des Kriegs umgekommen, und ihre Eltern, die einzigen Überlebenden zweier völlig dahingeraffter Linien, wurden doch noch vom Schicksal eingeholt und endeten ebenfalls in Rauchschwaden. Tante Mimi, davon überzeugt, in Kürze den Löffel abgeben zu müssen, schaffte Platz um sich. Es kam nicht in Frage, ein Buch zu kaufen: Wozu? Wohin damit? Was Schallplatten oder Kleider betraf, argumentierte sie auf dieselbe Weise, nur was das Kino anging, war sie großzügiger, weil das etwas war, das man vor Ort konsumierte und das Spuren nur in Aurores Phantasie hinterließ, wenn sie ihr die Filme auf ihre Weise erzählte, indem sie alle Liebe wegzensierte und nur den Krieg übrigließ. Denn Tante Mimi, die einen Strich unter die Vergangenheit gezogen hatte – die Geschichte hatte ihr dabei kräftig geholfen – und die auf eine für Aurore irreparable Weise alles bis hin zu den Photos ihrer Eltern zerstört hatte, bereitete sich nunmehr auf das Nichts vor, das in der Zukunft lag.

Sie hatte eine Feuerbestattung und die Ausstreuung ihrer Asche vorgesehen und Aurore eingeschärft, was sie zu tun hätte, sobald sie ihre Leiche entdecken würde: So schnell wie möglich in Saint-Sulpice unterkriechen. Saint-Sulpice war die letzte Bastion gegen den Tod derer, die sie beschützen wollte. Die alte Dame, die während des Kriegs von den Nonnen von Saint-Sulpice aufgenommen worden war, dachte, die fromme Einrichtung werde auch noch ihre Nichte vor all den Erschütterungen schützen, die ihr kurz bevorstehender Tod mit sich brächte: Dann hast du nichts mehr, niemanden mehr, bist niemand mehr.

Diese Einstellung wirkte bis in die Einkäufe hinein, die sie nicht mehr machte, aus Angst, es könne irgendein Rest in der Speisekammer zurückbleiben, die in der Stunde ihres Todes ebenso leer sein mußte wie die Schubladen ihrer Kommode, die Fächer ihres Wäscheschranks, die Regale ihrer Bibliothek und die Seiten ihrer Photoalben. Ohne die sättigende Nahrung von Saint-Sulpice hätte Aurore am Rand des Verhungerns gelebt, da Tante Mimi, die auf ihren Diabetes achten mußte, den Verzehr jeglicher Süßigkeiten unterband und das Brot abwog.

Positiv an dieser Kindheit, die niemand hätte für die seine eintauschen mögen, war letztlich nur, daß Aurore alles hatte erfinden müssen, die Menschen, die ihr Gesellschaft leisteten, die Sätze in den Büchern, die Musik auf den Platten, die Bilder aus dem Kino, sogar den Geschmack der Torten. Die Realität störte sie eher, sie malte nicht nach der Natur. Aus dem tatsächlichen Leben griff sie sich nur die erste Note und schrieb von da ausgehend ihre Partituren. Ihr Schreiben hatte sie an den Punkt gebracht, wo es ihr schwerer fiel, Menschen aus Fleisch und Blut mit all ihren

Widersprüchen und Gefühlen gegenüberzutreten als ihren Figuren, bei denen es genügte, einmal die innere Logik begriffen zu haben, so komplex sie auch sein mochte. Ein tägliches Training im Verwechseln von Wahrheit und Lüge, von Erinnerung und Erfindung, war ihre einzige und hochkarätige Ausbildung gewesen, und sie bewegte sich in einem Roman wie in einem Land unbegrenzter Möglichkeiten, die natürlich von den Mängeln und Schwächen ihrer eigenen Persönlichkeit eingeschränkt wurden und vor allem von ihrem Körper, der es nicht durchhielt, einfach alles aus dem Stegreif zu erfinden, sie verzehrte sich selbst. Um ihrem gewaltigen Ehrgeiz Genüge tun zu können, hätte sie den Körper eines Schwerathleten gebraucht. Sie dachte an die Bibel, die sie in Saint-Sulpice entdeckt hatte, und ihre kindliche Bewunderung für die Arbeit Gottes, dessen Ruhebedürfnis am siebten Tag sie aus tiefstem Herzen nachvollziehen konnte.

Wenn Saint-Sulpice zwar Tante Mimis Diät durch seine enormen Portionen kompensierte, so war die Einrichtung doch, was Bücher anging, kaum großzügiger als sie. Sie blieben in einem winzigen Wandschränkchen verschlossen, welches – und das war ein deutliches Zeichen – unter der Tapete verborgen war, die die Wand bedeckte. Um ihren Hunger zu stillen, blieben ihr nur Auszüge, in der Abiturklasse waren es die aus der dicken Literaturlehre des Kanonikus Desgranges und ihre ganze Schulzeit über die Zusammenfassungen der Werke von Le Castex und Surer.

Sie las alles, was sie auftreiben konnte, Dinge, die man mit zwölf, dreizehn unmöglich verstehen kann: eine Systematik über Nonnen und andere Trägspinner, eine Geschichte des Nonnenklosters von Port Royal. Zwischen dem Leben der geflügelten Nonnen und dem der haubentragenden lag kein Buchstabe und dennoch eine ganze Welt. Sie las auf die manische und zugleich minutiöse Weise von Kriegsgefangenen, die sich das kleinste Komma auf der Zunge zergehen lassen und die nachts die Seiten vor ihren geschlossenen Augen ablaufen lassen, wenn die Sehnsucht unerträglich wird. Sie hatte niemals aus Spaß gelesen oder um zu lernen, ausschließlich, um zu lesen. Lesen, um zu lesen, und ebenso konzentriert auf ihre Auszüge wie auf die Gebete, die sie damals aufsagen mußte, denn alle beide lohnten es ihr mit neuen Worten, die in ebenso verrückten wie nicht zusammenpassenden Bildern in ihrem Kopf explodierten. Das Wörterbuch, das sie eines Weihnachtsabends bei der Mitternachtsmesse als Geschenk zu ihrer Frühkommunion erhielt, die sie alleine empfing, um die Verspätung aufzuholen, die sie in ihrer Erziehung als frischgebackene Katholikin hatte, schien ihr das Buch der Bücher. Zugleich hatte man ihr auch, um die Fastenzeit zu unterbrechen, eine Tasse heißer Schokolade serviert, aber der sirupartige und bittere Geschmack des Gebräus verschaffte ihr nicht denselben Genuß und band sie weit weniger ans Essen, als das Wörterbuch sie an die Worte band.

Erst in ihrem letzten Jahr, und vielleicht weil das Bild Lola Dhols ihr half, dieses Verbot zu übertreten, wagte sie, eine Buchhandlung zu betreten und *Die kleine Infantin von Kastilien* zu kaufen. War das eine Neuerscheinung? Die Buchhändlerin entschied für sie wie eine Modeverkäuferin, die auch besser als man selbst weiß, was zu einem paßt, und es einem aufdrängt, bevor man selbst Gefallen daran finden könnte. Montherlant, ein großer Stilist, häufte darin die »Wies« und »Als obs«, die der Literaturlehrer von Saint-Sulpice in Aurores Aufsätzen durchstrich und die sie selbst wiederum später, ohne Komplexe, wenn auch nicht ohne Reue, in Massen benutzen sollte. Nach *Die kleine Infantin von Kastilien* fand sie aus eigener Wahl zu *Die jungen Mädchen*, ein Werk mit einem unschuldigen Titel, das sie aber in der weitverbreiteten und in ihrer Umgebung mehr oder minder akzeptierten Idee bestärkte, daß die Männer die Frauen nicht liebten und es ihnen deutlich machten, wie sehr man sich auch bemühte, von ihnen anerkannt zu werden.

Lesen war nichts Unschuldiges, das hatte man ihr oft genug wiederholt. Diese zu einschneidenden, weil zu außergewöhnlichen und verspäteten Leseerfahrungen hatten so starke Eindrücke in ihr hinterlassen, daß sie sie jetzt, wenn sie an ihre Vergangenheit zurückdachte, zu großen Teilen für ihre Ehe mit dem Beamten verantwortlich machte und für ihre Unterwerfung unter die üble Behandlung, die er ihr hatte angedeihen lassen.

Manchmal hatte Aurore sich gefragt, warum sie eigentlich die große Erinnerungsvernichtung, die Tante Mimi so leidenschaftlich vorantrieb, überlebt hatte.

Warum hätte die denn schließlich nicht vorsehen können, daß Aurore am Tag ihres Ablebens, anstatt sich in Saint-Sulpice zu verstecken und zu überleben, den Inhalt einer Phiole austrank und sich dann brav auf ihrem Bett ausstreckte, bis der Tod auch sie selbst holte? Aurore besaß einen derartigen Sinn für Gehorsam und einen so kleinen Appetit aufs Leben, sie hatte eine solche Vorbereitung aufs Jenseits erhalten, daß sie sich dem Willen Tante Mimis, allem und jedem ein Ende zu machen, nicht entgegengestellt hätte. Statt dessen hatte Tante Mimi sie verheiratet.

Es handelte sich um einen jungen Mann, der die Aufnahmeprüfung für den Diplomatischen Dienst bestanden hatte und vermeiden wollte, nach Algerien zu kommen. Aurore ahnte nichts von den Verhandlungen über eine Vernunftehe und ließ sich von einem Jungen den Hof machen, der sich für Marlon Brando hielt. Er fand Lola Dhol genial, die Freiheiten, die sie sich nahm, ihre karierten Bundhosen, ihre gestreiften T-Shirts. Er kaufte die Bücher, die sie mit wehendem Haar auf einem normannischen Strand las, und summte die ein wenig zynischen Chansons mit, die aus Lola Dhol auch eine Sängerin gemacht hatten. In dem Paar, das sie bildeten, folgten beide ihrem Lieblingsschauspieler. Wie ein Schutzengel zeigte er ihnen die Gesten der Liebe. Sie spielten sich gegenseitig großes Kino vor.

Aurore kam an einem Junitag am Austerlitz-Bahnhof an, mit einem Koffer, der zu dick für ihr kurzes Treffen war. Er hatte ein kleines Cabrio, in das sie den Koffer nur mit Mühe hineinbrachten. Er machte sie mit Lärm, Worten, Musik, Ausstellungen und festen Meinungen ganz besoffen und beendete alles, was er sagte oder ihr zeigte, mit den Worten: Das muß einem jungen Mädchen doch gefallen, oder? ... Womit er sie in die Pflicht nahm, es sei denn, er wollte nur Punkt für Punkt und voller Brillanz, Entspanntheit und Entschiedenheit sein Handbuch für die Verführung junger Provinzmädchen bestätigt wissen. Den Gnadenstoß versetzte er ihr, indem er sie ins Schwimmbad Deligny einlud. Sie ging in ein Wäschegeschäft und kaufte sich einen entsetzlichen gestreiften Badeanzug, der angeblich dies hervorhob und jenes wegretuschierte, aber der sie zusammenschnürte, abschnürte und ihr eine riesige Büste machte, die einfach nicht trocknen wollte.

Als er merkte, daß er da einen Fisch an der Angel hatte, der sich so schnell nicht wieder losmachen würde, begann er eine Reihe komplexer Manöver, die dazu dienen sollten, sich seiner Beute zu versichern. Sehr bald fing er damit an, ihr ihre definitive Unterlegenheit klarzumachen. Geist, Körper, Beziehungen, Studien, nichts stimmte bei Aurore, und das verlieh ihr etwas Abwesendes, eine Art ernster Gedankenversunkenheit, die ihr Gesicht verzerrte und ihre Schönheit maskierte. Er fand sie strohdumm und freute sich daran. Er fand sie hübsch, aber indem er keinen Sex mit ihr suchte, machte er ihr klar, daß sie nicht wirklich anziehend war.

Sie konnte sich an eine Periode ihres Lebens erinnern, in der sie traurig und erschlagen aus dem Ehebett aufstand und Tränen in den Augen hatte. Die drei Jahre, die sie verheiratet gewesen war, behielt sie in keiner guten Erinnerung. Keine einzige Reise, kein gemeinsames Essen, die nicht schlecht endeten, oder zumindest zu ihren Ungunsten. Es war immer ihr Fehler. Er konnte sie nicht mehr ausstehen.

Er verließ sie, um einen Posten in Fernost anzunehmen. Als die gepackten Koffer vor der Tür standen und das Taxi unten wartete, hatte er vielleicht das erste Mal eine liebevolle Geste für sie übrig. Er nahm sie in die Arme und streichelte ihr den Kopf. Wie einem Hund, dachte sie, wie einem Hund! Und daß er sie gestreichelt hatte wie ein Tier, nicht wie einen Menschen, hatte sie besänftigt. Er kann gut sein, sagte sie sich, zärtlich, liebevoll. Es kann schöne Tage mit ihm geben und schöne Nächte bei ihm, und die Hoffnung, ihn trotz allem behalten zu können, lebte wieder auf. Vorausgesetzt, du bist ein Hund, antwortete sie sich selbst, und während seine Hand wieder und wieder durch ihr Haar strich, betrachtete sie aus den Augenwinkeln das Zimmer, das sie verlassen hatten, die herumliegenden Papiere, die aufgeschlagenen Bücher, all die Dinge, die bewiesen, daß sie eben kein Hund war, und sie seufzte.

Zu jener Zeit war Lola Dhol allgegenwärtig, auf Plakaten, in Zeitungen, in Zeitschriften. Sie war zum Herold moderner Mode und der Schönheit von heute geworden. Und Aurore, als sie sie eines Nachmittags in einem Film sah, brach in Tränen aus angesichts ihres eigenen Lebens, das schon in Stücke gegangen war, bevor es überhaupt begonnen hatte, angesichts ihrer Einsamkeit, ihrer nicht zu unterdrückenden Angst vor den Männern. An dieser Lola, so schön, so stark, der alles gelang, konnte sie ermessen, was ihr alles fehlte. Dabei ähnelten sie einander doch. Als sie das Kino verließ, schwor sie sich, sie nicht mehr zu sehen. Sie hielt Wort. Und wie das Leben so spielt, verschwand Lolas Name nach und nach von der Leinwand, und der Aurores begann, darauf zu erscheinen, sehr bescheiden im Vergleich zu der Schauspielerin, aber regelmäßig, in Dokumentarfilmen.

Sie war eine sanfte und treue Frau, die ein Mann zu lieben aufgehört hatte, von der er sich hatte scheiden lassen und die er solcherart gezwungen hatte, ein schiefes Leben zu leben. Sie schleppte diese Geschichte jahrelang mit sich herum und bemühte sich, die unabhängige Frau zu werden, als die er sie hatte sehen wollen. Ihre Arbeit beschäftigte sie sehr, die Suche nach locations für die Tierdokumentationen brachte sie in aller Herren Länder, die sich alle glichen. Dort gab es keine Telefone, keine Türklingeln, keine Post. Das heißt, sie verzehrte sich nach Anrufen, Briefen und Türläuten. Der Beamte rief sie nie an, und seine Korrespondenz erschöpfte sich in einem Brief pro Jahr und in einer gewissen Periode sogar auf einen Brief innerhalb von zwei Jahren, noch dazu einen sehr kurzen. Er wollte Photos haben. Sie verstaute die Briefe in ihrer Handtasche und war nicht sehr ehrlich zu den Leuten, die sie in diesen Jahren photographierten. Für das Objektiv blickte sie ihren Ex-Gatten mit dem glücklichen Lächeln Lola Dhols an. Einmal schnitt sie aus einer alten Cinémonde, die sie beim Bouquinisten auf den Quais gekauft hatte, das Photo eines Starlets für Fernfahrer aus und schickte es ihm mit herzlichen Grüßen zu. Er antwortete ihr umgehend: Warum bist du so grausam?

Lola war an die Wand herangetreten, an der die Photos hingen. Das ist das Große Orakel, sagte Babette im Glauben, Lola erkenne ihn nicht wieder. Aber das Porträt des Großen Orakels hing in allen Universitäten, die Lola besucht hatte. Virginia Woolf und das Große Orakel bildeten ein seltsames Paar, das anzeigte, daß man sich hier in der Welt der Literatur befand und die Meßlatte für Qualität sehr hoch hängte. Aber in Glorias Küche befand das Große Orakel sich neben ihr, Lola, und es war ihr eigenes Bild, das sie nicht wiedererkannte. Sie wußte nicht, ob es aus einem Film stammte oder die Aufnahme eines Photographen war. Wenn ja, dann konnte sie sich nicht an den Photographen erinnern.

Es fiel ihr schon schwer, angesichts der Härte ihrer Züge und ihres geschlossenen Mundes, das Photo in etwa zu datieren. Es mußte zehn Jahre alt sein, vielleicht noch mehr, jedenfalls aus der Zeit stammen, als sie zum Theater übergewechselt war, was bedeutete, daß es schon fünfzehn Jahre alt sein mußte, damals spielte sie *Ein Puppenheim*. Das Kino interessierte sich nicht mehr für sie, und sie hatte diese Niederlage zu der eigenen Lust umgemodelt, sich einer authentischeren Kunstform zuzuwenden. Sie würde die Rolle auf norwegisch im familieneigenen Theater spielen.

Dank dieser Story hatte ihr Agent noch ein paar Presseartikel losschlagen können, nicht mehr auf den Titelseiten, aber mal hier, mal da und – wenn er bettelte – mit einem Photo, und zwar diesem hier, das an der Wand hing und verdeutlichen sollte, daß sie sich gewandelt hatte, daß sie nunmehr zu Ehren der hohen Kunst ein ernsthafteres Leben führte. Sie nahm an der großen Ibsen-Messe teil, die ihre Eltern jedes Jahr zu Beginn der Saison zelebrierten. Ein begeistertes Publikum von Kennern stand Gewehr bei Fuß, kannte die Partitur auswendig und applaudierte vor und nach den Virtuosen-Szenen.

Lolas Partner war ihr Vater, der in der Rolle des Gatten alt geworden war, jedoch so unmerklich von Jahr zu Jahr, daß das Publikum, das die Rolle in- und auswendig kannte, ihn nur besser und besser fand. Sie ersetzte ihre Mutter, an die sich jedermann so gewöhnt hatte, daß sie für alle Welt IHRE Nora war. Lola war ein Störfaktor, ihre Aura eines internationalen Stars schuf einen Abstand zwischen ihr und dem Spektakel, das eine Art nationaler und familiärer Kult geworden war. Man verglich sie mit ihrer Mutter, und nicht zu ihren Gunsten. Die Schauspielerin, die ihr nicht ganz freiwillig den Platz überlassen hatte, wurde durch die zunächst stumme Ablehnung der Zuschauer für eine Situation entschädigt, die sie wie eine widerrechtliche Aneignung ihres persönlichen Eigentums erlebt hatte.

Lola gewann ebensowenig ihren Platz in ihrer Familie zurück, wie sie sich einen auf der Bühne erobern konnte. Gefangen zwischen der Mißbilligung ihrer Familie und der feindseligen Einstellung des Publikums, wurde ihr die Bühne zum Kreuzweg. Jeden Abend stolperte sie über Textstellen, verhedderte sich in ihrem eigenen Spiel, suchte verzweifelt nach dem Halt eines Blicks, nach der Unterstützung eines Kollegen, der ihre Gedächtnislücken überspielte, ihr Zögern oder ihre Aussetzer, wenn ihr in dieser Sprache, die ihr fremd geworden war, plötzlich ein Wort fehlte. Sie ließen sie hängen, zittern, stottern, sich verhaspeln und schließlich agonisieren wie eine zitternde Taube, die den Geist aufgibt. Das Theater sah dem Sterben des Kinos zu.

Eines Abends übernahm ihre Mutter stehenden Fußes wieder die Rolle. Lola saß betrunken in der Zigeunerwagen-Loge und hörte die Ovationen des Publikums. Es war nicht mehr die Rede davon, daß sie noch einmal den Fuß über die Schwelle des Theaters setzen würde. Sie brauchte nicht einmal eine Depression vorzutäuschen. Sie war so erschlagen, daß sie glaubte, sie würde nie wieder hochkommen. Man versteckte sie. Der Trubel, den ihre Anwesenheit hervorgerufen hatte, legte sich. Der Wasserspiegel über ihr war wieder glatt, nicht die kleinste Welle deutete an, daß sie auf den Grund gesunken war, eine eiserne Platte lastete auf ihr, durch die kein Licht und kein Laut drang, ein tonnenschwerer Gletscher, der ihr den Atem nahm, ein Berg aus Verzweiflung und Scham.

Dann reiste sie nach New York ab, und niemand begleitete sie zum Flugzeug, schon gar nicht ihre Mutter, die aufgrund ihrer Verpflichtungen im Theater verhindert war.
– Ich erinnere mich, sagte sie zu Babette, ich war in New York, und es schneite.
– Aber das bist nicht du auf dem Photo, antwortete Babette entschieden, das ist Aurore!
– Aurore? murmelte Lola vollkommen verstört, und die Küchenwände bebten, als müsse alles sich auflösen und einstürzen ... Und ich, wo bin ich? Suchte sich an einer anderen Wand, entdeckte sich nirgends, ebenso ratlos wie damals, als sie auf einem Flughafen ihr Bild im Spiegel gesucht und nicht gefunden hatte. Das ist heute mein Tag, sagte sie sich, ich bin nicht mehr im Spiegel, ich hänge nicht mehr an der Wand, ich bin nicht mehr auf der Leinwand. Ich hab' den Photographen umgebracht!
– Hier bist du irgendwo! sagte Gloria und öffnete die Schublade des Küchentischs, die vor Papierkram überquoll.
– Aber vorher war ich doch immer da, sagte Lola und deutete auf die Wand.
– Schon, sagte Gloria, aber mittlerweile plaziere ich lieber die Schriftsteller mit den Schriftstellern zusammen und die Schauspieler ...
– Die Schriftsteller, natürlich, murmelte Lola, die plötzlich völlig verloren war, und sah sich dann in der Küche nach etwas zu trinken um, etwas Starkem.

Das ist ja völlig verrückt, dachte Babette und

suchte Glorias Blick zur Bestätigung. Aber die schien sich zu genieren und kramte in ihrer Unordnung, als müsse Lolas Photo auf einmal daraus auftauchen: Da, siehst du, hier bist du doch! Sie fragte sich, sie, die niemals etwas wegwarf, ob sie es nicht in den Mülleimer geschmissen hatte. Zerrissen und weggeworfen. Weißt du, sagte sie vorsichtshalber schon einmal ungeschickt, das war während der Überschwemmung oder dem Brand, ich hab' getan, was ich konnte.

Sie denkt ausschließlich an sich selbst, sie sieht nichts anderes als sich selbst, konstatierte Babette. Sie hatte Gloria schon vorgewarnt, was den entsetzlichen Narzißmus der Schauspielerin betraf: Weißt du, Lola, das ist wie die Geschichte ›Genug von mir, reden wir lieber über euch, was haltet ihr von mir?‹ Und als Gloria antwortete, sie übertreibe, hatte Babette ihr gezeigt, daß Lolas Unkompliziertheit daher kam, daß sie daran gewöhnt war, immer im Mittelpunkt zu stehen, und diese besessene Aufmerksamkeit meisterte, indem sie so tat, als bemerke sie sie nicht. Sie schloß die Welt um sich herum einfach aus. Sie tat so, als fielen ihr weder die Blicke noch die lächelnden Gesichter auf, aber sie war nie alleine. In ihrem Kopf war die Masse ihrer Bewunderer stets präsent. Kein Zweifel, daß sie das ganze Kolloquium über der festen Überzeugung war, die einzige Attraktion darzustellen, wo sie doch in Wirklichkeit nur ein Gnadenbrot erhielt, weil Gloria Patter und andere sentimentale Mädels ihrer Art die mediokren Leistungen des Has-been-Stars, die eintönigen und ohne Feuer von ihrer krächzenden

Stimme vorgetragenen Lesungen horrend teuer entlohnten.

Babette spürte eine rächende Wut in sich aufsteigen, wie jedesmal, wenn sie glaubte, man wolle sie übers Ohr hauen. Beinahe gegen ihren eigenen Willen fühlte sie sich von der Mission erfüllt, die ganze Wahrheit ans Licht zu bringen. In der ganzen Universität gab es niemanden, der wie sie die faulen Ausreden der Prüflinge zu zerpflücken wußte, die Mogeleien bei den Hausarbeiten aufdeckte oder getürkte Lebensläufe, zu gute Benotungen und ABGESCHRIEBENE Artikel. Eine Verpflichtung zur Wahrheit ergriff Besitz von ihr. Fieberhaft riß sie dann wacklige Gerüste nieder, überführte die Schuldigen, erheischte Geständnisse. Ja, für wen halten die mich denn?

Sie hatte Lust, die Schauspielerin mit ihrer Leere zu konfrontieren, ihrer zerstörten Schönheit, ihrem verschwundenen Talent, vorausgesetzt, sie hatte jemals welches besessen, und wenn möglich, Aurore gleich mitzuerledigen, diesen EINFALTSPINSEL mit ihrer Blümchen-rühr-mich-nicht-an-Ausstrahlung, ihrem bourgeoisen Look und französischen Akzent. Ihre zur Schau gestellte Gleichmütigkeit verbarg ja nur schlecht die Raffgier aller Autoren, sobald es um ihre Bücher ging. Die haben alle Freiheiten, weil sie ihre Wurzeln auf jeder Seite schlagen können, zwischen den kleinen schwarzen Zeichen, die ihr Revier abstecken.

Einen Schauspieler muß man auf der Leinwand sehen, einen Schriftsteller muß man lesen. Einem

Schriftsteller in Fleisch und Blut zu begegnen, war ihr unbehaglich. Sie erinnerte sich an den Rat des Großen Shakespeare-Spezialisten: Schriftsteller sind am besten tot. Sie war der Meinung, daß sie nicht nur am besten alle tot wären, sondern vor allem, daß ihr Werk, von ihnen abgelöst, auf ewig in aller Anonymität ruhen mußte. Dieser lebendige Kult, den Gloria organisierte, war unnütz und ekelerregend. Endlich begegnete ihr Blick dem Glorias: He, du da! Gloria, aufgewacht!

Lola, die in einem Wandschrank den Rum aufgetrieben hatte, der zum Kuchenbacken diente, und ihn mit Orangensaft gemischt trank, begutachtete Aurores Photo. Sie fragte sich, wie sie den Irrtum hatte begehen können. Und plötzlich wurde ihr klar, daß Aurore ihr ähnelte.

– Das ist DEIN Photo, sagte sie zu Aurore, die gerade eintrat. Das ist dein Photo. So als gebe sie ihr unwillig etwas zurück, was sie ihr aus Unachtsamkeit weggenommen hatte.

Wenn sie durch die Eingangshalle des Verlagshauses ging, wo zweimal jährlich die Gesichter der Schriftsteller aushingen, von denen ein neues Buch erschien, empfand Aurore eine unklare und schmerzhafte Verlegenheit. Nicht nur waren es ungeheuer viele, sie wirkten auch noch anonymer als ihre eingeschweißten Bücher mit ihren einheitlichen Umschlägen. Das Photo verlieh ihnen keine Identität. Man hätte die Aufnahmen untereinander austauschen können, alle hatten sie das gleiche Format, waren aus demselben Winkel aufgenommen, zeigten die gleiche symbolische Pose, die Hand unterm Kinn. Ein bewußt kontrastreicher Abzug akzentuierte ihre Züge, als stünde die Tinte, mit der sie ihre Bücher geschwärzt hatten, wie Schweiß auf ihren ausdruckslosen Gesichtern. Man konnte ja noch von Glück sagen, daß keiner von ihnen anhand seines Gesichtsausdrucks beurteilt wurde wie auf den anthropometrischen Photos, die auf die Flughafentür in Santarém geklebt waren und vor denen Aurore stehengeblieben war. Sie hatte sich gefragt, ob sie in der Lage wäre, einen einzigen von ihnen wiederzuerkennen: Sie sahen alle gleich aus!

Dieser Marmorsaal hatte etwas von Bestattungsinstitut. Die Besucher dämpften die Stimme wie in einer Urnenhalle und vertrieben sich die Zeit, indem sie die Namen unter den Gesichtern lasen. Aurore mußte an die Photos von Verstorbenen denken, die die liebenden Hinterbliebenen in kleinen wetterfesten Email-Medaillons auf die Grabsteine prägen lassen: ein junger Soldat, ein fünfzigjähriger Honoratior oder eine bebrillte junge Frau. Völlig unmodisch oder einfach lächerlich, fuhr der Tote fort zu altern, unterwegs zu einer Unsterblichkeit, zu der ihm die Aufnahme doch gerade verhelfen sollte. Was die Ewigkeit betraf, so war Aurore der Ansicht, daß die gegeneinander versetzten Reihen der Grabkreuze auf den unendlichen Landschaften der Soldatenfriedhöfe, daß die Steinchen, die man auf jüdische Gräber legt, viel besser auf sie vorbereiteten. Staub, Asche. Tante Mimi hatte recht gehabt, und Aurore liebte es, Kaminfeuer zu betrachten.

Für ihr erstes Porträt als Schriftstellerin hatte sie im harten Licht eines verschneiten Tages gestanden, das sie völlig versteinern ließ. Sie blieb der Nachwelt in kompletter Erstarrung erhalten, wie die Leichen in Gletscherspalten gefallener Alpinisten, die ein paar Jahrhunderte später wieder zum Vorschein kommen, ohne daß Zeit und Erinnerung dazu gekommen wären, sie auszulöschen und sie dann verschwinden zu lassen. Aurore, steif und tot im Gletscher des Verlagshauses.

Hinter seinem Apparat erklärte der Photograph ihr, wie schwierig es sei, Schriftsteller zu photographieren mit ihren formlosen, zerfließenden Gesichtern und ihren leeren Augen, die keinen Blick auffingen. Sie weichen aus, aber sie hauen nicht ab, sie lösen sich auf, und hinterher auf dem Photo bleibt, wenn man es nicht überbelichtet, nur eine Art Geisterbild, eine Aura, die in einer Zeitung bloß einen weißen Fleck ergibt, mit schwarzen Löchern an der Stelle von Augen und Nase.

Aurore klammerte sich fest, um präsent zu bleiben, sie hängte sich an das Bild, um nicht zu verschwinden wie die anderen. Mit zusammengebissenen Zähnen starrte sie ins Objektiv.

Was wirklich witzig ist, erzählte der Photograph, das sind die Weiber, die so tun, als wär'n sie Stars. Sie erinnern einen an die Frauen, die die Liebe zu spät entdeckt und so viel Lust nachzuholen haben, daß sie sich völlig gehenlassen. Sie spielen die Schönheiten, und bei den Aufnahmen setzen sie alles auf eine Karte. Aurore spürte ihre Konzentration nachlassen, sie wollte nicht alles auf eine Karte setzen. Sie breiten ihre Haare über die Schultern aus, machen einen Kußmund, was sie da vorzeigen, das ist ihr Geschlechtsteil, ihre Bücher sind ihnen in diesem Augenblick völlig wurst. Sie knöpfen ihre Kleider auf, haken sich ihren BH auf, ziehen den Bund ihres Slips runter. Sie räkeln sich auf dem Photo wie Nutten in ihren Schaufenstern. Sie sind ekelhaft, schloß er. Je mehr sie sich anbiedern, desto lieber sind ihnen die Photos. Man muß das sehen, wie geil sie auf sich selbst sind, wenn sie die Kontaktabzüge betrachten. Aurore hatte jetzt völlig aufgegeben, aber das spielte keine Rolle, der Photograph photographierte den Schnee. Sie war lediglich der Vorwand für ein kompliziertes Spiel mit dem Licht, für das zufällig sie, um des Kontrastes willen, ihr Gesicht, ihre starren Augen, ihren geschlossenen Mund lieh.

Es war ein letzter Versöhnungsversuch. Um ihm zu beweisen, daß sie zählte, um ihm zu verdeutlichen, daß sie existierte, damit er sie endlich sah, hatte sie den Beamten, der gerade in Paris weilte, gebeten, ihr bei der Auswahl der Abzüge behilflich zu sein. Er verspätete sich so ostentativ, daß sie nicht mehr wußte, was sie sich noch einfallen lassen sollte, um den ungeduldigen Photographen ruhigzustellen, und als er dann da war, blätterte er die Kontakte in rasender Geschwindigkeit durch. Er sagte: Das da nicht, der Mund; das da nicht, die Augen; das da nicht, das Kinn; das da nicht, das Lächeln. Aurore schämte sich für den Photographen, der die ganze Zeit gewartet hatte und sich jetzt eine vernichtende Kritik seiner Aufnahmen anhören mußte, mit denen er dieses eine Mal zufrieden gewesen war, weil sie nicht aussahen wie sonst. Als sie durch waren und sich auf den kleinsten gemeinsamen Nenner des Photos geeinigt hatten, das an Glorias Wand hing, ließ er sie knallhart stehen und schlug die Tür hinter sich zu. Sie entschuldigte sich für das Benehmen des Beamten.

– Aber es ging doch gar nicht um meine Photos, es ging doch nicht um mich, SIE sind es, die der Kerl die ganze Zeit runtergeputzt hat.

Sie starrte den Photographen an, mit hängenden Armen, aufgerissenen Augen, im Bann der Erkenntnis ihres Unglücks, und nun glich sie in natura den Aufnahmen stummer Verzweiflung, die er von ihr geschossen hatte. Nach all diesen Jahren verstand sie plötzlich, daß der Beamte sie nicht nur nicht liebte, nie geliebt hatte, sondern auch, daß er sie für jeden einzelnen ihrer Gesichtszüge haßte, für jede Pore ihrer Haut, jede einzelne Wimper. Sie antwortete lediglich:
– Er ist mein Ehemann.
– Ah! Dann entschuldigen Sie bitte, meinte der Photograph und sagte ihr dann, daß sie, falls sie es wünsche, die Aufnahmen noch einmal neu machen könnten. Da stürzte sie sich in seine Arme.

Er wurde auf dem Sofa des Studios ihr Liebhaber, mitten zwischen den Scheinwerfern, den Kabeln, die quer über den Fußboden liefen, in dem nach Filmentwickler riechenden Staub und in einer brutalen Hast, die all dem widersprach, was sie je über erotische Verführung gelesen hatte, einer verzweifelten Erregung. Die Photosessions hatten die gesamte Phase der Annäherung und des Vorspiels abgedeckt und kondensiert. Nachdem er sie so lange durch seinen Sucher studiert hatte, schien der Photograph Aurore durch und durch zu kennen. Sie hatte ihm nicht zu erklären brauchen, daß sie bei diesem Ehemann immer noch nichts von der Liebe wußte, schlimmer, daß ihre Lust blokkiert war, verdrängt, abgewürgt und von ihr abgetrennt, daß sie ihren eigenen Körper nicht kannte. Es brauchte ein Erdbeben, damit sie alle Fäden durchtrennte, die sie

zurückhielten, alle Scham vergaß, alle Angst, ungeschickt zu sein, alle Furcht vor ihrer eigenen Unwissenheit und sich in die fremden Arme warf.
– Gib acht, sagte er ihr, als er sie zur Tür begleitete. Gib gut auf dich acht.

Auf der Straße erkannte sie nichts wieder und mußte vor einem Schaufenster stehenbleiben, um sich wieder zu fangen. Sie konnte nicht sehen, was hinter der Scheibe war, nur die Spiegelung ihrer Silhouette, die sie nicht los wurde und die ihr die Sicht auf die Auslage und den Innenraum des Geschäfts verdeckte. Mit einem Mal war sie undurchsichtig geworden, und wie in einem Alptraum nahm ihr Körper, indem er sich materialisierte, den ganzen Raum ein. Aber dieses Schwindelgefühl dauerte nur einen Augenblick lang, dann sah sie dankbar und lustvoll, wie im Schaufenster samtene Handtaschen und Seidenschals erschienen. Sie fragte sich, ob der Photograph ihr aus einer ganz persönlichen Intuition heraus geraten hatte, auf sich achtzugeben, oder ob er das jedem Besucher sagte, um ihn vor der Kreuzung beim Taxistand zu warnen: Langsam gehen, Fußgänger, keine Priorität, überqueren Sie die Straße in zwei Etappen.

Sie hatten keinerlei Gemeinsamkeiten. Mit seinem Pseudo-Soldaten-Look, seinem khakifarbenen Parka, in dem die Filmrollen wie Patronengurte steckten, seinen wie Kalaschnikows umgehängten Photoapparaten war er alles andere als der Mann, mit dem sie sich hätte vorstellen können, Liebe zu machen. Sie hatte es auch im Gespür, daß sie ihm ebensowenig gefiel. Er lag hingestreckt auf seinem Bett und beklagte sich über die Winterkälte und sein Exilantenleben. Er sah sich in Beirut, statt dessen schickte man ihn zu Photoaufnahmen von Schriftstellern, Halb- und Viertelstars, denen ein Photo aus der Anonymität helfen sollte. Er träumte von Panzern, weinenden Kindergesichtern und verbrachte seine Zeit mit Mädels, die sich puderten, den Sitz ihrer pappigen Fönfrisur prüften und sich dann mit ebensowenig Schamhaftigkeit vor seinem Objektiv aufpflanzten, als säßen sie in der Kabine eines Photoautomaten!

Sie fragte sich, ob der Beamte nicht noch ein letztes Mal recht gehabt hatte, indem er die Photos grauenhaft fand. Als sie die Aufnahmen durchging, fand sie sich häßlich, verstört und hilflos, ebenso ungraziös wie einen lebendig aufgespießten Schmetterling, ebenso leidend wie eine Katze mit in den Kopf gebohrten Elektroden, ein Hund mit vor Angst phosphoreszierenden Augen. Das war, was man ein Schriftstellerporträt nannte, der Abstand zum Bild einer Schauspielerin wurde ihr deutlich, und sie verstand, daß Frauen auf dem Photopapier wenigstens einmal Schönheitsköniginnen sein wollten, und eher Schauspielerinnen als Schriftstellerinnen.

– Es ist ein schönes Photo, sagte Babette.
– Es war ein guter Photograph, antwortete Aurore.

Er war auf genau der Kreuzung überfahren worden, vor der er sie gewarnt hatte. Als sie es erfuhr, war er schon lange tot. Sie bedauerte, ihn nicht gefragt zu haben, ob männliche Schriftsteller sich ihr Bild mit derselben Heftigkeit aneigneten wie Frauen. Sie dachte an die Kreuzung und ihre Schulter, die er ergriffen hatte, um sie umzudrehen und küssen zu können. Und doch nahm dieser Tote weniger Platz ein als der irgendwo lebende Ehemann. Sie war daran gewöhnt, zu trauern.

– Es ist ein schönes Schriftstellerporträt, begann Babette zu Aurore gewandt und unter Lolas angespanntem Blick von neuem. Es ähnelt dir zwar nicht, aber es ähnelt deinen Büchern – sie forschte auf ihrem Gesicht nach Zustimmung –, oder?

Aurore dachte an das letzte Pariser Diner bei einem Medizinprofessor, zu dem sie den Arzt auf seinem Kandidatur-Feldzug für die Akademie begleitet hatte. Sie erinnerte sich an die Dame des Hauses, die peinlich darauf bedacht war, daß alles in der rechten Reihenfolge ablief, in Erwartung der letzten Gäste ein Auge auf die Standuhr richtete, sich dann auf das problematische und minutiöse Entkorken des Champagners durch den Hausherrn konzentrierte. Als die Unterhaltung gerade ein wenig in Fluß gekommen war, wurde man zu Tisch gebeten, wo wiederum jeder neue Gang die Diskussion unterbrach, die sich auf das Thema Hunde eingependelt hatte.

Aurore glaubte sich berechtigt einzuschreiten, indem sie ihren Gesprächspartnern die Erfahrungen Leilas und Bobinettes erzählte, einer engen Freundin und eines Dackels, den sie aber sogleich näher als eine Kreuzung aus einem Artois-Basset und einem roten bretonischen Spaniel charakterisierte. Das ließ die Gesellschaft, die sich eher mit Labradoren auskannte, vom Thema abkommen. Es folgten Betrachtungen über Promenadenmischungen, die in schöner Einhelligkeit als die begabtesten, intelligentesten Vertreter der Spezies Hund anerkannt wurden. Der Arzt steuerte, wie es sich gehörte, den komischen Touch bei, indem er Hunde und Kinder verwechselte und die Wirkung, die er mit seinem gewollten Lapsus – Ich kann Kinder nicht leiden – erzielte, noch durch eine gespielte Beschämung steigerte, die allgemein zum Lachen reizte und jedermann zu dem Schluß brachte, das Ganze sei doch eigentlich ein sehr angenehmes Abendessen.

Aurore war also völlig arglos, als sie beim Digestif auf dem kleinen Sofa, wo sie unter dem Porträt eines Generalstaatsanwalts mit dem Hausherrn zusammensaß, von seiner Attacke überrascht wurde: – Ziemlich abscheulich, Ihr letzter Roman!

Es war schon lange her, daß sie ihre Romane nicht mehr verteidigte, weder indem sie sich wehrte wie zu Beginn, noch indem sie humorvoll konterte. Er fand ihn ABSCHEULICH, das gestand sie ihm zu, sie selbst fand ihn ENTSETZLICH.

Ich verstehe nicht, antwortete sie Babette, was du mit ÄHNELN sagen willst. Denn ich habe keine Ahnung, wem oder was dieses Photo ähnelt.
– Es wirkt hart, antwortete Babette.

– Ja, stimmte Aurore zu, hart UND TRAURIG.
– Gott sei Dank, sagte Gloria, daß DU NICHT SO BIST.

Aurore betrachtete das Photo des Großen Orakels, das neben ihrem hing und bei dem keiner sich fragte, ob es hart oder traurig wirkte. Es war das Photo des Großen Orakels, Punkt, das einzige, dessen Veröffentlichung er autorisiert hatte, das er seinen Doktoranden schickte, um sie zu inspirieren, das im Schriftstellerlexikon des 20. Jahrhunderts abgedruckt war. Ein Schriftsteller, ein Photo. Ein einziges Gesicht, um das Jahrhundert herauszufordern, ein einziger Blick, die Epoche zu überschauen. Der mittlerweile unsichtbare Mann alterte in einer Universität in Oklahoma, nachdem er den Tod der französischen Literatur und den Triumph der Frankophonie prophezeit hatte. Er hatte seine Unsterblichkeit organisiert.

– Aber du bist doch so, oder? bohrte Babette weiter. Ich glaube nicht an diese Geschichten vom Unterschied zwischen Autor und Werk, zwischen Gehalt und Form, oder daran, daß ein Schriftsteller nichts dafür kann, was er schreibt.

– Ich bin kein Literaturprofessor, antwortete Aurore, solch einem Disput ausweichend wie einem Ehekrach, den sie um jeden Preis vermeiden wollte und der von Anfang an gedroht hatte, einfach schon aufgrund ihrer Teilnahme an dem Kolloquium.

– Oh, hör bloß auf! fuhr Babette fort, erzähl uns doch nichts! »Wer profitiert vom Leiden, wer profitiert vom Schreiben, wer profitiert vom Schreien?« Du selbst entscheidest, wie du das schreibst, was du beschreibst oder wie du beschreibst, was du schreibst. Den Tod des Tiers zum Beispiel.

– Sie entscheidet gar nichts, ging Gloria dazwischen, so etwas drängt sich einem auf.

– Sie entscheidet doch wohl über die Worte, die sie benutzt, oder?

– Ja, antwortete Aurore.

– Diese Szene ist sehr hart, sagte Lola, an ihre Lesung vom Vortag denkend und daran, wie schwierig es gewesen war, den Text zu bannen, ihm die Zähne zu ziehen, ihn durch ihre eintönige Leseweise, die alle Emotionen über ihre Stimme ableiten sollte, zu planieren.

– Ja, sagte Aurore ... Und erinnerte sich, aber es war eine weit entfernte, erstickte Erinnerung, beinahe fühllos wie eine Narbe, an ihren kindlichen Schmerz angesichts des Tiers, das zu töten man ihr befahl. Sie war schuld an seinem Todesurteil, sie erkannte es an, denn es geschah nicht aus Grausamkeit, daß man sie zwang, es umzubringen, sondern um seine unerträglichen Schmerzen abzukürzen, für die sie selbst die einzig Verantwortliche war. Und dennoch sträubte sich alles in ihr gegen den Gedanken zu töten, und die ganze Zeit über, die sie sich SO ANSTELLTE, verschlimmerten sich die Leiden, die die Umstehenden so empörten, daß sie sie anflehten, ihnen endlich ein Ende zu machen.

Aber Madame, WIR MÜSSEN EIN ENDE MACHEN, hatte der Tierarzt ihr gesagt, während sie, ihren Mund an den schwarzen Lippen des kleinen Hundes, noch hoffte, ihm seine Leiden aussaugen, seine Schmerzen

schlucken zu können. Und vor dem zu tötenden Tier hatte ihr Kinderkörper keinen anderen Ausweg gefunden als hochzuhüpfen, immer wieder hochzuhüpfen, die Ellbogen gegen den Leib gepreßt und mit angelegten Armen, um mehr Schwung zu holen: HÖR AUF RUMZUZAPPELN! Aber sie zappelte ja nicht, sie sprang hoch, um zu entkommen, weil alle Ausgänge versperrt waren; sie war gefangen im Kreis der Erwachsenen, die dem Schauspiel zusahen, also wollte sie nach oben fliehen, übers Dach, über den Himmel. Dann entdeckte sie den Rock ihrer Mutter, der eine Schwachstelle im Gitter all dieser Männerbeine darstellte, stürzte sich darauf zu und klammerte sich fest, zerriß den Stoff, schlug sie, hieb auf sie ein, bearbeitete sie mit Faustschlägen, wurde sofort wieder ins Zentrum der Arena vor das Tier zurückgestoßen, dessen Kopf sie mit der Ferse zerquetscht hatte und das in den konvulsivischen Zuckungen des Todeskampfs erbebte. Na los, einen Schlag noch, hatte ihre Mutter ihr gesagt, um ihr Mut zu machen: ES IST FAST TOT.
– Ja? Was ja? fragte Babette sie.

Sie versuchte zu entkommen, aber Babette, Gloria und Lola erwarteten, den Blick starr auf sie gerichtet, eine Antwort. Ihr fliehender Blick traf auf den Behälter, in dem das Tier sich nicht mehr bewegte: ES IST FAST TOT, sagte Aurore.

Gloria schnippte ein paarmal gegen das Plastik, um die Ratte zu einer Reaktion zu bewegen, und blickte sich dann, als sie keinen Mucks wahrnahm, nach irgendeinem Gegenstand um, mit dem sie das Stroh beiseite schieben konnte. Sie griff nach einem Löffel und hob das Stroh mit dem Stiel an. Darunter lag die Ratte häßlich verdreht: He! Beweg dich ein bißchen, befahl Gloria und berührte sie mit dem Löffel. Und als sie nicht reagierte, wurde sie heftiger, stach sie zunächst ein wenig und drückte ihr dann kräftig den Stiel gegen den Bauch. Dann hob sie das Tier mit dem Löffel an: Himmelherrgott, sagte sie, sie ist tot!

Die Neuigkeit wurde von allen anderen im Chor wiederholt: Sie ist TOT! Sie drängten sich um den Behälter, aber gerade als sie ihrerseits den Tod der Ratte konstatieren wollten, durchlief ein Zittern das Tier, und es führte eine Pfote zu seinem Bauch. Sie fingen an zu kreischen: SIE IST NICHT TOT, SIE IST NICHT TOT! in genau der frenetischen Hysterie, die man immer Frauen nachsagt, die eine Maus zwischen ihren Füßen umherlaufen sehen. Vor Schreck zog Gloria den Löffel weg, und die Ratte fiel aufs Stroh, wo sie sich weiter in Krämpfen wand, und zwar mit Bewegungen, die Aurore wiedererkannte und die sie vor Entsetzen erstarren ließen.

Das Schicksal verfolgte sie noch bis an diesen behütetsten aller Orte, eine Küche voller Frauen, mitten im Zentrum Amerikas, in einem angeblich friedlichen Staat, an einem Frühlingsmorgen in einer traumhaften kleinen Stadt, die sich anschickte, Ostern zu feiern. Das Geschriebene wurde irgendwann immer zu Realität. Hatte sie etwa den Tod der Ratte erfunden? Und weil sie ihn beschrieben hatte, würde er sich ereignen, und zwar genau in den Worten, die sie ausge-

wählt hatte, ihn zu beschreiben, und diese von ihr provozierte Realität verdrängte jede andere.
– »Wortspiele, Mordspiele«, sagte Babette.
– Leiris? fragte Gloria.
– Nein. Lavie, wie man's ausspricht, antwortete Babette.

Gegenüber vor dem Schwimmbecken las der Pastor seinen Schäfchen vor: »Und die Frauen kamen zum Grabe und sahen dahin und wurden gewahr, daß der Stein abgewälzt war, und sie entsetzten sich.« Ein kleines Mädchen, das sein schönstes Kleid aus gelbem Organdy angezogen hatte, das den ganzen Vormittag vor Angst gezittert hatte, das Wetter wäre vielleicht nicht warm genug, dieses Kleid ohne Jacke zu tragen; ein kleines Mädchen, das geschworen hatte, ihm sei zu warm, um über sein gelbes Wunder nicht einen alten Wintermantel ziehen zu müssen; ein kleines Mädchen, das zu früh aufgestanden war, um sein Festtagskleid anziehen zu können, das nicht hatte frühstücken wollen, um es nicht zu beflecken, das sich im Kreis gedreht hatte, um zu sehen, wie weit der Rock hochflog; ein kleines Mädchen, das sich im Auto, das sie zur Kirche brachte, mit seinen Brüdern gestritten hatte; ein kleines Mädchen erwachte plötzlich bei den Worten des Pastors und dachte: Warum haben sie Angst, CHRIST IST ERSTANDEN! Und dann intonierte es mit einer freudigen und hellen Stimme im Chor mit den übrigen Gläubigen: Christ

ist erstanden, Christ ist erstanden. Aber das kleine Mädchen glaubte es wirklich, mit der ganzen Kraft seiner Freude.

Middleway, Kansas, war das in pastellfarbenes Seidenpapier eingeschlagene Päckchen, das Aurore Schicht um Schicht geöffnet hatte, um zum Schluß auf das grausige Geschenk einer unverlierbaren Erinnerung zu stoßen. Der kleine Kadaver war von Buch zu Buch mitgeschleppt worden und hatte sie bis hierher verfolgt, wie eine Todesdrohung. So hat er mich also wiedergefunden, sagte sie sich.

– »Um den Kessel dreht euch rund, werft das Gift in seinen Schlund«, tönte Babette plötzlich und fügte dann, ans Publikum gewandt, diese armen Frauen rund um den Tisch, triumphierend hinzu, wie man in einer begriffsstutzigen Runde seine Pointe plaziert: Macbeth, vierter Akt, erster Aufzug.

– »Spart am Werk nicht Fleiß noch Mühe, Feuer sprühe, Kessel glühe!« replizierte Lola in deutlichem Englisch, das die Heiserkeit ihrer Stimme dämpfte oder eher noch, das sie natürlicher zur Geltung brachte als das Französische.

Eine erstaunte Babette fragte sie, ob sie das Stück kenne.

– Ich hab' es gespielt, antwortete Lola.

– Lady Macbeth, tatsächlich? forschte Babette, als könne sie es nicht glauben.

– Es gibt nicht so viele andere Rollen für mich in dem

Stück, und die Erinnerung an die fünf Londoner Vorstellungen und die Kritiken, die den Vorhang hatten darüber fallenlassen, kam bitter in ihr hoch. Warum benutzte man sie für Rollen, für die sie nicht paßte, und warum nahm sie derartige Herausforderungen an? Der Saal war ein schwarzes Loch, dessen Anblick sie schwindlig machte. Sie zwang ihr Gedächtnis zu arbeiten, versuchte sich daran zu erinnern, was genau die Hexen in ihren Kessel warfen.

– Sumpf'ger Schlange Schweif und Kopf. Molchesaug' und Unkenzehe, antwortete Babette entzückt.

– Hundemaul, fügte Lola hinzu, und Hirn der Krähe.

– Eine Affenhand, versuchte Aurore.

– Wollt ihr nicht vielleicht auch eine Ratte? unterbrach Gloria lachend, daß ich meine mit dazu schmeiße!

Babette stieg ins Basement hinunter, um ihre Toilettensachen zu holen. Die Treppe, eine primitive Holzstiege, erzitterte unter ihren Füßen. Vor ihr gähnte ein schwarzes Loch. Sie tastete um sich, um den Schalter für die einzige Glühbirne zu finden, die das Zimmer beleuchtete, als hinter ihr Gloria brutal Licht machte. Die nackte, an ihrem Kabel hängende Birne strahlte eine derartige Helligkeit aus, daß Babette geblendet wurde und die Hand schützend vor ihre Augen hielt. Gloria rempelte sie ungeduldig an, daß sie beinahe fiel, ging zur Waschmaschine und öffnete die Trommel. Die Wäsche, zu lange geschleudert, war ein einziger Klumpen. Gloria schüttelte sie kräftig aus, um sie zu entknittern, bevor sie sie aufhängte. Babette betrachtete den Haufen feuchter Hemden des Filmvorführers. Er mochte vielleicht ein Feminist sein, aber das hinderte ihn offenbar nicht, sich weiter seine Wäsche von seiner Frau waschen zu lassen: Sie tut das doch gerne!
– Ich wasche, aber ich bügle nicht, die Falle, das ist die Bügelei, erklärte Gloria und warf die Hemden über die Leine.

WIDERLICH ist das, sagte Babette sich. Sie mußte

an ihren Wäschetrockner denken und die unendliche Sorgfalt, mit der sie zu Hause alle Gegenstände behandelte, und sie wurde wütend auf Glorias Brutalität, ihre Grobheit, ihre Schlampigkeit in allen Dingen, und das wiederum brachte sie auf das Plagiat: Ah! Das wird so was werden, ihr Buch, das der Computer ihr organisiert und ihr Textverarbeitungsprogramm ihr übersetzt! Mit all den aus dem lebenden Fleisch geschnittenen, geklauten Stellen, die nie zusammenwachsen würden. Diese Razzia, diese Plünderung war für sie das krasse Gegenteil dessen, was sie sich unter der langwierigen Entstehung eines Romans vorstellte, seinem Reifen, seiner bedächtigen, durchdachten Niederschrift, die man andauernd überprüfen und korrigieren mußte. Ein Buch, genauso apokalyptisch wie dieses Basement mit seiner nassen Wäsche, seinem Staub, seinem kaputten Spielzeug und seinen Sperrmüll-Möbeln ...

– ... und dein Digest, dein Remake, deine Zusammenfassung, dein DINGSDA eben, fragte sie, hast du eigentlich vor, das zu veröffentlichen?

– Natürlich, antwortete Gloria.

– Aber wie willst du dich denn aus der Tatsache rausreden, daß es eine Fälschung ist?

– Das ist keine Fälschung, sagte Gloria, sondern eine ÜBERSETZUNG.

– Übertreibst du da nicht ein bißchen?! brach es aus Babette heraus.

– Auf amerikanisch, sagte Gloria, schreibt man Aurore Amer Gloria Patter.

Babette mußte lächeln. Die Symmetrie zwischen den beiden Namen war ihr nie aufgefallen, obwohl auch nichts sonderlich Sinnvolles herauskam, wenn man Amer auf Patter legte. Sie dachte, Gloria mache Witze. Aber dann sah sie die andere ihr mit einem derart konzentrierten Haß gegenüberstehen, daß sie körperliche Angst empfand.

– Hör mal gut zu, sagte Gloria. Wenn du Dollars bräuchtest und ein großes Bündel davon auf der Straße liegen sähest, was würdest du dann tun? – Ich würde es nehmen, sagte Babette. – Und wenn du ganz dringend ein Auto bräuchtest und ein offenes finden würdest, in dem der Zündschlüssel steckt? – Würde ich es nehmen, sagte Babette. – Na also! Ich, ich brauche ein Buch, und ich nehme es mir.

Schon bedauerte Babette das Dollarbündel und das Auto. Denn ehrlich, wie sie war, hätte sie das Geld zurückgegeben und ebenso das Auto mit vollem Tank. Sie fragte sich, wie Gloria, die sich doch in den literarischen Sitten und Gebräuchen auskannte, auch nur eine Sekunde lang glauben konnte, ein Roman sei nichts anderes als ein Konglomerat vollgeschriebener und dann sich selbst überlassener Blätter, und ein Buch warte auf seinen Plagiator wie ein verlassenes Auto, in dem der Zündschlüssel steckte.

Und in diesem besonderen Fall konnte es sogar gut sein, daß Gloria sich über die zu erwartende Reaktion Aurore Amers täuschte. Ihr war oft aufgefallen, daß Leute, die wirken, als hätten sie sich von allem abgelöst, ihren Besitzinstinkt auf eine einzige Kleinigkeit konzentrierten, sich dann aber mit unglaublicher Beharrlichkeit genau daran festklammerten. Wenn sie eines Tages Wind von dem Skandal bekommen sollte, war Aurore Amer nicht die Frau, die Sache vor Gericht zu bringen und sie von irgendwelchen Anwälten verhandeln zu lassen; sie würde sich jedes Wort zurückholen, jedes Komma, sie würde sie höchstpersönlich dort nehmen, wo sie waren, und wenn sie dazu ihre beste Freundin aufschlitzen und ausweiden mußte.

Sie hatte das intuitiv während der Lesung gespürt, als Lola den Tod des Tiers vortrug. Sie hatte an dieser Stelle die Schriftstellerin beobachtet, um irgendein Anzeichen von Freude, den Schatten irgendeines Gefühls auf ihrem Gesicht zu entdecken. Und was sie erblickt hatte, war ziemlich entsetzlich gewesen. Blümchen-rühr-mich-nicht-an stand Wache, sie war am Ausgang der Worte postiert, sie fixierte den Mund der Schauspielerin mit einem von zurückgehaltenen Tränen glänzenden Blick, und ihre Lippen bewegten sich, als spräche sie den Text mit, um ihn, kaum war er vorgelesen, wieder zurückzunehmen, oder, schlimmer noch, als zählte sie jedes einzelne Wort mit, damit die Schauspielerin kein einziges verschlucke. Am Schluß der Lesung war Aurore Amer keine erfüllte Schriftstellerin, sondern ein erleichterter Juwelier, der sein Geschäft abschloß, nachdem er all seine Preziosen wieder im Safe verschlossen hatte.

– Das ist nicht dasselbe, sagte Babette.

– Was ist nicht dasselbe?

– Die Lust auf ein Buch, die Notwendigkeit eines

Buchs hat nichts mit der Situation eines materiellen Notfalls zu tun. Ein Buch, oder ebenso ein Gemälde, kann man sich nicht einfach NEHMEN. Das ist nicht nur mehr Diebstahl, das ist eine Vergewaltigung, und das weißt du auch ganz genau, du, die über den Selbstverlust vergewaltigter Frauen gearbeitet hat.
– Und ich, bin ich vielleicht keine vergewaltigte Frau, keine bestohlene, vernichtete, ohne irgendeine andere Zugehörigkeit als diese amerikanische Identität, die überhaupt nichts heißen will und in der nur du dich wiedererkennst! Ich will ein Buch, das meine Geburt statuiert, ich will ein Buch, das meine Kindheit erzählt, ich will ein Buch, das feststellt, daß ich jemand bin und irgendwo hingehöre.

Hier in diesem Keller war Gloria zu allem fähig. Es gab keine Grenzen mehr für sie, keine Schranken, keine Gesetze, keine Verhaltensregeln. Sie war aus sich selbst herausgetreten, machttrunken, unberührbar, auf dem Gipfel einer Leidenschaft, der nichts widerstehen kann und vor der alles zuschanden werden muß, alles sich flachlegt, alles zurückweicht. Babette mißtraute allen Metaphern, die Frauen über ihre Natur oder die Natur definieren, sie fand sie altmodisch und gefährlich, weil sie die Frauen mit Erdkräften assoziierten und dadurch ihre Fähigkeit zu rationellem Denken leugneten. Aber angesichts Glorias mußte sie an einen Tornado denken, einen Wirbelsturm, an ein Gewitter. Sie war wie eine vom Mond hervorgerufene Springflut, die aus den Tiefen des Ozeans kommt, die Flüsse stromaufwärts drückt, über die Ufer tritt und alles mit sich fortreißt. Babette hatte sich immer um Maß bemüht, zumindest um das eines Anscheins von Feminität, die einen vor allen Exzessen behütet. Sie raffte die Kleider zusammen, um sich mit ihnen zu schützen, als könne sie sich so gegen den Orkan an Gewalt wappnen oder ihn bannen, der sie nicht nur von seiten Glorias bedrohte, denn auch sie selbst war, wie die andere, eine mächtige Frau, die mit einer einzigen Handbewegung alle Regeln und Sitten außer Kraft setzen konnte. Allerdings bezweifelte sie, daß Gloria sie gewähren ließe. In ihrem lang eingespielten Duo besetzte sie immer den zweiten Platz, die Rolle im Hintergrund.

Gloria brauchte sich nur zu bücken, um mit vollen Händen all die Vorteile und das gute Gewissen greifen zu können, die ihr Status als Frau und Schwarze, als Demokratin und Antikolonialistin ihr verschaffte. Sie trat auf, und damit war schon alles gesagt. Wer hätte es gewagt, ihr zu widersprechen? Und das verschaffte ihr eine beträchtliche geistige Handlungsfreiheit, denn sie konnte mit gewissen Ideen jonglieren und gewisse Worte benutzen – um sie sogleich zu verdammen, natürlich –, die die allergrößte Empörung hervorgerufen hätten, wären sie im gleichen Kontext von irgend jemand anderem geäußert worden.

Babette erinnerte sich, wie Gloria für eine europäische Kongreßteilnehmerin gebürgt hatte, die sich nicht um die üblichen Vorsichtsmaßnahmen hatte scheren wollen, die verlangen, daß man zuallererst einmal seine korrekte Haltung und seine Zugehörigkeit zur einen reinen Lehre erklärt. Sie hatte lange und gefährlich mit dem Begriff eines WEIBLICHEN PRIMITIVISMUS geflirtet, der den feministischen Empfindungen der Teilnehmerinnen gegen den Strich ging. Ein erster Pfiff unterbrach ihre Rede. In diesem Moment ging Gloria auf die fassungslose Frau zu und teilte den Anwesenden mit: Ich, Gloria Patter, erkläre, als Frau eine Primitive zu sein und bekenne mich entsprechend auch zu meiner rassischen Primitivität. Ich bin in zweierlei Hinsicht eine Primitive: einmal als Frau und einmal als Afrikanerin. Und als vollkommen Primitive situiere ich mich am Ursprung der Welt und des Lebens. Donnernder Applaus. Aber die Kongreßteilnehmerin nahm das Wort »primitiv« aus der gedruckten Version ihres Vortrags heraus.

Mit Algerien, das sie auf dem afrikanischen Kontinent nicht recht einzuordnen wußte, sie verschob es eher in sein schwarzes Herz als an seine weiße Küste und in den Süden anstatt in den Norden, hatte Gloria Babette in eine schwierige Position manövriert. Indem sie ihr verweigerte, aus tiefstem Herzen zu sprechen, zwang sie sie auf die Allgemeinplätze, auf denen sie nach ihr und mit ihr die Gebote ihres antirassistischen Feminismus herunterbeten mußte. Solcherart zum Schweigen verdammt, was das Essentielle betraf, erstickte Babette, um so mehr, als die andere Waagschale, die ihr Leben im Gleichgewicht hielt, die des Fliegers, sich in die entgegengesetzte Richtung senkte, und Gloria und ihre ganze Bande, sie mochten sich spreizen, wie sie wollten, für zu leicht befand, sie waren FLIEGENSCHISS, in der gewählten Ausdrucksweise des Fliegers.

Babette fragte sich, warum sie sich bei ihrer Schwiegermutter so solidarisch mit Gloria fühlte und mit ihren Freundinnen und deren leicht erhitzten Köpfen – ... UND ÄRSCHEN, fügte der Flieger hinzu, der eine Menge zum Thema schlechtgefickter intellektueller Frauen zu sagen wußte – und warum sie es in Glorias Gegenwart nicht übers Herz brachte, ein französisches Algerien, mit dem es ohnehin vorbei war und das nichts für sie getan hatte, seinem tristen Schicksal zu überlassen. Warum vor allem versuchte sie weiterhin, Gloria zu überzeugen, die noch immer nicht kapiert hatte und nichts hören wollte?

– Ich geh' jetzt ins Bad, erklärte Gloria.

– Ich zuerst, antwortete Babette, ich bin ohnehin schon zu spät dran.

Wie oft waren sie nicht schon, wie an diesem Morgen, in Erwartung der Abreise, wie Duellanten vor dem Waschbecken des Badezimmers aufeinandergetroffen, wo sie jetzt nebeneinander standen und sich schminkten. Gloria versuchte, sich direkt vor den Spiegel zu stellen, weil sie die kleinere war, Babette bemühte sich, sie abzudrängen, weil sie kurzsichtig war, schob mit den Schultern, um näher ranzukommen, beleidigte ihr Spiegelbild. Haßte sie, aber welche? Die neben ihr stehende, deren Körperwärme sie beide spüren konnten, oder die im Spiegel, deren Lippen ihre hitzigen Sätze häßlich verzerrt hatten, oder jenes andere ich, das einen ansah und dessen Unglück man nicht wahrhaben wollte. Das Ganze endete damit, daß Babette plötzlich die Tränen in die Augen stiegen und sie gezwungen war, sich noch einmal zu schminken.

– Es hat Widerstandskämpfer gegeben in Algerien, erklärte Gloria von der ganzen Höhe ihrer Gewißheiten herab.

– Ich war damals ein junges Mädchen, antwortete Babette.

– Na und, da waren Kämpferinnen im Alter von sechzehn dabei.

– Terroristinnen, ja, lachte Babette hämisch, wodurch sie sich von Gloria in der Rolle der intoleranten Rassistin einschließen ließ, die sie doch unbedingt abwerfen wollte. Wasserträgerinnen, Bombenlegerinnen.

Wie sollte man denn nicht die ganze Welt hassen für diese zerstörte Jugend, diese Nullsumme von Kindheit, von der nichts übriggeblieben war, kein Stück Stoff, kein Spielzeug, kein Buch, um sich ihrer zu erinnern. Nichts. Nada. In den zwanzig immer wieder aufs Gramm abgewogenen Kilo persönlichen Gepäcks, das jeder Rücksiedler – wie sie dieses Wort haßte – mitnehmen durfte, war kein bißchen Platz für ihre persönlichen Erinnerungen gewesen; dagegen hatte man in letzter Sekunde entschieden, den Kochkessel für das Couscous mitzuschleppen. Er war zu ihrem Bündel geschlagen worden. Trotz ihrer Proteste hatte ihr Vater ihn an ihrem Koffer festgeschnallt. Nun, wo sie nichts mehr besaß, hatte sie sich in tiefer Bedrückung ein letztes Mal in ihrem Zimmer umgesehen, um es in ihrem Gedächtnis einzubrennen, hatte es mit den Händen betrachtet, die Sprünge des Fensterladens gespürt, als sie ihn schloß, sich die graue Farbe von den Wänden zwischen Finger und Nägel gerieben, sich dabei die Haut geschürft, um einen winzigen Schmerz mitzunehmen, einen weiteren, aber einen, der vom Duft des Feigenbaums imprägniert war, der gegen den Fensterladen wuchs, und dem der Lorbeerbäume im Hof.

Wenn sie bei ihrer Abreise die Illusion gehegt hatten, im Moment der Ankunft eine Heimat zu finden, so wurden sie schon beim Anlegen in Marseille ernüchtert. Dabei war es dasselbe Meer, derselbe Himmel, aber weiß Gott, es würde nie dasselbe Land sein. In der Verschachtelung der Häuser und Mietskasernen lag etwas Kümmerliches und Veraltetes, etwas Ranziges und Bitteres, etwas Hartherziges und Abstoßendes, das im Verhalten der Bevölkerung wiederkehrte, die sie als Fremde, als Bettler, als Aussätzige behandelte. Sie gehörten nicht zur selben Welt.

Sie mußte entdecken, daß sie keine Franzosen waren, daß sie sich zu einem Land bekannt hatten, von dem sie nur die Klischees kannten, ein blau-weiß-rotes Land, das nichts mit dem zu tun hatte, das sie jetzt betraten. Zu spät entdeckte sie, daß zwischen den Arabern und ihnen, wie hochaufragende Mauern aus Stolz, die Bilder einer Geschichte gestanden hatten, die es gar nicht gab. Sie hätten sich statt dessen, dachte sie jetzt, rund um eine geographische Tatsache zusammenfinden sollen, die sehr viel eindeutiger und greifbarer und deren Identität mit allen Sinnen zu fassen war: Es genügte, die Augen zu öffnen, die Nase, zu spüren, wie der Wüstenwind die Haut austrocknete oder im Gegenteil die feuchte Kälte des mediterranen Winters, der so lang anhält, daß man ganz steif wird, morgens mit gefrorenen Füßen auf den grün-weißen Steinfliesen der Küche.

Diesen denkwürdigen Sommer '62 über lernten sie Frankreich auf die harte Tour kennen, zunächst zwischen Marseille und Avignon, dann zwischen Avignon und Port-de-Bouc, wohin sie sich verirrt hatten. Port-de-Bouc schickte sie nach Toulouse zurück. Und von Toulouse aus fuhren sie nach Bordeaux, wo sie glaubten, den Ozean wie einen Freiheitsduft riechen zu können, aber es war nur der Mundgeruch der Stadt, der weiche Asphalt, die runtergezogenen Eisengitter vor den Geschäften und arrogante Hotelportiers. Sie hatten sich das Oriental ausgeguckt, nicht nur, weil es dicht am Bahnhof lag, auch aufgrund seines heruntergekommenen Aussehens, das für billige Preise bürgte. Seine Armseligkeit war seine beste Reklame. Hauptsache, es ist sauber … sagte die Großmutter. Es war aber nicht sauber, und die Frauen begannen erst einmal zu putzen, während die Männer einen Rundgang durch die Stadt unternahmen, um eine Zeitung zu kaufen. Babette erinnerte sich an gewendete Matratzen, an Laken, die geprüft und deren fragwürdige Stellen gewaschen wurden, an den geschrubbten Boden, den Staub, den man zwischen zwei Pappdeckeln zusammenkehrte, an die Zeitung, die als Kehrichtschaufel diente …

Es war Babette sofort klargeworden, daß sie auf keinen grünen Zweig kämen, solange sie in dieser kompakten Truppe zusammenblieben, vier Frauen, drei Männer, sieben Personen, die eine gemeinsame Unterkunft suchten, sieben, die ernährt werden mußten. Wäre sie allein gereist, hätte sie im Zug einen Platz gefunden. Ein sechzehnjähriges Mädchen mit Haaren bis auf die Schultern, einer schmalen Taille und großem

Busen findet immer einen Sitzplatz. Nachts hätte irgendein Mann ihr angeboten, sich langzulegen, während er im Korridor eine Zigarette rauchte und hätte sich ein paarmal über die Schulter nach ihr umgedreht, um sie zu betrachten. Sie hätte ihn zwischen halbgeschlossenen Wimpern hindurch angeblickt. Aber wann immer sie eine Tür öffnete, schleppte sie den Rattenschwanz einer schwitzenden, verzweifelten und runtergekommenen Familie hinter sich her, die sich in ihrem Rücken drängte und gleich versuchte, irgendwo die Koffer unterzubringen, die sie besser am Ende des Gangs hätten stehenlassen, aber die sie lärmend vor sich her schoben und mit sich zogen, aus lauter Angst, sie könnten ihr gestohlen werden.

Sie hätte so tun sollen, als wäre sie abhandengekommen und sie gleich in Marseille verlassen, einen Zug nach Paris nehmen und die Hoffnung auf Wind und Meer fahrenlassen. Sich die Nase zuhalten, wie wenn man ins Wasser springt, und mit geschlossenen Augen in ein feindseliges Frankreich eintauchen, das in allem den krassen Gegensatz des Landes darstellte, aus dem sie kamen. Ein wirkliches fremdes Land hätte ihr nicht den gleichen bitteren Geschmack auf der Zunge hinterlassen wie dieser irgendwie verwandte Boden, der sich plötzlich nicht mehr an die ehemaligen Familienbande erinnern konnte. Genauso wie die Mutter die Großmutter beschützte, wie die Großmutter sich um die kleine Schwester sorgte – Habt ihr die Kleine gesehen? –, kümmerte sie sich um den familieneigenen Couscous-Kessel. Sie konnte sich erinnern, daß das ebenso erniedrigend gewesen war, wie eine Klistierspritze vorzuzeigen, und daß sich die Brüder nacheinander geweigert hatten, den riesigen, bauchigen Gegenstand zu tragen. Babette hatte ihn wie einen Rucksack auf den Rücken geschnallt, um mit den freien Händen ihren Koffer tragen zu können und abwechselnd mit ihrer Mutter auch den der Großmutter.

Sie dachte, daß die Rücksiedlung ohne den Couscous-Kessel weniger hart gewesen wäre, ohne diese verzweifelte Hoffnung ihrer Mutter, eines Tages um ihn herum wieder ein Heim einzurichten. Sie hatte ihn unbedingt mitschleppen müssen, wilde Entschlossenheit im Blick und mit dem unbeugsamen Willen, in dieser Sache nicht nachzugeben: Ich verlasse Algerien, aber meinen Couscous-Kessel gebe ich nie und nimmer auf! Babette hatte ihn sich fügsam auf den Rücken geschnallt, um der Szene zuvorzukommen, die zwischen ihren Eltern kurz vor dem Ausbruch stand, den Tränen ihrer Großmutter und den Vorwürfen der Brüder. Sie hatte ihn auf ihren Schulterblättern festgeschnürt, weil sie ihre Mutter liebte und weil die ihn in gewisser Hinsicht ja selbst auch trug.

Es war in Port-de-Bouc, als der Schaffner ihnen voller Spott darlegte, daß sie in die falsche Richtung gefahren waren und daß die Reise auf diese Weise doppelt so lang dauern würde und doppelt so teuer wäre, daß Babettes Weltbild sich wandelte. Zum ersten Mal verstand sie, daß Kraft und Kompetenz nicht auf Seiten des Mannes und die Unzulänglichkeit nicht auf Seiten der Frauen lag. Sie hatte gesehen, wie ihr Vater, eingerahmt von ihren Brüdern, sich auf dem Bahnsteig in Marseille erkundigte und dann, da es in all dem Gedränge keinerlei Informationen gab, lange die anderen Reisenden befragte, die in die gleiche Richtung wollten, Freundschaften schloß, neue Hoffnung schöpfte. Im Zug hatte er ihnen die Route dargelegt, zu der ihm ein Reisender aus Mostaganem geraten hatte und die schon aufgrund des Wortes Mostaganem die alleinseligmachende Wahrheit sein mußte. Babette hatte sich die Aluminiumkarte angesehen, die am Ende des Waggons festgeschraubt war und festgestellt, daß Port-de-Bouc sich in einer Sackgasse befand und weitab von der Strecke Marseille–Bordeaux. Aber in diesem Moment besaßen das Wort und die Entscheidung ihres Vaters mehr Glaubwürdigkeit für sie als die Realität einer Landkarte.

Der alte Cohen mochte der kräftigste Kerl in seiner Straße gewesen sein, das unbestrittene Oberhaupt seiner Familie, aber den richtigen Zug nehmen konnte er nicht, er zog seine Familie, die sich jeder seiner Entscheidungen beugte, in eine absurde Irrfahrt hinein, von der die Zugreise nur die erste Etappe war. Er täuschte sich andauernd, aber mit seiner ganzen Autorität, ließ sich auf jedem seiner Bittgänge von den beiden Söhnen begleiten, die nach außen seinen Gesuchen mehr Gewicht verleihen und nach innen seine Niederlagen rechtfertigen sollten.

Mißtrauen begann in den Herzen der Frauen zu nisten. Aber ihr Schamgefühl hinderte sie daran, etwas zu sagen, und wäre es ihnen auch möglich gewesen, hätten sie doch nicht versucht, irgend etwas zu ändern, so sehr fürchteten sie, den Stolz des Vaters zu verletzten und ihn von dem Sockel zu stoßen, den sie selbst ihm errichtet hatten. Versagte er, trösteten sie ihn und jammerten über das Schicksal. Wir haben einfach kein Glück, sagten sie immer wieder. Nachdem sie es so lange mit spitzen Fingern und schmalen Lippen weggedrängt hatten, beherbergten sie nun das Unglück und bereiteten ihm ein weiches Ruhebett. Der ganze Familienkreis half mit, es zu mästen. Babette sah zu, wie es fetter und fetter wurde, eine stinkige alte Katze auf ihrem Federkissen. Abends kam jeder und fütterte es, einer mit einer verweigerten Anstellung, der andere mit einer schlechten Note, mit einem Mobylette-Unfall, mit einem neuralgischen Schmerz. Am Ende seiner Kräfte, vollgefressen, würgte das Unglück alles wieder raus, man achtete darauf, daß es wenigstens den Anteil des Vaters noch mal aufaß.

Gloria wußte das alles, Babette hatte es ihr oft voll wilder Verbitterung erzählt, aber sie hielt Babette jedesmal entgegen, daß das Exil ihr Glück gewesen war und daß ihr sozialer Aufstieg das Unglück einer exilierten Kindheit oder Jugend kompensierte. Wenn dir einer gesagt hätte, als du in Bordeaux ankamst, daß du dreißig Jahre später die Direktorin für internationale Verbindungen der Missing H. University wärst, hättest du dann nicht mit beiden Händen zugegriffen?

O ja, und wie sie zugegriffen hätte!

Gloria fügte noch ein weiteres Argument an, das dazu dienen sollte, Babette angesichts ihres persönlichen Erfolgs auch die algerische Unabhängigkeit akzeptieren zu lassen: Wäre Babette da unten in ihrem Loch geblieben, welche Chance hätte sie wohl gehabt, auf eine Universität zu kommen? Niemals hätte der alte Cohen zugelassen, daß seine Tochter auf eigene Faust nach Algier ginge. Im besten Falle wäre sie noch auf ein Internat gekommen, hätte ein Volksschullehrerinnen-Seminar besucht, und dann ...? Wäre sie mit einem Bekannten des Familienkreises verheiratet worden, irgendeinem Cohen Nummer zwei, ein paar Jahre jünger als ihr Vater und schon genauso tyrannisch.

Babette gab zu, daß Gloria in diesem Punkt recht hatte. Die Unabhängigkeit Algeriens hatte die Männer, die doppelt geschlagen waren, einmal in ihrer Heimat, dann in ihrer Familie, geknebelt und dadurch die Unabhängigkeit ihrer Töchter ermöglicht, zumindest derer, die die Gelegenheit ergriffen. Das einzige, was den Vätern und Brüdern noch blieb, war, das schwere sexuelle Mißtrauen auszuleben, das sie weiterhin gegenüber jedem weiblichen Familienmitglied hegten.

– Ich weiß, was du machst, wenn du ausgehst, hatte ihr, einige Monate vor ihrer Abreise nach Frankreich, ihr jüngerer Bruder an den Kopf geworfen.

– Was soll ich wohl machen? hatte sie entgegnet, überrascht, bei dem Jungen soviel bissige Anmaßung zu finden. Ich gehe ins Gymnasium, ich arbeite!

– Du arbeitest, von wegen! fuhr der Bruder mit sarkastischer Grimasse fort.

Einmal in Frankreich, konzentrierte die Hetzjagd auf das gefallene Mädchen sich auf die kleine Schwester, die, verwirrt und entzückt von der Fülle und Schönheit der Stadt, andauernd dabei erwischt wurde, nicht da zu sein, wo zu sein sie behauptete, immer verspätet heimkehrte, im Hausflur noch ihre restliche Schminke abwischte, oder die Pumps ihrer Mutter in der Einkaufstasche mitnahm, um ein wenig die Dame spielen zu können, während sie die Einkäufe erledigte. Hure! Die Brüder schrien ihr hinterher, versetzten ihr trockene Ohrfeigen, die Spuren hinterließen, zogen sie an den Haaren, drohten, sie aus dem Fenster zu werfen. Babette wußte, wie Männer Frauen schlagen; zunächst, da sie größer sind, auf den Schädel, den man zwischen die Schultern zieht, dann auf die Rippen und den Bauch, die man nicht deckt, weil man sein Gesicht schützt: Ich brech' dir das Nasenbein, dann woll'n wir mal sehen, ob du dich immer noch auf die Straße traust.

Das Unglück wetzte seine Krallen und furzte vor Vergnügen. Über Monate hinweg, die, die ihrem Tod vorausgingen, legten die Brüder ihre ganze Energie in die Überwachung der Kleinen. Anstatt sich Arbeit zu suchen, verfolgten sie sie durch die Straßen und fielen plötzlich über sie her, um sie zu erschrecken. Völlig verstört führte sie sie in ihren Fuchsbau, einen Monoprix-Supermarkt, wo sie sich einen Augenbrauenstift kaufte, oder in ein Kino, wo sie einen Liebesfilm ansah, anstatt im Gymnasium zu sein.

Babettes Kurzsichtigkeit, die sich seit ihrem Eintritt in die Universität so bedenklich verschärft hatte, daß man zeitweise um ihr Augenlicht fürchtete, beschützte sie vor der fixen Idee ihrer Brüder, die überzeugt waren, ihre Brille sei ein wirksames Antidot gegen jegliche Liebe. Die sexuelle Obsession, unter deren Fuchtel die kleine Schwester stand, wandelte sich bei Babette zu verächtlichem Spott gegen intellektuelle Brillenschlangen.

Antworte gar nicht, meinte die Mutter, die ihre Zeit damit verbrachte, die Schwäche der Männer zu behüten, Entschuldigungen für sie zu finden, ihr Versagen zu verbergen, ihren Alibis zu lauschen und, hatten sie keins, wieder das Unglück ins Spiel zu bringen. Antworte gar nicht, du bist brav, du bist lieb, du bist stark, weißt du. Um dann übergangslos anzuschließen, indem sie sie musterte: Mein Gott, mein Augenstern, werd mir nur nicht zu groß. Wie sollen wir denn einen Ehemann für dich finden? Sie wünschte mit aller Kraft, ihre Tochter werde ihr zartes Aussehen behalten: »Zartheit, dein Name ist Frau«. Zu viele Diplome, zu viele Titel, mein Schatz, zuviel Busen, zuviel Hüften. Geh mir nicht ohne Mantel raus, zieh einen Unterrock an, knöpf deine Weste zu.

Obwohl sie sich für grundverschieden von ihr hielt, liebte Babette ihre Mutter über alles. Sie war das einzige der Kinder gewesen, das ohne Widerworte den erniedrigenden und sperrigen Couscous-Kessel getragen hatte. Ihre Mutter kam aus einer anderen Welt und einer anderen Zeit, sie trällerte Lieder von Tino

Rossi und tanzte gerne. Tanzvergnügen, bei denen die Frauen sich in den Armen halten und einander mehr Zärtlichkeit geben, als irgendein Mann ihnen je zugesteht. Lust auf Tanz, Angst vor den Männern. Untergehakt spazierengehen und ... der vor dreihundert Jahren aus Spanien importierte Blick – zwischen halbgeschlossenen Wimpern über die Kante des Fächers, flüchtig, rasch – auf die Männer, zwischen Brust und Gürtel, auf den Magen, in Höhe des Westensaums, auf die Uhrkette. Nicht höher, aus Angst zu provozieren, nicht tiefer, aus Schamgefühl. Dagegen bestand man zu Hause darauf, daß die Kinder einem in die Augen sahen. Ihre Augen waren dunkel, glänzten fiebrig in bohrendem Wahrheitsdrang: Schau mich an, wenn du sprichst. Diese Intensität. Diese Aufmerksamkeit, jetzt ganz präsent, gleich wieder zurückgenommen. Mit den Menschen und Dingen in einer beständigen Vendetta lebend. Völlig das eine sein oder völlig das andere. Vom Lachen ins Weinen wechseln, von der Liebkosung zur Beschimpfung. Lieben, hassen.

Sie war schüchtern geworden. Sie traute sich nicht aus dem Haus. Sie betrachtete die Welt durch eine Scheibe hindurch, morgens durch die des Küchenfensters, abends die des Fernsehers. Sie bügelte den Männern die Hemden und schickte die kleine Schwester für sich zum Einkaufen. Sie war nicht in der Lage, mit den Augen auszusuchen, sie wagte nicht nachzufragen, sie hatte Angst, daß man ihr kein Rückgeld gäbe, und zählte sie es dann zu Hause nach, stellte sie fest, selbst wenn es gar nicht der Fall war, daß sie bestohlen worden war. Man hat mich bestohlen, sagte sie mit Tränen in den Augen, und selbst wenn sie mit Babette nachzählte und dabei eine übersehene Münze fand, weinte sie weiter. Als die kleine Schwester nicht mehr war und dann, als auch die Großmutter starb, mußte sie ganz alleine den Bus nehmen. Sie stand lange vorher an der Haltestelle, mit einem unter dem Kinn verknoteten Kopftuch, das Portemonnaie in die Hand gekrampft und wiederholte andauernd die Nummer des Tors, die Nummer der Allee, die Nummer des Grabs, die sie mit Kugelschreiber auf die Innenseite ihres Handgelenks geschrieben hatte.

– Mir wird langsam klar, bis zu welchem Punkt ich jüdisch bin, sagte Babette und sah Gloria dabei an, ganz gewiß nicht französisch, noch nicht einmal pied-noir. Jüdisch, wirklich jüdisch.

– Dann kannst du auch verstehen, daß ich mich afrikanisch fühle, sagte Gloria, jäh versöhnt.

Seit Gloria und Babette hoch ins Bad gegangen waren, hockte Lola Dhol zusammengesunken auf ihrem Schemel, das Gesicht hinter den Händen verborgen, als wolle sie nicht mitansehen, wie die Ratte in ihrem Behälter starb. Ihre Hände waren faltig, ihre Unterarme welk, und Aurore wurde sich bewußt, daß diese Frau, nur wenig älter als sie selbst, bereits eine alte Frau war.

Seit Tante Mimi, die ihr hohes Alter mit einer Hochfrisur und einem violetten Samthalsband geradezu herausstellte, war niemand, den Aurore kannte, stolz darauf gewesen zu altern, und seit die Frauen, mit denen sie zu tun hatte, die Angewohnheit besaßen, den Beginn des Altseins auf das nachfolgende Jahrzehnt zu verschieben, alterte überhaupt niemand mehr. Die Pensionierung, dieser Stilbruch, überraschte brillante Sechzigjährige mitten im Leben und auf der ganzen Höhe ihrer körperlichen und geistigen Fähigkeiten. Niemand klagte darüber zu altern. Man redete über Kürzertreten, Mangel an Energie, Urlaubsreife, im schlimmsten Fall eine chronische Krankheit und kämpfte gegen die stets verfrühte Weitsichtigkeit mit Augengymnastik an. Wo immer sie auch hinsah, war die Idee des Alterns kein Thema, war tabu. Dagegen hatte sie den Eindruck, vielleicht die Folge ihrer eigenen Veränderungen, daß um sie herum jedermann jünger wurde, und sie beglückwünschte die Leute zu ihrem gesunden Aussehen!

In all der Zeit ihrer Freundschaft zu Leila war der einzige, an dem die Zeit nicht spurlos vorüberging, Bobinette, denn angeblich zählt für Hunde ja jedes Jahr vierfach. Er war sehr dick geworden und schleppte, neben seinem Frauchen gehend, einen riesigen, in einen roten Wollmantel gezwängten Bauch mit sich herum. Zwei bläuliche Murmeln quollen aus seinen Augenhöhlen.

– Es ist schon verrückt, wie sehr ich an ihm hänge, sagte Leila und löffelte den Schaum ab, der sie daran hinderte, zu ihrem Cappuccino vorzudringen. Um ihn heute zum selben Preis zu kriegen, den ich für ihn bezahlt habe, müßte ich mindestens zehn Freier haben.

Aurore fragte sich, ob sie auf die Wertsteigerung des Hundes über die Jahre hinweg anspielte oder auf ihre eigene Wertminderung in ihrem Beruf.

– Ich werde nach Amerika fahren, hatte Aurore angekündigt, und zwar nach Middleway.

– Ich habe mal eine Fernsehserie gesehen, die da spielt, sagte Leila, *Die Frauen von Middleway* oder so ähnlich ...

Leila projizierte ihre eigene Furcht vor dem Älterwerden auf den Hund. Sie überwachte eine mögliche Nierenverfettung Bobinettes, die vergilbenden Zähne und vor allem seine sehr rasch weiß gewordene

Schnauze. Leila hatte die Schnauze ihres Hunds gefärbt, und die Haare rund ums Maul leuchteten in einem derart strahlenden Orangerot, daß es aussah, als würde er Feuer speien. Diesen einseitig übertriebenen Effekt hatte sie kompensiert, indem sie auch ein Haarbüschel zwischen den Ohren einfärbte: Ist es nicht schön, mein Baby! Und sie legte Aurore dar, daß es die Promenadenmischung war, die Bobinette zu einem so einzigartigen Wesen machte, denn wenn man einen Rassehund immer durch seinen Klon ersetzen kann, so war die Kombination, die Bobinette ergeben hatte, so nicht noch einmal möglich.

Sie nahm Rücksicht auf ihren Hund, als wäre das Altern letztlich nichts als Verschleiß. Seit langem schon trug sie Bobinette im Treppenhaus, um seine Wirbelsäule zu schonen. Kaum kam die Rede auf Gegenmittel für Freie Radikale, da wurden sie Bobinette noch vor der übrigen Menschheit verschrieben. Endlich einmal hatte sie die Möglichkeit, effizient gegen den natürlichen Niedergang aller Organe anzukämpfen, und so ließ sie ihn alle Vitamine dieser Welt schlucken, und da Aurore nach Amerika ging, beauftragte sie sie, ihr einen Vorrat von Melatonin mitzubringen, das dazu dienen sollte, die Zellen ihres Hundes von den heimtückischen Angriffen der Zeit zu reinigen.

Leila selbst hatte keine Probleme mit dem Älterwerden, sie akzeptierte, daß ihre Brüste zu hängen begannen, ihr Bauch heraustrat und dementsprechend ihre Knöchel extrem dünn wurden. Was willst du, du hast keine Wahl: Entweder kriegst du 'nen dicken Bauch und magere Beine, oder aber du kriegst Stampfer und dafür 'ne hohle Brust. In jedem Fall ist's für die Kerle immer noch gut genug. Es war nicht einmal sicher, ob sie angesichts ihres körperlichen Verfalls nicht sogar eine innere Genugtuung verspürte, eine Art Rache an den Männern, die sie betatscht, geküßt, geritten hatten. Sie würde sie bis zum bitteren Ende dafür bezahlen lassen, bis sie, wie in Alpträumen, in den Armen einer Leiche erwachen würden. Soweit war es allerdings noch nicht, dafür machte sie sie heiß, indem sie ihnen erzählte, unter ihrem geschwollenen Bauch verberge sich ein Fibrom von der Größe einer Grapefruit! Nur Bobinettes irgendwann zu erwartender Tod bedrohte dieses gefährliche Gleichgewicht.

– Ich schwör' dir, an dem Tag, an dem er nicht mehr sein wird, hatte Aurore versprochen, schenke ich dir einen anderen.

– Das ist nicht dasselbe.

Tränen in den Augen, wollte Leila nichts davon wissen.

Lola raffte sich auf, schöpfte tief Atem, wie ein Taucher, der die Wasseroberfläche durchbricht, erhob sich und trat ans Fenster: Ich fühle mich nicht gut. Heute morgen geht alles schief, ich bin nicht in Form. Aurore bot ihr eine Tasse Kaffee an. Lola lehnte ab, der Rum hatte ihr den Magen zusammengezogen. Aurore konnte hören, wie ihr Atem ging. Sie versuchte Luft zu holen,

tiefer und tiefer, und geriet in Panik, weil sie keine fand. Sie lehnte sich gegen das Fenster, und Aurore sah ihre langen Hände im Gegenlicht, die die Scheibe abtasteten. Sie versuchte hinauszukommen.
– Ist immer noch blockiert, sagte Aurore.
– Ich hatte Arbeit, als es mir gleichgültig war, sagte Lola, die Augen gegen das Fenster gerichtet, ich hab' Filme gemacht, als es mir auf die Nerven ging, Filme zu machen, und dann, als ich anfing zu verstehen, als ich anfing, Spaß zu haben, als ich verstand, daß eine Rolle darzustellen nicht nur heißt, sich das Gesicht ausleuchten zu lassen, drei groß geschriebene Worte von einem Zettel abzulesen und zwischen zwei Kreidestrichen hin- und herzugehen, als ich Lust bekam, selbst etwas beizusteuern, aus mir rauszugehen, jemand anders zu werden, kurz, eine Schauspielerin zu sein, da war Schluß und Ende.
– ... Ist dir das mal aufgefallen – sie trommelte auf die Scheibe –, es gibt keine Frauenrollen mehr im Kino. Nur noch Macker und Explosionen, Comic-Strip-Models, Transen ... Wie gerne würde ich jetzt drehen! sagte sie und drehte sich zu Aurore um. Was würde ich für eine schöne Rolle geben! Schreib mir eine schöne Rolle.

Im Schutz ihrer Romane hatte Aurore ihr das Gesicht gestohlen, um es ihren eigenen Gestalten zu geben. In zwei Geschichten mindestens war Lola die egoistische und schöne, junge und gemeine Mutter ihrer kleinen Heldinnen gewesen. In Lolas Mund hatte sie jene Worte gelegt: WIR MÜSSEN EIN ENDE

MACHEN. HÖR AUF RUMZUZAPPELN. ES IST FAST TOT. Und am Vortag, als Lola die Passage über den Tod des Tiers vorgelesen hatte, hatte Aurore auf ihren Mund gestarrt, als müsse er sich in den Mund ihrer Mutter verwandeln. Die Worte kamen blaß und tonlos zwischen den abgenutzten Lippen hervor, und der über alles geliebte Mund löste sich im Licht auf. Das Gesicht der Mutter war nicht erschienen.

Im Gegenlicht, mit angespanntem Körper, mit verkrampften Händen, war Lola sehr schön. Aurore mußte an die Inhaberin einer Kneipe denken, der sie in einem verlorenen Dorf irgendwo an einer Biegung des Amazonas begegnet war. Die Rolle hätte sie Lola gern auf der Stelle gegeben. Sie beschrieb sie ihr als eine tropische Ava Gardner mit einem schönen, unter dem Lippenstift verwüsteten Mund, runzligen Lidern über einem glühenden Peruanerinnen-Blick ... Sie war gealtert, eine Alkoholikerin, mit Drogen vollgepumpt, eine Lügnerin und Geschichtenerzählerin, sie schauspielerte und war fies, aber sie brachte sie alle um den Verstand. Sie zeigte sich in Shorts auf dem Balkon und zerquetschte Moskitos auf ihren Schenkeln, die nie schön gewesen waren. Die Männer gingen mit steifem Nacken und glasigem Blick an ihrem Estanco vorüber. Sie war das einzige Lustobjekt in fünfhundert Kilometer Umkreis ... Und sie wußte es und ...

– Keine Alte, Alkoholikerin und Süchtige, schnitt Lola sie ärgerlich ab, solchen Scheiß bietet man mir jeden Tag an! Nein, eine schöne Rolle ...

Sie war wie ein kleines Mädchen, das eine Fee oder

Prinzessin spielen will, um sich in einem schönen Kleid zeigen zu können. Sie war wie diese puppenhaften Stars, die sich nicht trauen, ihre eingebildeten Vorstellungen von sich selbst aufzubrechen, und vor allem zurückscheuen, was ihr Image verändern könnte. Um sie von einer Rolle zu überzeugen, hätte man das Treatment mit schwülstigen Adjektiven spicken und nach jeder negativen Anweisung ein WUNDERSCHÖN, SEHR ELEGANT, VOLLER CHARME, EINSAME KLASSE, ATEMBERAUBENDES AUSSEHEN hinzufügen müssen. Aurore hätte ihr die Geschichte von der peruanischen Ava Gardner mit lauter veränderten Adjektiven servieren müssen, dann hätte Lola nur ein Märchen voller Sehnsucht und Liebe darin erblickt. Wie sollte man ihr verständlich machen, so wie dem Leser, der ja auch die Schönheit liebt, daß häßlich nicht gleich häßlich ist und schön nicht immer schön bedeutet und daß es indirekte Wege gab, viel subtilere Möglichkeiten, um dasselbe auszudrücken, ohne es zu sagen? Aurore blieb mit ihrer Geschichte von der Ava Gardner von Caballo-Cocha auf der Seele sitzen und war plötzlich ärgerlich, sie verraten und damit sich selbst offenbart zu haben.

Lola predigte in eigener Sache und versicherte, man könne auch mit fünfzig und darüber hinaus noch schön sein. Dieses »darüber hinaus« war schon genial. Sie hatte etappenweise vorgehen müssen, um ihr Alter nennen zu können. Sie brachte es nicht über sich, zuzugeben, was Aurore sah und das Publikum wußte. Wenn ich so bin, wie ich bin, fuhr Lola fort, dann nicht, weil ich alt, sondern weil ich traurig bin. Die ganzen ungeweinten Tränen treiben das Gesicht auf. Dieses ganze salzige Wasser um die Augen, das mir in der Nase zwickt, nach innen läuft.

Wenn ich nur ein bißchen glücklich wäre, einen einzigen Grund zur Freude hätte, wenn man mir eine schöne Rolle fände, dann würde das alles trocknen, weißt du. Ich erinnere mich noch, früher, wenn ich über die Stränge schlug, wenn ich trank, mich gehenließ, da genügte es, daß ich zwei Wochen vor den Dreharbeiten die Schraube etwas fester anzog, bißchen Diät, bißchen Sport und – sie schnippte mit den Fingern – schon war ich wieder schön wie eine Göttin!

Aurore dachte an all die Rollen, die sie gespielt, an den endlosen Reigen der Frauen, denen sie ihre Stimme geliehen, an die Schicksale, die sich in ihr verkörpert hatten, an ihr Gesicht, das nunmehr zu dem von historischen- und Romanfiguren geworden war. Ihre Rollen hatten sie ebensowenig gezeichnet, wie die auf die Leinwand geworfenen Bilder sich in die weiße Projektionsfläche des Kinos einbrennen. Und auch wenn sie in den Herzen der Zuschauer immer weiterwuchsen, lehnte Lola es ebensosehr ab, für die Gefühle, die sie hervorgerufen hatte, einzustehen wie die leere, breite Leinwand, über die die Bilder gezuckt waren. Aber nach und nach hatten all diese Gesichter, die ihr Gesicht gebar, die Gesichter, denen sie ihr Grübchen, ihren Schönheitsfleck geliehen hatte, ihr alles genommen. Stiehl mir nicht mein Gesicht, sagten Aurore die Frauen, die sie in Afrika hatte photographieren wollen. Stiehl mir nicht meine Seele! So daß sie schließlich nie mehr einen Photoapparat mit zu den locations genommen hatte. Lolas Gesicht hatte man gestohlen. Es ruhte unvergessen auf dem Grund der Herzen, aber sie selbst, sie hatte es verloren. Alle großen Schauspielerinnen verlieren den Boden unter den Füßen und werden wie Lola nur wieder in der Krankheit sichtbar, von der man dann sagt, sie habe sie gezeichnet. Die Krankheit stand in ihrem Gesicht, eindeutig und tragisch und ohne irgendwie künstlich vertuscht zu werden.

Und Aurore mußte an die Schriftsteller denken, die ganz ähnlich wie Schauspieler ihren Figuren nicht zuviel Eigenes mitgeben dürfen, auf die Gefahr hin, selbst zu verarmen. Sie sann über die tiefe Müdigkeit nach, in die das Schreiben einen stürzte, an die Erschöpfung, wenn es dann endlich fertig war. Man kann einfach nicht so oft gebären, ohne zu sterben, sagte sie sich, und plötzlich wußte sie, daß sie sich in die Gestalt der Ava Gardner vom Amazonas verliebt hatte und daß sie, um sich durch den Roman wie zu der Flußbiegung hinauf zu schlagen, zu der Hure von Caballo-Cocha zurückkehren würde. Das endlose Duell, bei dem man sich gebannt Auge in Auge gegenüberstand, hatte begonnen. Lola hatte recht, das war keine Arbeit für einen Schauspieler, sondern für einen Schriftsteller. Aber in Gedanken hatte Aurore bereits das Wort Arbeit durch das Wort Rolle ersetzt. Sie sagte: Das ist eine Rolle für mich.

... Das Kino liebte die Frauen nicht mehr. Lola fing

wieder an mit ihrer Litanei: – Ich würde zu gerne wissen, was aus den ganzen Mädels meiner Generation geworden ist, sofern sie nicht UNICEF-Botschafterinnen sind?
– Sie sind am Theater, glaube ich, antwortete Aurore.
– Ach! Das Theater, immer das Theater, stöhnte Lola.

Im selben Alter war ihre Mutter sehr viel schöner gewesen als sie. Sie war gewachsen und im Feuer gehärtet. Sie hatte sich entstofflicht und verklärt. Dieses Aussehen würde sie jetzt bis zu ihrem Tod behalten. Selbst blind würde sie die Tiefe der Bühne auf den Zentimeter genau kennen. Selbst gelähmt würde sie noch die Geste andeuten können, die alles zum Leben erweckte. Nach und nach würde sie im Bühnenboden versinken. Welle auf Welle würde der Vorhang sie irgendwann völlig bedecken, doch was immer bleiben würde, wäre ihr Gesicht mit den Zügen einer steinernen Maske und das Loch ihres Mundes, aus dem die Stimme des Souffleurs tönte.

Als sie die Nora wieder übernahm, hatte ihre Mutter ihr nur gesagt, sie habe unrecht, ein Opfer aus ihr zu machen. Lola versuchte, die Worte zusammenzukriegen, die ihr mit einem Schlag des Wesen ihrer Mutter erhellt hatten: »Das ist eine Frau, die tut, was sie will, und zwar in einer Männerwelt und gegen die Männer.« Sie fragte sich, inwieweit dieser Rat nicht über den Rahmen des simplen Theaterspielens hinausging und als Lebensphilosophie einer ganzen Existenz diente, der einer erfüllten und brillanten Frau, zu einem Leben der Ordnung und Pflichterfüllung verurteilt durch die Heirat mit einem verträumten, schweigsamen, sehr viel älteren Mann, der sich niemals für etwas anderes als das Theater interessiert und der sein ganzes privates und berufliches Leben nur auf das Publikum orientiert hatte, vor dem er sich jeden Abend verneigte. Er hatte seine junge Frau wie ein Zirkuspferd an der Longe gehalten und sie jeden Abend, mit Worten geschmückt, ihren Kreis durch die Manege drehen lassen, obwohl sie, das war sicher, liebend gerne zum Film geflohen wäre.

Der Film war nichts Ernsthaftes. Vielleicht noch für den Regisseur, die Produzenten, den Kameramann, aber nicht für die Schauspieler und ganz gewiß nicht für Lola. Sie hatte nicht das Gefühl, einen wirklichen Beruf auszuüben, sondern in eine Kindheit zurückzukehren, die sie nie gekannt hatte und in der man sich Geschichten erzählt und mit verteilten Rollen spielt.

Aus neun von zehn Fällen wurde nichts, und das Projekt kühlte langsam ab. Mangels des nötigen Enthusiasmus versickerten die Sachen regelmäßig. Wenn sie dann endlich drehte, dauerte die Feststimmung zehn Tage, danach begann sie, sich zu Tode zu langweilen. Also fing sie eine Affäre an, um sich die Zeit zu vertreiben. Jeder hatte seine Nervenkrise, aber dann kam alles wieder in Ordnung, die Verträge verlangten es so, und das Geld, das diese Geschichten kosteten, war letztlich wichtiger als alle Gefühligkeiten einschließlich Liebe und Verrat. Sie fuhr ein Wochenende in die Schweiz zum Abtreiben und kehrte dann zurück, trockenen Mundes vom Fieber und mit blutendem Unterleib, um eine Szene nachzudrehen.

Damals spielte sie in den Filmen des Franzosen. Sie liebte ihn nicht mehr. Sie betrog ihn überall, bei jeder Gelegenheit, auch auf den Sets mit den Schauspielern, Tonanglern, Elektrikern. Sie betrog ihn vor seinen eigenen Augen, in seinem eigenen Kopf, in der schwarzen Kammer im Herzen der Kamera, sie betrog ihn noch im Innern seines Auges, das nichts sah, zumindest glaubte sie das, bis er für das Kinoplakat die Silhouette eines Paars auswählte, die sie mit einem kurzzeitigen Lover auf ein weißes Tuch projiziert hatte, hinter dem sie sich versteckten. Auf Tausenden von Mauern breiteten sich die Schatten ihrer umschlungenen Körper aus, unförmig und riesenhaft. Nachdem er sie solcherart an den Pranger gestellt hatte, ging er daran, sie von allen Leinwänden verschwinden zu lassen.

Bei Lichte besehen war Lola nie eine Schauspielerin gewesen. Sie hatte die ästhetische Phantasie des Franzosen verkörpert. Er hatte sie gemacht. Um zu spielen, mußte sie sich nur vor ihn hinstellen und den Widerschein seiner Träume aufnehmen, seine Gefühle einfangen. In *Bella* absorbierte Lola Dhols Gesicht das Licht, hatte der Franzose in seinen Memoiren erklärt. Ein Gesicht, auf dem sich irgend etwas abspielt, wird nie das Licht absorbieren, ein Gesicht, das irgend etwas Eigenes ist, wird niemals etwas anderes abstrahlen als sich selbst.

Was die Leere betrifft, so war sie offenbar wirklich talentiert. Ich rief ihr zu: Mach nichts, mach um Himmels willen nichts, denk an nichts, schau nichts an. Dein Halbprofil, das ist alles, was ich brauche! Ihre Arbeit bestand darin, ganz in einer Luftblase aufzugehen und sich in einem Tautropfen zu sammeln.

Die ganzen Dreharbeiten zur *Leserin* durchlebte sie unter dem Eindruck, nichts weiter als ein kristallener Pfropfen zu sein. Bei jeder Klappe gab der Franzose ihr einen neuen Text, damit sie ihn beim ersten Kontakt nicht verstand und nichts, was sie las, ihren Gesichtsausdruck beeinflußte. Wenn man sieht, daß du verstehst, wird man dem Text folgen, den du liest, andernfalls aber wird man dein Gesicht ansehen und in deinem Gesicht deine Augenlider. Und das wird ein paar Zuschauer dazu bringen, sich undeutlich an Raffaels *Heilige Anna* zu erinnern, und andere, die Raffael nicht kennen, werden einen Eindruck reinster Schönheit davontragen, genau wie die, die irgendwann Raffael entdeckt haben, obwohl sie eigentlich nur die heilige Anna hatten sehen wollen! Du verstehst mich nicht, macht nichts, was ich auf der Leinwand will, ist, daß man Raffael entdeckt, daß man den Eindruck absoluter Schönheit verspürt, nicht daß man irgendeinem Autor X zuhört, der vor Häme aus allen Nähten platzt!

Als ich dann mit Regisseuren gedreht habe, die nicht wußten, was sie wollten, sich aber wünschten, ich solle zugleich die Leserin und Bella sein, damit sie sich ein bißchen wie der Franzose fühlen konnten, da kam es zur Katastrophe. Mir war es einerlei, sagte sie. Ich hab' alles in den Wind geschossen, mein Leben und meine Karriere gleich mit.

Einmal, an einem Tag voller Sonnenschein, Sommer und Champagner, hatte sie erklärt, sie liebe nichts so sehr, wie zu lachen. Mehrere Jahre später und in der tiefsten Depression hatte sie dann wie ein Echo, das die Druckerschwärze zusätzlich verdunkelte, gelesen: »Lola Dhol lacht gerne Tränen.« Sie dachte über dieses Wort nach. Sie sah ihre Falten und die Tränen, die ihr aus den Augenwinkeln traten, und die Tränen, die in ihren Falten hinabliefen. Ich lache Tränen, sagte sie sich, so war das nicht gemeint.

Aurore erinnerte sich an die Bekenntnisse Martine Carols am Ende ihrer Karriere. Sie antwortete mit großer Ehrlichkeit auf wenig liebenswürdige Fragen und legte bei ihrem mea culpa einen rührenden guten Willen an den Tag, wenn sie sagte, sie habe sich getäuscht, sie sei keine gute Schauspielerin gewesen, man habe sie schlecht beraten, aber diesmal würde sie es besser machen. Das Schwarzweißbild akzentuierte die gedunsenen Züge, die dicke Schminke und die schweren Brüste. Die Traurigkeit auf dem Grund der Kohlenaugen dieser falschen Blondine verriet, wie abgehalftert sie sich wirklich fühlte. Sie hätte eine Sekunde lang den Mund halten müssen, die Kamera hätte eine Sekunde lang auf diese Augen zoomen müssen, die allen Zukunftsprojekten hohnsprachen, damit man sie genau so sah, wie sie in ihrer Badewanne enden würde, mit Schaum, Champagner und Barbituraten. Oh, oder die abgründige Verlorenheit in den Augen Marilyns am Rande eines Swimmingpools! Dieses unstillbare Kinderleid im düsteren Blick, dieses wie eine Taube auf ihrer Hand ruhende Gesicht, ihr abschiedsbereites Gesicht. Momentaufnahme? Nein, ein Auffliegen. Die Photos waren nach ihrem Tod erschienen und offenbarten alles, was sie nicht mehr verbergen konnte. Lola hatte das gleiche Gesicht.

– Ich wollte es vor den beiden andern nicht sagen, aber momentan habe ich keine Ahnung, wo ich hinsoll, niemand wartet auf mich, kein Projekt. Ich habe keinen Mann, kein Kind, keine Arbeit, kein Geld, kein Haus und nicht mal eine Heimat. Ich bin der einsamste Mensch auf Erden. Sie trommelte gegen die Scheibe: der allereinsamste auf Erden.
– Bleib doch hier, sagte Aurore zu ihr und wurde sich klar, daß sie sie duzte, und laß die Dinge ein wenig auf dich zukommen. Ich werde selbst vielleicht auch bleiben, fügte sie hinzu, falls der Zoo mich anstellt.
– Aber hast du jemanden?
– Ich weiß nicht, ob man das jemanden nennen kann.

Zuerst hatte er ihr nicht gefallen. Er hockte vierschrötig hinter seinem Schreibtisch, wollte ihr klarmachen, daß sie störte, und strafte sie dann mit der langen moralinsauren Predigt, die er den Schulkindern hielt, bevor sie den Affenkäfig betraten. Er hatte eine Gummitüre einbauen lassen wollen, auf die die Umrisse der Gorillas, Orang-Utans und Schimpansen gezeichnet waren. Auf diese Weise hätte der eintretende Mensch seine Silhouette mit der der übrigen Humanoiden vergleichen können, etwas kleiner als ein Gorilla, in etwa dem Orang-Utan gleichend und im Falle eines Kindes von exakt der Größe eines Schimpansen. Es besteht so wenig Unterschied zwischen ihnen und uns, sagte der Konservator des Zoos. Und schloß an, sie direkt ins Auge fassend, um sie zu provozieren: Wir sind von derselben Art.

Er hatte die Gitter abschaffen lassen. Die Affen, die einen Namen, einen Stammbaum und eine Geschichte hatten, lebten hinter Glas, doch niemand, abgesehen von ihren Erziehern, hatte das Recht, sie zu berühren. Aurore sagte sich, daß die Lebensumstände der Affen sich seit ihrer Kindheit ziemlich verändert hatten, seit ihre Mutter ihr eines Morgens Délice mitgebracht hatte, deren Mutter von Jägern eingefangen und gleich von Dorfbewohnern getötet worden war. Eine Frau säugte sie. Später hatte Aurore an den Brüsten der Frauen auch Ferkel gesehen, die am Leben gehalten, gemästet und dann verspeist wurden. Sie war Lichtjahre von diesem Konservator des Zoos entfernt, den es nicht schockiert hätte, daß eine Frau, ein menschliches Wesen, einem Affen die Brust gibt, wohl aber, daß die Not dann ebendiese Frau zwang, zu verspeisen, was sie zuvor ernährt hatte. Aurores Mutter hatte Délice gerettet, indem sie sie zu dem Preis erstand, den sie wert war: dem eines Kilos Fleisch.

Sie würde sie aber ohnehin nicht sehen können, es war der Papier-Basteltag der Schimpansen, und ausschließlich Wissenschaftler waren an diesem Tag zugelassen. Er breitete auf dem Tisch vor ihr die Akten der Affen aus und telefonierte dann unwillig, um nachzufragen, ob Mabel während ihrer Pause besucht werden könne: – Das ist ein kleines Mädchen, das wir vom Zoo in Alabama erhalten haben. Aurore sagte, sie wolle nicht stören, sie hatte lediglich geglaubt, es wäre ihr hier möglich, den Zauber ihrer Kindheit wiederzufinden, als sie Délice das erste Mal im Arm gehalten hatte. Die Erinnerung an Délice überlebte alle anderen. Sie überdeckte selbst die an ihre Mutter. Und sie kehrte in diesem Büro mit einer solchen Intensität wieder, daß sie weder Mabel sehen wollte, noch sonst irgendeinen Schimpansen, um diese Empfindung zu bewahren, das verlorene und wiedergefundene Gefühl des kleinen geschwollenen Bauchs unter den schwarzen Haaren, der so langen und schmalen Hände, des kleinen, einem Rosenblatt gleichenden Gesichts: Délice war entzückend.

Jetzt, als er bemerkte, daß sie drauf und dran war davonzulaufen, packten den Konservator Gewissensbisse. Falls Aurore ein paar Wochen länger bliebe, würde er sie in ihrer Eigenschaft als Schriftstellerin in das Programm »Eine Sprache für die Schimpansen« einbauen. Sie müsse am nächsten Tag abreisen. – Haben Sie Verpflichtungen? fragte er sie. – Nein, antwortete sie. – Nun also? Er stand auf, nahm seinen Hut. Es war ein beiger Hut aus Grobleinen mit einem Leopardenschwanz anstelle des Hutbandes. Wie sollte man einen Typen ernst nehmen, der einen Leopardenschwanz um den Hut trägt und als Indiana Jones verkleidet durch seinen Zoo rennt? Ich werde Sie führen, sagte er, ihr die Tür aufhaltend.

– Gogo-del-sol, Sonnenkehle, sagte sie vor einem Käfig, in dem Affen herumturnten, die so gewöhnlich waren, daß sie ohne weitere Erklärung der Betrachtung der Besucher überlassen wurden.

– Das wissen Sie! sagte er ihr mit bewunderndem Gesichtsausdruck. In der Tat, das wußte sie, und sie kannte auch baba-de-moça, Mädelspucke, Worte so süß wie Bonbons, so saftig wie Früchte. Und die hier? fragte er sie vor einer kleinen Affenart von kaum dreißig Zentimetern mit roten Haarbüscheln an beiden Schläfen. – Pinseläffchen vielleicht? – Nein, sagte er, das sind Marmosets und sprach den Namen französisch aus, Marmousets. Aurore wußte nicht, daß das Wort sich auf Affen bezog, sie hatte in Erinnerung, daß es ein altertümlicher Begriff für kleine Jungs sei, für Marmots.

– Das sind Krallenäffchen, präzisierte der Konservator und erklärte ihr, daß man ihre Reproduktionsweise in seinem Zoo studiert habe. Ein Marmoset wird nur geboren, wenn er drei Generationen weiblicher Marmosetten hinter sich hat, das heißt, sein heranwachsendes Mütterchen, seine junge Großmutter sowie die effiziente Urgroßmutter. Fehlt ein einziges Weibchen in der Kette, gibt es keinen Marmoset. Das junge Weibchen kommt mit seiner mütterlichen Aufgabe nicht ohne die Hilfe seiner Mutter zurecht, die wiederum von ihrer eigenen Mutter behütet werden muß. Drei Generationen von Weibchen und keine weniger, um das komplizierte Projekt der Fortpflanzung am Laufen zu halten. Drei Generationen müssen Gewehr bei Fuß stehen, damit eine Kreatur von fünf Zentimetern Größe, bedeckt von einem rötlichen Flaum, ins Leben treten kann.

Seiner Ansicht nach sollten die Frauen sich davon eine Scheibe abschneiden. Er entschuldigte sich, sie so schlecht empfangen zu haben, aber nicht nur sei sie ihm vom Fachbereich der *feminine studies* empfohlen worden, außerdem habe er auch die Nase voll davon, aus ganz Amerika Frauen aufmarschieren zu sehen, die sich nach einem Kind sehnten und unter dem Vorwand irgendwelcher Forschungen lediglich ein Gorilla- oder Schimpansenbaby im Arm halten wollten. Sie scheuten weder vor dem sterilisierten Overall zurück, den man sie anzuziehen zwang, noch davor, eine ganze Nacht lang beim Werfen der Tiere auszuharren. Er stellte sie nebeneinander vor die Gebärkäfige, wo sie minutenweise alle ihre Beobachtungen zu notieren hatten. Wenn das Weibchen dann endlich geworfen hatte und ihr Kleines säuberte, schluchzten diese Frauen, die sich kaum vorstellen konnten, ein eigenes Kind zu gebären, vor Gefühligkeit auf.

Für die wirklich schweren Fälle hatte er sogar Nursing-Stunden organisiert, während derer die Frauen in ihren sterilen Blusen, Stiefeln, Masken und Kopfbedeckungen auf allen vieren herumkrabbelten und die Affenbabies auf dem Rücken trugen. Sie taten dann das, wozu die Mütter keine Lust mehr hatten. Er nannte das Rückerziehungskurse zum Leben auf freier

Wildbahn. War das Baby dann etwas größer, befahl er ihnen, sich an Ringe und Autoreifen zu hängen, um den Kleinen beizubringen, wie man durch die Bäume springt.

Die Welt steht auf dem Kopf, sagte sich Aurore. Die Soldaten machen keinen Krieg mehr, sondern sind Friedenstruppen, die Bullen stecken die Leute nicht mehr ins Gefängnis, sie treffen vorbeugende Maßnahmen, und hier sind die Zoowärter zu Konservatoren geworden. Sie dachte an ihre ersten Probeaufnahmen, die sich alle um Tierfänge drehten, zwanzig Jahre danach bestellte man die Kamerateams, um die Tiere wieder in der Wildnis auszusetzen. Heutzutage dienten die Zoos zur Wiederbevölkerung des Urwalds.

– Baba-de-moça, sagte er ihr mit zärtlichem Blick.

Er hatte ihren Arm genommen. Jetzt werd' ich Ihnen die Krankenstation zeigen. Sie bestiegen seinen offenen Range Rover und fuhren ans andere Ende des Zoos zu abseits stehenden Gebäuden. Er öffnete eine Tür, und kaum waren sie eingetreten, erscholl ein vielstimmiges Klagen, gefolgt von einem Schrei der Hoffnung, als die Kranken den Konservator wiedererkannten. Vom Boden bis zur Decke ein an- und abschwellender Chor aus Liebesgeturtel, Aufschreien ungeduldiger Zärtlichkeit, ekstatischen Seufzern. Der Konservator schob eine Hand zwischen die Gitterstäbe, streichelte hier einen Bauch, dort einen Kopf. Jedes einzelne Tier rief ihn heran, damit er es berühre.

Der Zoo hatte zwei Gesichter, eine äußere, dem Tag zugewandte Seite, wo die Tiere hinter den Gittern sich gleichmütig vor den menschlichen Blicken flüchteten, und eine innere, eine Nachtseite, wo die Tiere redeten. Im Schatten der Krankenstation gaben sie ihrer Rastlosigkeit laut, die nicht nur Hunger war oder Fluchtgedanke oder Lust, sich zu paaren, sondern etwas Dringlicheres, Gebieterischeres, ein Verlangen nach Liebe, ohne das man stirbt. Er besitzt eine Gabe, sagte sich Aurore, eine vollkommene und großartige Gabe, und die Tiere wissen das. Sie wohnte einer kollektiven Anbetung bei. Die Tiere schrien vor Liebe, und sie fühlte sich besser, eingekapselt wie sie war in ihrer Sehnsucht nach diesem Mann und ihrer Liebe zu diesen Tieren.

– Haben Sie schon einmal ein Nashorn aus der Nähe gesehen?

Sie schüttelte den Kopf, das war eine unerträgliche Lücke in ihrem Leben.

– Dann kommen Sie, sagte er, und sie bestiegen wieder den Range Rover und fuhren zu der riesigen Höhle, in der die großen Wiederkäuer ruhten.

Der Zoo war weitläufiger, als Aurore angenommen hatte, und die Fahrt länger. Als sie an einem Teich vorüberfuhren, an dessen Ufer Krokodile und Schildkröten sich inmitten von Amazonas-Silberreihern sonnten, erzählte er ihr, daß er seine Mutter nach ihrem Tod habe einäschern lassen und ihre Asche hier verstreut hatte. Manchmal kam er zum Beten her, weil die Sonne dort unterging, er deutete mit dem Finger in Richtung Arkansas, jenseits einer von Büffelgras bewachsenen Prärie.

Sie betraten ein riesiges, bunkerartiges Gebäude durch einen den Blicken verborgenen Gang. Kaum war die Tür geschlossen, tauchten sie in einen intensiven Urinduft ein: ein starker, nachhaltiger Geruch, der sich in Wellen fortsetzte, als würde die Nase nacheinander Echos des Duftes aufnehmen, der sich in verschiedene Nuancen unterteilte. Sie erkannte das dominante Heuaroma, in dem der schweflige Geruch nach Kohl und Rüben mitschwang, die die hauptsächliche Nahrung bildeten, aber die Tiere trugen auf ihrer Haut, in ihren Bäuchen noch weitere, von fern herkommende Geruchsspuren mit sich, von exotischen Rinden, dem konzentrierten Duft der Sträucher, Kaktussäften, Harzen von Dornbüschen. Und in kurzen Zügen atmete Aurore den süßlich veilchenduftenden Spermageruch ein.

Das Rhinozeros, das sich im Profil gegen die Rückwand abzeichnete, wirkte wie ein ungeheures Gemälde. Jetzt nicht mehr bewegen, sagte der Konservator und schnalzte mit der Zunge. Es war, als löste ein Erdbeben den größten Felsbrocken aus der Wand und ließ ihn bis vor ihre Füße rollen. Der Schatten hatte sich aus der Dunkelheit geschält und war bis zu ihren Füßen geglitten. So dicht bei ihm und in der Gewißheit, verschlungen zu werden wie die jungen Mädchen im weißen Kleid, die man in den Mäandern eines Labyrinths einem gehörnten Ungeheuer zum Fraß vorwirft, bebte sie wie dürres Geäst, zitterte wie Espenlaub.

Als ihre Hand das Tier flüchtig berührte, vermutlich

irgendwo an der Schulter, wurde ihr klar, daß es ihr nicht möglich sein würde, es zu streicheln. Nie würde sie in einer einzigen Geste seine Form, seine Struktur, seine Wärme erfassen können. Auf dem Leder war ihre Hand ebenso blind, als hätte sie versucht, einen Berg zu erkennen, indem sie einen Stein aufnahm. Es berührt zu haben, hatte es verschwinden lassen.

Ihre Finger tasteten sich voran, ihre Hand war leicht wie der Wind. Aurore erkannte das weite Land der Savanne wieder, wenn der Regen auf sich warten läßt, die Wasserlöcher eintrocknen und die Erde aufspringt, wenn die Bäume nur mehr Rinde und Dornen sind, wenn schwarze Steine über den Sand rollen. Sie fand die roten Termitenbauten wieder, die in den Himmel ragen, sie entdeckte Gartenhecken, sie sah die Mäuler der weißen Ochsen, die Salz leckten, und ihre brennende, zur Faust geschlossene Hand umklammerte den Stoffetzen vom Rock ihrer Mutter.

Der Konservator hielt ihren Arm fest und führte dann ihre Hand zum Mund des Nashorns. Aurore spürte auf ihrer Handfläche das Maul, das schon fast ein Rüssel war: Die breiten, zarten, festen Greiflippen liebkosten sie. Der Atem stockte ihr, ihre Beine waren wie Pudding, sie schwankte zwischen Leben und Tod zwischen dem Männerkörper und dem Kopf des Nashorns, das in ihrer Hand schnüffelte und auf sie atmete. Ihre Beine gaben nach, sie ließ sich in die Arme des Direktors gleiten. Er küßte sie. Das Nashorn verschwand auf der Höhlenwand zwischen Auerochsen und Mammuts.

Draußen versank die Sonne, und der weite Himmel von Kansas war rosa wie in der Savanne zu der friedvollen Stunde, wenn die großen Tiere zur Tränke gehen. Ein Elefant trompetete, und unversehrt erstand ihre Kindheit vor ihr auf. Arkansas. Sie wiederholte das Wort, so geheim und so vertraut wie die Sehnsucht nach Arkadien. Der Zoo war geschlossen, sie gingen zwischen den leeren Gehegen durch das hohe Indianergras, das der Wind zauste. – Wollen Sie bleiben? fragte er sie. Gegen seinen Körper lehnend, ihren Mund auf seinem Mund, fühlte sie sich wie ein Tier, das bereits ins Netz gegangen ist. Der Gedanke, ihre Existenz in einer Grotte zu beenden, in der sie sehnsüchtig und stöhnend vor Ungeduld seine Rückkehr erwartete, kam ihr köstlich vor. Ihr ganzes Leben lang hatte sie auf eine solche unwahrscheinliche Gelegenheit gewartet.

Babette trat ein. Sie war geschminkt, frisiert, sie hielt ihre Reisetasche in der Hand. Sie war ein anderer Mensch, entschlossen, dynamisch, mit einem ellenlangen Terminplan vor sich und dem Willen, ihn von niemand durcheinanderbringen zu lassen.

– Es ist soweit, Mädels! sagte sie mit einem Blick auf die Uhr, viertel nach elf, Horatio wird gleich dasein. Ich muß euch auf Wiedersehn sagen. Ich hab' mich gefreut, die paar Tage mit euch zu verbringen. Sie blickte Aurore und Lola abwechselnd mit einem Lächeln an, das sie krampfhaft freudig erscheinen lassen wollte. Abzureisen flößte ihr frische Lebensgeister ein. – Wenn ihr eines Tages an der Missing H. University vorbeikommt, vergeßt Babette Cohen nicht ... Es gibt Abschiede, da weiß man unterschwellig ganz genau, sie sind für immer.

Die Rückeroberung war angelaufen. Ihr Lidschatten ließ ihre Augen in diffusem Austerngrün irisieren, sie hatte ein paar Strähnen aus der Stirn gekämmt, um ihre Frisur voller zu machen, während ihr Haar über die Schultern floß. Sie wühlte in ihrer Handtasche, zog ihre Puderdose hervor, prüfte den Sitz der Farben, legte ein wenig Rouge nach.

– Wie groß du bist, sagte Aurore mit der verhaltenen Furcht Rotkäppchens, wenn sie den Wolf im Bett der Großmutter entdeckt.
– Ja, antwortete Babette, das Kompliment akzeptierend. Mit Absätzen einszweiundachtzig.

Es mußte schlimm sein, Babette Cohen zur Professorin zu haben. In den Korridoren ihre schweren Absätze, mit denen sie auf den Boden hackte, widerhallen zu hören, zu ertragen, daß die Tür brutal aufgerissen wird, so daß ihr rotes Haar wehte, und dann, wenn sie auf der Kanzel stand, den grünlichen Blick ertragen, der aus ihren hinter der riesigen, goldgerahmten Brille verlorenen Augen stach. Sie setzte sich nie hin, bestenfalls stützte sie sich mit beiden Handflächen auf die ganze Breite des Tischs. Sie predigte über das große Unglück der Frauen, deren Geschichte die Männer geschrieben hatten. Und genau daher kam auch der Erfolg der *feminine studies*, auf die die jungen Amerikanerinnen sich stürzten. Mitten in all der Freiheit, dem Glück, existiert das Leid, eine Frau zu sein. Und sie kamen alle, um sich dieses Leid zu vergegenwärtigen, ihrer Versklavung zu gedenken.

Babette dachte an ihre Mutter, an ihre kleine Schwester und all die heutigen, einer überkommenen Weltordnung Geopferten. Sie wollte, daß die jungen Mädchen, alle jungen Mädchen und nebenbei auch die jungen Männer von Missing H. verstanden, was sie hatte durchmachen müssen, um auf diesem Lehrstuhl einer amerikanischen Universität die Gleichheit von Männern und Frauen aussprechen zu können. Vor ihrer Abreise in die Vereinigten Staaten war sie zur Familienplanung gegangen. Sie war an einen Arzt geraten, der Diaphragmen verschrieb, und obwohl sie nicht volljährig war, machte er keine Geschichten und bestellte ihr eines in der Schweiz. Aber er hatte darauf bestanden, daß sie an einer Gesprächsrunde teilnahm, wo Paare über das Aufblühen ihres Sexuallebens sprachen, seit sie verhüteten. Das Wort war tabu, und sie wußte nichts über Sex.

Es war damals eine Epoche aktiven Widerstands, und nach den Diners wurde über Verhütung geredet. Um Vertrauen zu schaffen, ging eine junge Frau, von ihrem jungen Gatten ermuntert, ins Badezimmer und holte ihr Diaphragma. Es ging von Hand zu Hand, seine Größe erstaunte. Lachend demonstrierte das Paar, wie man es zusammenkniff, um es einzuführen. In Babettes Erinnerung war es ein ziemlich glitschiger Gegenstand, vor allem, wenn es mit Spermizid bedeckt war, denn man mußte es überdies mit einer Creme einschmieren und durfte nicht vergessen, es, nachdem man es gewaschen hatte, mit Talkum einzureiben.

Die Gäste wagten etwas intimere Fragen zu den Empfindungen beim Mann und der Frau. Sie gaben den Blick in eine ganze Welt der Lust frei, deren Existenz Babette niemals vermutet hatte, als sie um etwas bat, das für sie nichts als ein Schutz vor den Männern war. Sie holte das ihre ab, der Arzt überreichte es ihr in einem blauen Samtkästchen, das wie eine Schmuckschatulle aussah und keineswegs zu den Zutaten wie Creme und Talkum passen wollte, die die Benutzung vorsah. Außerdem händigte er ihr zwei große Cremetuben für ZUVOR aus.

In der Tomato-Foundation stellte sie die Schatulle auf die Ablage über dem Waschbecken und zögerte lange, bevor sie Liebe machte. Trotz allem hatte sie ihre Befürchtungen, vielleicht war der Gummi porös geworden, die Creme hatte wahrscheinlich ihr Verfallsdatum überschritten. Sie hatte Angst, wie zweifellos ihre Mutter, wie ihre Großmutter und wie alle Frauen vor ihr, denen man gedroht hatte, sie umzubringen, verlören sie je ihre Jungfernschaft. Es war eine abscheuliche Angst, die sie einander von Generation zu Generation weiterreichten, eine Angst, die auch sie geerbt und mitsamt dem Diaphragma, der Creme und dem Talkum bis nach Amerika mitgeschleppt hatte. Zusammengekrampft wartete sie auf ihrem Bett auf ihre Regel, sie war nur noch das gefallene Mädchen, das seine Brüder steinigen würden.

Babette hatte ein unermeßliches Bedürfnis nach Respektabilität. Ihre rötliche Tönung, ihr Brillant, ihr Nerz, ihre hohen Absätze, ihr Cabrio, ihre Kreditkarten und sogar noch ihr zwanzigjähriger Garten waren für sie die Garanten ihrer Würde. All die Ehrentitel, mit denen die Universität so großzügig um sich wirft, sofern sie sie nicht bezahlen muß, waren Tore zur Würde. Man wußte, sie war ehrgeizig, man sagte, sie sei gnadenlos, egozentrisch und schneidend, aber das einzige, was sie tat, war, ihre Würde vorzuleben, und vor lauter Angst, jemand könne sie vergessen, auf ihr

zu bestehen. Daß der Flieger sie verließ, stieß sie in Würdelosigkeit hinab, und was sie wiedererobern würde, das war nicht die Liebe eines Mannes, sondern ihre Würde, verglichen mit der die Liebe kaum zählte.
– Ich wollte mich auch noch entschuldigen, sagte sie. Ich gehe eigentlich ungern aus mir heraus, aber mit wem soll man denn reden, wenn nicht mit einer anderen Frau, mit anderen Frauen, um einander zu gestehen – Vertrauen gegen Vertrauen –, daß wir das, was so schwer zu tragen ist, letztlich alle miteinander teilen. Sie hatte ausgepackt, in einer Küche in Kansas.

Es wiegt schwer, all das, was eine Frau, die altert, auszupacken hat, bevor das Vergessen sie erleichtert. Es ist das Gewicht eines ganzen Lebens, das, so glücklich es auch gewesen sein mag, sein Scherflein an Enttäuschungen enthält, es ist das Gewicht all der anderen Leben, die eine Frau mit sich herumträgt, das ihrer Mutter, das einer Schwester, vor allem wenn sie tot ist, das einer Freundin ...
– Und das aller übrigen Frauen, sagte Aurore solidarisch. Sie dachte an ihre Ava Gardner von Caballo-Cocha, in der ein wenig von Leila steckte, ein wenig von Lola, eine Menge Gloria, aber hauptsächlich sie selbst.
– Mir hat man nur dies eine beigebracht: meine Weiblichkeit zu unterdrücken, sagte Babette, und sie erst wieder rauszulassen, sobald sie gründlich zensiert war, gefällig, nicht schmutzig, nicht abstoßend, sondern parfümiert, desodoriert, diskret und taktvoll. Selbst in den Kolloquien muß man das Weibliche übergehen,

keine will mehr davon reden, ihre Körper sind ihnen hinderlich.

– Reifes Alter, fuhr Babette fort, das ist der Moment, wo die verschnürte Weiblichkeit aufbricht, auseinanderfließt, anschwillt, wo der Bauch aufgeht, die Hüften, die Brüste, der Moment, wo die Weiblichkeit revoltiert und über die Ufer tritt. Die Frauen schämen sich dafür, wie in ihrer Pubertät, wenn das Fleisch plötzlich in alle Richtungen wächst. Jetzt werden sie nicht mehr größer, sie werden dick. Sie beklagen sich, in kein Kleid mehr zu passen, sie sind ganz erstaunt, einmal so enge Sachen getragen zu haben, aber in Wirklichkeit streben ihre von der Mode eingeengten Körper zu ihrem natürlichen Volumen zurück.

Aurore grübelte über den Sinn des Wortes »reif« nach: durchgebraten, durchgelatscht, durchfault. Reife war ein hübsches Konzept, Perfektion, Zieleinlauf. Ich bin nicht so wie sie, ich bin noch nicht an diesem Punkt, sagte sich Aurore. Ich will grün sein, knackig, herb, sauer, ich habe keine Lust auf dieses Abgelagertsein. Ich will außerhalb all dieser Dinge stehen, eine Trockenblume, eine nicht geöffnete Knospe. Das Kind in ihr weigerte sich, erwachsen zu werden und diesen Geschichten aus der Frauenkemenate zuzuhören.

Zieh einen Unterrock an, knöpf deine Weste zu! In der schlimmsten Hitze des Sommers 62 wachte ihre Mutter darüber, daß Babette weder ihre knospenden Brüste noch ihre Schultern zeigte. Keine Trägerkleider, nichts was irgendwie die Figur betont, wie etwa einen schwarzen Büstenhalter unter einer weißen

Bluse, unsichtbar ihre Wespentaille, der Bund ihres Höschens. Zieh dir was über! Es ist noch immer dieselbe Gesellschaft, die damals um sechs Uhr abends ihre kleine Schwester ein Beruhigungsmittel schlukken ließ, damit sie nicht Lust bekam auszugehen, und nachts ein Schlafmittel, damit sie nicht heimlich davonlief.

Babette genoß es, in den Vereinigten Staaten zu leben, wo die Political Correctness sie schützte, über die die europäischen Schönredner so sarkastisch herzogen. Wartete nur darauf, gegen den erstbesten sexistischen Satz zu klagen. Sie war nicht mehr fähig, Länder zu besuchen, wo Beleidigungen immer einen sexuellen Unterton haben und immer gegen die Frauen gehen, und wo die Frauen, um der Erniedrigung zu entkommen, einen Schleier tragen, rasch und ohne sich umzublicken umhergehen und sich mit eingezogenem Kopf in ein geschlechtsloses Alter flüchten, wo sie dann, nun ihrerseits wild geworden wie Mücken, die frisches Blut riechen, ihre eigenen Töchter verdächtigen, ihre Enkelinnen denunzieren und ihre Zofen prügeln. Hier dagegen, im Schatten der Palmen und auf mechanisch gepflegtem Rasen, triumphierten die Frauen und die Alten. Und genau das war, unter anderem, der Grund, warum sie sich als Amerikanerin fühlte.

– Vorausgesetzt, man hat genügend Dollars, unterbrach Gloria.

Sie trug ihr Sonntagskleid, das sie immer anzog, um im Weißen-Viertel zu Mittag zu essen, bei den Eltern des Filmvorführers. Es würde Schinken mit Ananas geben, und Chrystal würde bis zur Torte mit Paranüssen ausharren, bevor sie die Tafel aufhob und sich vor den Fernseher hockte, um, die Augen ins Leere gerichtet und im Schneidersitz, ihren übersüßten Kuchen aufzuessen, als wäre die ganze Familie nicht ausschließlich ihretwegen zusammengekommen, und um sich anzuhören, was sie wollte. Dann würde man wieder irgendein Gesprächsthema suchen müssen, gegen die Leere anreden. Man würde sich Gloria zuwenden und sie fragen, womit sie sich gerade beschäftige. Sie würde antworten, sie sei müde und der Universitätsbetrieb immer schwerer unter Kontrolle zu halten. Sie würde wie jedes Jahr sagen, daß sie kein weiteres Kolloquium mehr organisieren könne.

Für ihre Schwiegereltern war Gloria keine arbeitende Frau. Sie war, je nachdem, eine müde Frau, eine erschöpfte Frau, eine überforderte Frau, eine kranke Frau. Sie verkündete, an seltenen Beschwerden zu leiden, die diese einfachen Leute erschreckten. Bei ihrer Beschreibung ereiferte sie sich immer mehr, ihr Körper barst vor allen Frauenkrankheiten. Der Filmvorführer wartete nicht auf den Schluß dieses Schreckbildes, um sich zu seiner Tochter aufs Sofa zu begeben. Er wollte mit ihr reden, aber sie hatte mit der Fernbedienung zu tun. Auf dem Fernsehschirm rollte eine apokalyptische Bilderflut ab, die Chrystal zu faszinieren schien. Gloria hielt ihre Schwiegereltern mit der

Breite und Komplexität ihrer verschiedenen körperlichen Störungen in Atem.
– Für meine Wechseljahre, versuchte die Schwiegermutter zu vermitteln, habe ich Ginsengwurzel genommen, und das ist mir sehr gut bekommen.
– Aber ich bin noch nicht in den Wechseljahren, rief Gloria heftig empört. Da brach sie sich einen ab, um ihnen klarzumachen, daß sie quer durch die Vereinigten Staaten von Amerika die Arbeit von zehn Männern erledigte, daß ihre Verantwortung ins Unermeßliche wuchs, daß man aus allen Ländern der Frankophonie zu ihr kam, damit sie die Probleme der Literaturen französischer Sprache löse, daß sie einen Forschungsbereich afrikanischer Literatur gegründet hatte, daß sie die Spitzenstellung in *feminine studies* innehatte, und ihre Schwiegermutter wollte ihre Erschöpfung mit Beschwerden der Wechseljahre abtun.
– Hat man das erst einmal hinter sich, fühlt man sich viel besser, fuhr die alte Dame fort, Sie werden schon sehen, Sie werden ein bißchen zunehmen, aber mit der fliegenden Hitze ist es dann vorbei. Ich habe jede Nacht mein Kopfkissen vollgeschwitzt ... Der Schwiegervater bestätigte das mit einem Kopfnicken. Diese fahle Haut, auf der sie sich lauter wächserne Schweißtropfen vorstellte, drehte ihr den Magen um. Sie wehrte sich dagegen, sich die geschlechtsneutrale Hilfsbereitschaft des Gatten vorzustellen, der die von seiner Frau durchgeschwitzten Laken wechselte.

In diesem Fall war Glorias einzige Rettung, den Stuhl zurückzuschieben, ihr Tortenstück auf dem Tel-

ler zu lassen und den Roman vorzuschieben, an dem sie zu arbeiten hatte.
– Einen Roman, bei all Ihrer sonstigen Arbeit! rief der Schwiegervater aus.
– Tja, ganz genau, Grandpa! Einen Roman, zur Ablenkung!
– Eine Liebesgeschichte? würde die Schwiegermutter fragen.
– Exakt, Grandma: ins Schwarze getroffen!
– Und haben Sie schon einen Titel?
– Er wird *Rattengift* heißen. Sie wissen doch, Grandpa, das Zeug, das die Frauen benützen, um ihre lieben kleinen Ehegatten um die Ecke zu bringen! Warum hatte sie das gesagt? Sie wußte doch, daß ihr Buch schon einen Titel hatte, der war sogar das einzige, was von ihr kam.

Und inmitten all dieser bleichen Gesichter würde dunkel Chrystals Gesicht leuchten: ein Stück Edelholz. Die Antwort auf Babettes Frage nach Chrystals Hautfarbe unterlag ins Glorias Mund keinem Zweifel: Ja, Babette, ich wage zu sagen, daß Chrystal schwarz ist.

Meine Schöne, meine schwarze Perle, mein kleines Stückchen Afrika, meine Gazelle, sei nicht mein Feind, Liebling, du meine Tochter von meinem eigenen Blut, meine Schwester in der Hautfarbe. Ich habe dir den Weg frei gemacht, ich habe dir ein ganzes Land erobert, das einzige, was du noch tun mußt, meine Prinzessin, ist, es zu regieren. Sich über sie lehnen, an ihrem Ohr den schwachen Duft der Kindheit riechen.

Die Lippen auf ihre Wange pressen, ganz fest, bis sie den harten Kieferknochen spürte. Mit gespitzten Lippen ein Stückchen ihrer makellosen Haut schnappen, sie gegen ihren geschlossenen Mund drücken, die Augen schließen und ihren Geschmack kosten, immer und immer wieder . . .

Sie würde sich dem Filmvorführer zuwenden und von ihrem Ärger mit Babilou sprechen, der die übelsten Geschichten über sie verbreitete.

– Du hättest ihn schon lange rausschmeißen sollen! würde der Filmvorführer sagen, indem er sich wie immer auf ihre Seite schlug.

– Was habt ihr bloß alle gegen Babilou, würde Chrystal zwischen zusammengebissenen Zähnen sagen. Sie fand ihn doch SO CUTE! Und dann mit tragischer Betonung: Er ist der einzige Freund, den ich habe!

Erst wenn sie im Auto säße, würde sie sich an die beiläufig hingehaltene Wange ihrer Tochter erinnern. Der Filmvorführer hatte sie nicht einmal hinausbegleitet. Sie hätten sich wenigstens auf der Schwelle einen Kuß geben können; an diesem Kuß hätte sie ermessen können, daß er sie noch immer liebte.

Gloria beugte sich über den Behälter, um nachzusehen, ob die Ratte noch lebte. Als sie sie mit dem Finger berührte, zuckte sie kurz, aber kaum merklich und schwach. Sie stach sie mit dem Fingernagel, und sie reagierte nicht. Da zog sie Papier von der Küchenrolle. Ohne auf die Blicke der drei anderen Frauen zu achten, die sich alle auf sie richteten, ergriff sie mit dem Papier die Ratte. Als sie sie richtig in der Hand hatte, drückte sie zu. Aurore sah, wie ihre Fingerknöchel weiß wurden. Sie lockerte ihren Griff, drückte nochmal zu, und Aurore konnte hören, wie die Knöchelchen knackten. Ein wenig brauner Kot drang durch das Papier. Splatch!

Welch eine ÜBERSETZUNG! meinte Babette zu Gloria. Hut ab! Von der Fiktion zur Realität. Und dann zu Aurore gewandt: Die Fiktion erklärt die Realität, und die Realität erklärt die Fiktion. Schließlich sprach sie auch Lola an, die immer noch versuchte, das Fenster zu öffnen: Das ist besser als Kino, oder?

– Ihr geht mir auf den Wecker, sagte Gloria. Irgend jemand mußte es ja wohl tun! Ich werd' doch Chrystal nicht zusehen lassen, wie ihre Ratte verreckt. Ich werd' sie doch nicht zwingen, ihr eigenes Viech umzu-

bringen, ich nicht. Sie war am Sterben in diesem Behälter, und zwar schon den ganzen Morgen. Jede von euch hätte irgend etwas tun können, den Tierarzt anrufen, sie in den Garten werfen oder ins Scheißhaus runterspülen. Jede von euch hätte das tun sollen, was ich jetzt getan habe, sagte sie. Aber ihr habt nicht mal den kleinen Finger gerührt, ihr habt schön euren Kaffee weitergetrunken und mit diesem Vieh geplaudert, das vor euren Augen verreckt ist. Irgendeiner muß ja die Drecksarbeit für die andern erledigen. Und ihr braucht eben alle eure Parias: Eure Schlachter habt ihr schon, eure Putzfrauen, eure Abdecker, eure Tierärzte, und jetzt eben auch eure Rattenvertilgerin!
– Du hättest sie mit ein bißchen Äther betäuben können, unterbrach Babette.
– Hast du vielleicht welchen bei dir? Warum hast du's dann nicht benützt? Sie hielt noch immer die Ratte in ihrer Papierhülle, auf der der Fleck sich ausbreitete. Mit der freien Hand kramte sie in den Schubladen, zog eine vergoldete Geschenkschnur hervor, ein Seidenband, ein Stück Glanzpapier. Da, sagte sie zu Lola gewandt, ich hab dein Photo wiedergefunden! Mit einer Hand hielt sie die Ratte fest, mit der andern hob sie das Photo Lolas hoch. Legte es dann auf den Tisch. Leerte einen Schuhkarton aus.

Ich will nicht, sagte sich Lola, daß sie mein Photo mit der Ratte in den Schuhkarton legt. Ich will nicht, daß sie mich begräbt!

Gloria baute sich vor dem Tisch auf, legte den Körper der Ratte in den Karton, bedeckte ihn mit dem

Glanzpapier, verschnürte alles mit dem Goldfaden und wickelte schließlich das Band darum, wobei sie darauf achtete, einen dicken Knoten zu binden und die Schleifen zu kreppen.

– Soll das ein Geschenkpaket sein? fragte Babette.

Gloria zuckte mit den Achseln: – Ein Sarg ist das, nachher bring' ich ihn Chrystal, und wir machen ein richtiges Begräbnis.

– Leg die Blumen dazu, die man uns für die Knopflöcher geschenkt hat, sagte Babette. Aurore wird uns eine Grabrede schreiben: O Rora, o rohe Ratte, Horrora.

– Das ist aber Leiris, sagte Gloria.

– Gewonnen, meinte Babette. Dann sah sie auf die Uhr: Halb zwölf, und Horatio ist immer noch nicht da!

– Du mußt das Fenster öffnen, sagte Aurore, Lola kippt gleich um.

Gloria hantierte an einer Fernbedienung, und das Haus stieß einen tiefen Seufzer aus. Die Fenster öffneten sich einen Spalt, die Tür drehte sich in ihrem Scharnier, und quietschend rollten sich die Fliegengitter auf. Die Klimaanlage stoppte. In der plötzlichen Stille konnten sie den Pastor hören, der die Erscheinung des Engels des Lichts verlas: »Sein Aussehen aber war wie der Blitz und sein Kleid weiß wie Schnee.«

Lola, gegen das Fenster gelehnt, betrachtete die Gläubigen, die jetzt die Straße bevölkerten. Sie waren wie eine Truppe Statisten, die sich nach der Aufnahme zerstreut: Christ ist erstanden, sagte die Menge, und die Leute küßten einander.

Babette begann, in Panik zu geraten. Horatio würde

nicht mehr kommen. Auch er hatte sich entschlossen, sie zu verlassen. Von Kopf bis Fuß herausgeputzt und ihre bauchige Reisetasche in der Hand, stand sie genauso verloren vor der Tür wie vor dreißig Jahren im Hafen von Marseille, als sie, den Couscous-Kessel in der Hand, ein geisterhaftes Frankreich entdeckte. Sie hätte selbst mit ihm reden müssen, vorhin am Telefon, und ihn nicht den Sarkasmen Glorias aussetzen. Er war so empfindsam, so verletzlich im Grunde, er hatte sich fürchterlich erniedrigt fühlen müssen. Sie würde es sich nie verzeihen, wenn er nicht wiederkäme. Sie verstand, daß er nunmehr der einzige Mann war, der in ihrem Leben zählte.

Aurore öffnete die Tür. Die milde Luft umschmeichelte sie, und ihr wurde klar, wie kalt es ihr eigentlich da drinnen gewesen war. Sie blieb auf der Schwelle stehen, betrachtete die auseinanderlaufende Menge und spürte etwas von deren Freude. Ein kleines Mädchen im gelben Organdykleid hüpfte auf einem Bein über den Kantstein der Raseneinfassung. Sie sang: Chrétienne ist erstanden, Chrétienne ist erstanden. Und Aurore betrachtete das kleine Mädchen wie eine Erinnerung, die keine Erinnerung war, sondern ein Déjà-vu-Erlebnis, etwas schon einmal Erlebtes. Sie wollte es festhalten und verlor es. Sie konnte es nur auf Umwegen wiedergewinnen: Kleines gelbes Mädchen, sagte ihr Gedächtnis, gelb wie eine Sonne, gelb wie eine goldene Monstranz, gelb, vollkommen gelb.

Eine Autohupe riß sie aus ihren Gedanken, und sie sah den Range Rover, der am Straßenrand anhielt. Am

Steuer der Konservator mit seinem Leopardenschwanz-Hut. In seinen Armen, gegen seine Brust gedrückt, der kleine Schimpanse.

– Mabel, rief er ihr zu und deutete mit dem Finger auf das Tier, ich hab' Ihnen Mabel mitgebracht.

Aurore lief auf ihn zu, aber in einem Traum, in langsamen, weiten und zeitlupenartigen Sprüngen, fast war es ein Auffliegen ... Als Kind lief sie, eines Morgens in Afrika, so auf Délice zu. Plötzlich zerriß die Leinwand, sie erblickte das Gesicht ihrer Mutter.